KB141833

궁끕한 날의 벗

태학산문 1

# 궁핍한 날의 벗

초판 1쇄 발행 2000년 5월 12일
초판 9쇄 발행 2016년 9월 22일
개정판 1쇄 발행 2022년 10월 14일

지은이 | 박제가
옮긴이 | 안대회

펴낸곳 | (주)태학사
등록 | 제406-2020-000008호
주소 | 경기도 파주시 광인사길 217
전화 | 031-955-7580
전송 | 031-955-0910
전자우편 | thspub@daum.net
홈페이지 | www.thaehaksa.com

편집 | 조윤형 여미숙 김선정
디자인 | 이영아
마케팅 | 김일신
경영지원 | 김영지

ⓒ안대회, 2022, Printed in Korea.

값 16,000원
ISBN 979-11-6810-066-4 (03810)

책임편집 | 조윤형
북디자인 | 김회량
본문조판 | 한지아

태학
산문

001

박제가 산문

궁핍한
날의
벗

안대회 옮김

태학사

## 일러두기

1. 이 책에 실린 글들은 『정유집(貞蕤集)』(국사편찬위원회, 1974), 『정유각전집(貞蕤閣全集)』(여강출판사, 1986), 『초정전서(楚亭全書)』(아세아문화사, 1992)에서 뽑아 번역하였다.

2. 각 작품의 제목은 원제목을 고려하여 달았으나, 원제목만으로 내용을 짐작하기 어려운 경우에는 내용을 잘 드러내는 제목을 적절하게 지어 붙였다.

3. 각 작품 뒤에는 창작의 행간을 짚어 내는 해설과 감상을 적어 작품을 이해하는 데 도움이 되도록 하였다.

4. 난해한 어휘와 내용에 주석을 달았다. 간단한 설명은 어휘 뒤의 괄호 속에 넣어 풀이하였다.

# 머리말

『궁핍한 날의 벗』은 박제가朴齊家(1750~1805)의 산문 51편을 뽑아 번역하고 평설을 더한 책이다. 지난 2000년에 이 제목으로 처음 박제가의 산문집을 출간했다. 당시 31편의 산문을 우리말로 옮기고 평설을 붙여서 태학산문선 첫째 권으로 세상에 선보였다. 그동안 꾸준하게 재쇄를 찍으면서 독자들의 사랑을 받아 왔다. 20여 년 만에 전면적으로 개정하고 20편의 작품을 더 보탠 개정판을 다시 세상에 내놓는다.

박제가는 선진적 문명사회로 나아가는 책략을 담은 『북학의北學議』의 저자로 이름이 높다. 또 18세기 후반의 뛰어난 시인으로 문학사에 이름을 남기고 있다. 나는 여기에 더해 멋진 산문을 많이 지은 뛰어난 산문가로 평가하고 싶다. 박제가는 여러 분야에서 큰 발자취를 남겨 정조 시대를 빛낸 지성인이다.

『북학의』는 지금 읽어도 치열하고 예리한 문제의식에 공감하게 된다. 신문 역시 날카로운 비판 정신과 고결한 감성, 멋스러운 취향에 공감하고, 저도 모르게 산뜻한 문체에 젖어 들게 된다. 시대가 많이 흘렀어도 독자를 감동으로 이끄는 생명력과 흡인력이 있다.

역자는 여전히 박제가의 학문과 문학, 생애에 관심이 많다. 그것이 이 선집과 『북학의』 완역본을 출간하고, 여러 편의 논문을 쓴 동기이다. 많은 세월이 흐르는 동안 그와 관련한 자료가 새롭게 발굴되기도 하였고, 여러 동학의 연구도 깊이를 더해 갔다. 시와 산문 전체를 번역한 책도 10여 년 전에 출간되었다. 박제가의 작품과 사유를 더 깊고 더 새롭게 볼 수 있는 좋은 환경이 만들어졌고, 더 정확하게 읽을 수 있는 지식도 꽤 많이 축적되었다. 감히 말하자면 나 자신도 그를 보는 안목이 차츰차츰 더 깊어졌다.

개정판을 계획하며 큰 폭의 변화를 주었다. 축적된 연구와 자료의 도움을 받고 더 밝아진 눈으로 보니 이미 번역한 글에서 오류도 심심찮게 나타났다. 어색하고 모호한 문장과 고증의 오류, 주석의 미비 등 부족한 점도 많이 보였다. 과감히 번역문을 많이 수정하고 보완하였다.

개정판에서는 이전 판에서 넣었던 원문을 빼는 대신 작품을 대거 추가하였다. 함께 수록하지 못해 아쉬움을 남겼던 작품 20편을 새로 번역하여 보완하였다. 특히 편지를 다수 보완했는데 편지는 한 제목에 여러 편이 들어가 실제 작품량은 곱절로 늘어났다. 넣고 싶은 작품이 더 있으나 여기에 그치려 한다.

　처음 번역할 때 아름답고 정확한 한국어를 구사해 보리라 생각했었다. 여전히 의욕은 강하고, 박제가의 산문은 또 그래도 좋은 수준의 작품이다. 의욕을 알맞게 구현했는지 판단하는 것은 독자의 몫이다. 잘못된 번역에는 질정을 구한다.

2022년 8월

옮긴이 안대회

차례

# 1부 맑은 인연을 추억하다

## ― 회고와 인물평

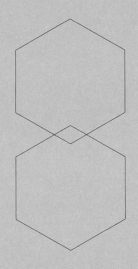

# 어린 날의
## 『맹자』

바람에 책을 말리던 날 저녁, 다섯 살부터 열 살 적까지 장난치며 가지고 놀던 물건을 담은 상자가 나왔다. 뭉툭해진 붓, 쓰다 남은 먹, 호박구슬, 새 깃털, 등잔 장식품, 송곳 자루, 바가지 배, 싸리나무 말 등이 책상 높이만큼 쌓였다. 간간이 기와 조각도 좀벌레 사이에서 나왔다. 하나같이 내 손으로 만지작거리며 장난치던 물건이었다. 물건을 보니 슬픈 것도 아니고 기쁜 것도 아닌데 어쩐지 문득 내가 낡은 사람이 된 듯했다. 오늘과 같이 장성한 나 자신이 놀랍기도 했고, 한편으로는 지금까지 겪은 변화가 새삼스럽기도 했다.

거기에는 손바닥만 한 책 10여 권이 섞여 있었다. 『대학』, 『맹자』, 『시경』, 『이소離騷』, 『진한문선秦漢文選』, 『두시杜詩』, 『당시唐詩』, 『공씨보孔氏譜』, 『석주오율石洲五律』 등 내 손으로 평점을 찍은 책이었

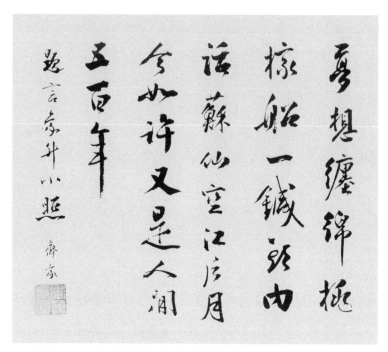

박제가 자필 시고詩稿

다. 그러나 책은 다 흩어지고 온전하지 못했다. 네 권으로 나누어 엮은 『맹자』는 한 권이 간 데 없었다. 그러자니 어릴 적 일이 머리에 떠올랐다.

나는 글씨 쓰기를 좋아하여 언제나 붓을 입에 물고 다녔다. 측간에 가서는 모래 위에 글씨를 썼고, 어디든 앉으면 허공에 글씨를 썼다. 어느 여름날 분판粉版 위에 글씨를 쓰다가 벌거벗은 채 그 위로 기어올라갔다. 무릎과 배꼽에서 흘러내린 땀으로 먹물이 만들어졌다. 그

걸로 여기저기 닥치는 대로 베끼고 본떠서 병풍이고 족자고 가리지 않았다.

병자년(1756)에 청교靑橋[2]로 집을 옮긴 뒤로는 하얗게 남아 있는 벽이 없었다. 선친께서는 달마다 종이를 내려 주셨고, 나는 날마다 종이를 잘라 공책을 만들었다. 공책의 폭은 손가락 두 개만 하여 두 질을 함께 놓아도 불면 날아갈 것 같았다. 책 한 권을 다 쓸 때마다 이웃 사는 아이들이 달래서 가져가기도 했고, 묻지도 않고 낚아채 가기도 했다. 그래서 읽은 글을 반드시 두세 차례 뽑아 베껴 썼다. 그러는 사이에 해가 갈수록 키는 한 자씩 커 갔고, 책은 한 치씩 커 갔다. 아홉 살 때 이 『맹자』 책을 만들었다. 이 무렵 이보다 작은 책이 한 말[斗]을 채웠다.

열한 살 나던 해 선친께서 돌아가셨다. 그 뒤 묵동墨洞으로 이사했다가 또 필동[筆동]으로 이사했고, 또 묵동에 셋집을 얻어 옮겼고, 또다시 필동으로 들어갔다. 5, 6년 사이에 책은 얼추 다 흩어져 버려 내 어린 시절을 더듬어 볼 물건이 더는 남지 않았다. 그러니 이 책은 소중하게 여길 물건이다. 이에 잘못 쓴 글자를 고치고 장정을 다시 바꿨다. 빠진 부분을 채워 쓰고는 "이 책이야말로 나의 옛 모습이다."라고 했다.

옛 물건은 낡은 그대로의 모습을 잃지 않는 것이 더 좋다. 안타깝게도 폭이 좁은 책을 매다가 칼로 글자 뿌리를 갉아먹고 말았다.

이날 어머니는 장롱 속에서 푸른 비단으로 지은 한 폭짜리 반팔 옷

---

을 꺼내시고는 "이것이 네가 세 살 적에 입던 저고리란다."라고 하셨다. 나는 이 책을 보여 드리며 "똑같은 물건이네요."라고 말씀드렸다.

한 친구가 이렇게 농을 걸어왔다.

"소뿔에 이 책을 걸고 읽었더라면 이밀李密의 소에게는 꽤나 가뿐했겠군."[3]

나는 이렇게 대꾸하였다.

"분서갱유焚書坑儒할 때 이 책을 숨겨 놓았더라면 복생伏生이 외운 것보다 제법 나았으련만."[4]

「열유시소서맹자서閱幼時所書孟子叙」(1766년, 17세)

🦎

### 어릴 적에 필사한 책이 불러일으킨 미묘한 회상

누구나 어린 시절의 아름다운 추억을 한두 가지 간직하고 있다. 박제가는 햇볕에 책을 말리다가 낡은 상자에서 어린 날의 물건을 발견하고 회상에 잠겼다.

유독 작은 책으로 만든 『맹자』가 그의 마음을 사로잡았다. 아홉 살 때 만든 그 책은 그의 옛 모습 자체였다.

그때 어머니가 세 살 때 입던 저고리를 꺼내 놓았다. 저고리와 『맹자』는 어린 시절 추억을 더듬어 볼 두 가지 물건으로, 박제가는 무어라 말

---

3  수隋나라 말엽의 이름난 장수 이밀이 어렸을 때 포개包愷를 찾아갔는데, 소를 타고 가면서 『한서漢書』 한 질을 소뿔에 걸어 놓고 한 손으로는 고삐를 잡고 한 손으로는 책장을 넘기며 읽었다.

4  복생은 진秦나라 때의 박사博士로 『상서尙書』를 전공하였다. 진시황이 분서갱유하여 대부분의 서적을 불태운 바람에 책이 전하지 않는데, 한나라가 세워진 뒤 복생은 외우고 있던 『상서』 20여 편을 구술하여 제자를 가르쳤다.

하기 힘든 기분과 함께 왠지 낡은 사람이 된 듯한 미묘한 느낌이 들었다. 이 글은 그 느낌을 서정적으로 묘사한 멋진 소품이다. 마지막 대목에서 어머니 및 친구와 나눈 대화는 유희적 산문을 즐긴 박제가의 문체답다.

# 백탑의

## 맑은 인연

도회지를 빙 두른 한양성 중앙에 탑이 솟아 있어 멀리서 바라보면 우뚝한 모습이 눈 속에서 대나무가 대순을 터뜨린 것처럼 보인다. 바로 원각사 옛터이다. 지난 무자년(1768), 기축년(1769) 어름 내 나이가 18, 19세 나던 때 박지원朴趾源 선생이 문장에 뛰어나 당세에 이름이 높다는 소문을 듣고, 탑 북쪽으로 선생을 찾아 나섰다.

내가 찾아왔다는 전갈을 들은 선생은 옷을 차려입고 나와 맞으셨다. 오랜 친구라도 본 듯이 손을 맞잡더니 지은 글을 전부 꺼내어 읽도록 하셨다. 이윽고 몸소 쌀을 씻어 다관茶罐에 밥을 안치고 흰 주발에 퍼서 옥소반에 받쳐 내와 술잔을 들어 나의 장수를 빌어 주셨다.

뜻밖의 환대인지라 놀랍기도 하고 기쁘기도 하였다. 나는 아주 먼 옛날에나 있을 법한 멋진 일이라 생각하고 글을 지어 환대에 응답하

원각사 10층 석탑(1904년 촬영)
왼쪽의 작은 탑 조각은 일본인들이 일본으로 운반하기 위해 뜯어 놓은 탑신이다.

였다. 그분을 보고 탄복하던 모습이며, 참된 벗에게 느끼던 감동이 이러하였다.

그 무렵 이덕무李德懋의 사립문이 북쪽에 마주 서 있었고, 이서구

李書九의 사랑채가 서편에 솟아 있었다. 수십 걸음 떨어진 곳에는 서상수徐常修의 시재인 관재觀齋가 있었고, 또 기기서 꺾이져 북동쪽에는 유금柳琴과 유득공柳得恭의 집이 있었다.

나는 한번 방문하면 돌아가기를 잊고 열흘이고 한 달이고 머물렀다. 그래서 여기서 지은 시문과 척독尺牘이 걸핏하면 책을 만들어도 좋을 만큼 많았다. 술과 음식을 찾으며 낮을 이어 밤을 새우곤 했었다.

장가들어 아내를 맞이하던 날 저녁이었다. 장인 댁의 건장한 말을 가져다 안장을 벗기고 올라타서 종아이 하나만 뒤따르게 하고 밖으로 나왔다. 달빛이 길에 가득하였다. 이현궁梨峴宮 앞을 거쳐 서쪽으로 말을 채찍질하여 철교鐵橋의 주막에 이르러 술을 마셨다. 삼경[1]을 알리는 북소리가 울린 뒤 여러 벗의 집을 두루 들러 보고 탑을 돌아나왔다. 당시 호사가가 이 일을 두고 왕양명王陽明 선생이 철주관도인鐵柱觀道人을 방문한 일에 빗대었다.[2]

그로부터 예닐곱 해가 지나면서 벗들은 뿔뿔이 흩어지고, 날이 갈수록 가난과 병이 찾아들었다. 어쩌다 만나면 서로 탈이 없음을 다행으로 여기곤 했으나, 풍류는 지난날보다 줄었고, 낯빛은 옛날의 빛이 아니었다. 벗과의 교유도 참으로 피하지 못할 성쇠가 있어 그때는 그때고 지금은 지금임을 그제야 깨닫게 되었다.

중국 사람은 벗을 제 목숨같이 여긴다. 그러므로 왕사정王士禎[3] 선생은 「빙수氷修와 우장耦長이 달밤에 모자를 벗고 맨발로 나를 찾아오다」라는 시를 지었고, 소장형邵長蘅⁴은 문집에 왕사정 선생과 이웃하여 사는 아름다운 일을 회상하면서 만나고 헤어지는 감회를 기록하였다. 이 시문집을 볼 때마다 다른 세상에 태어났어도 마음은 같음을 느끼며 벗들과 더불어 탄식한 지 오래다.

친구 이희경李喜經이 박지원과 이덕무 등 여러분과 나의 시문과 척독을 한데 합해 베껴서 몇 권의 책으로 만들었다. 나는 그 책에 '백탑청연집白塔淸緣集'이란 제목을 붙이고 서문을 짓는다. 이 서문을 통해 우리가 당시에 얼마나 활발하게 교유하였는지를 알리고, 그 김에 옛날에 있었던 일 한두 가지를 소개한다.

「백탑청연집서白塔淸緣集序」(1775년, 26세)

✂

### 동인들과 함께 학문과 예술을 한껏 누리던 날의 회상

백탑白塔은 서울 탑골공원에 있는 원각사지 10층 석탑이다. 대리석 탑이어서 백탑이라 불렀다. 이 탑은 기와집과 초가집이 빼곡히 들어찬 당시에는 멀리서도 뚜렷하게 보이던 서울의 대표적인 랜드마크였다.

박지원, 이덕무, 유득공, 서상수 등 이른바 북학北學을 주장하던 문인

---

1 밤 11시에서 새벽 1시 사이.

2 왕양명(1472~1529)은 명나라 중엽의 저명한 철학가 왕수인王守仁으로, 명대 철학을 대표하는 양명학陽明學의 개창자이다. 17세의 왕양명이 결혼하는 날 우연히 산책하다가 도교 사원인 철주궁鐵柱宮에 들렀다. 그때 가부좌를 하고 앉아 있는 도사를 만나 마주 앉아서 양생설을 물으며 돌아가기를 잊은 적이 있다. 이 경험은 왕양명의 사상 형성에 큰 전기점이 되었다.

3 왕사정(1634~1711)은 청나라 초기 시인으로 신운설神韻說을 제창하여 청나라와 조선 시단에 큰 영향을 미쳤다. 박제가를 비롯한 백탑시사 동인들도 그 영향을 받았다.

4 소장형(1637~1704)은 청나라 초기 시인으로, 북경에서 노닐면서 시윤장施閏章, 왕완汪琬 등 저명한 문인과 어울렸다. 문집에 『청문집靑門集』이 있다.

예술가들은 이 멋진 백탑 주변에 모여 살았다. 남산 아래에 살던 박제가는 자주 드나들며 저들과 교유하였다. 학문과 예술을 논하고 시문을 짓는 문예 활동의 주요 무대가 된 백탑은 18세기 중반 시대를 앞서가는 학문과 예술이 꽃핀 장소였다. 이들의 주 무대가 백탑이고, 동인적 결속을 보여 주는 저술이 『백탑청연집』이며, 그 사연을 밝힌 대표적인 글이 이 서문이다.

10대 후반의 예민한 청년이 박지원을 처음 만난 일과 혼인날 안장 벗긴 말을 타고 백탑의 친구를 두루 방문한 에피소드는 우정을 목숨처럼 중시한 박제가의 멋진 풍류를 엿보게 한다. 이 동인집은 현재 전하지 않으나, 서문만으로도 격의 없는 맑은 인연[淸緣]으로 맺어진 백탑 동인의 예술 세계를 증언한다.

## 절제의
## 미덕

한평생을 마칠 때까지 실천해도 좋을 한마디 말이 있으니 바로 절제다. 절제는 결코 비루함과 인색함을 일컫는 말이 아니다. 비루하고 인색한 사람은 재물을 뒤좇느라 제 천성까지 바꾸는 자이니 어떻게 절제라는 말을 붙이겠는가? 일상생활을 영위하고 대화를 주고받는 사소한 일에서 조금이라도 정도가 지나치면 절제가 아니다. 하늘과 대지도 오히려 자신에게 만족하지 못하니 사람이야 말해 무엇 하랴?

나는 조여극趙汝克 군과 함께 어울려 놀았다. 활발하게 마음껏 노니는 사이 그 풍류며 멋스러움이 더할 나위 없었다. 이덕무의 집에서 긴 이불을 펴 나란히 덮기도 했고, 악청渥靑의 깨끗한 물가에서 목욕하기도 했다. 돈냥이나 생기면 으레 주머니를 톡톡 털었고, 술을 마시면 기어코 흠뻑 취했다.

그러면 모두가 기쁨에 겨워했으나 여극만은 늘 아쉬움이 남은 듯했다. 여극은 하룻밤 이별조차도 멀게 느꼈고, 반나절 술에서 깨어 있는 것도 서운해하였다. 오호라! 그야말로 사나이 대장부의 천성에서 우러나온 진실한 감정이 왜 아니겠는가?

그러나 나는 "『시경』의 「관저편關雎篇」은 즐거워하되 음란에 이르지 않고, 슬퍼하되 몸이 상하지 않는다."[1]는 공자의 말씀을 들은 적이 있다. 음란에 이르지 않고 몸이 상하지 않는다는 공자의 말이 바로 절제의 도리이다. 『주역』에서는 "끝까지 올라간 용에게는 뉘우침이 있으리라."고 하였거니와, 가득하여 넘치는 것은 오래가지 못한다는 뜻이다.

우리는 절제의 도리를 알기는 알면서도 실천하지를 못했다. 바야흐로 술자리가 절정을 넘겨 자리를 파하려 할 때면 옷깃을 끌어당기며 다시금 술을 따르는 사람이 혹시 없나 기대하곤 하였다. 오호라! 오늘날 벗을 좋아하는 사람은 누가 있고, 술을 마시는 사람은 누가 있는가? 지난날 술자리에서 여극이 아쉬워하는 것을 보고 너무 심하다고 충고하기는커녕 도리어 조장하고 부추기기까지 했다. 어쩌면 그렇게 만족할 줄을 몰랐던가!

오호라! 꽃피는 청춘은 시들고, 모이고 흩어지는 인생사는 무상하다. 예전에는 풍류와 멋스러움을 절제하자고 말했으나, 이제는 절제하지 않아도 되련만 술 마시고 놀 기회조차 사라졌다.

풍류와 멋스러움은 도를 넘지 않아야 한다. 더구나 더 아래로 내려

---

1 『논어』「팔일八佾」편에서 공자가 한 말로 감정과 기분을 적절히 조절하여 도를 넘지 않는 태도를 의미한다.

가 그릇된 행동을 한다면 말해 무엇 하랴? 절제에 관한 글을 적어 길 떠나는 여극에게 주고 앞으로 나 자신도 깨우치려 한다.

「색설증조군薔說贈趙君」(1769년, 20세)

✦

## 길 떠나는 벗에게 부치는 한마디 충고

여극汝克은 조덕민趙德敏의 자字이다. 여극은 박제가와 이덕무가 절친하게 지냈던 벗으로, 서얼 신분의 문사였다. 소석산방小石山房이라는 서재의 소유자로, 뜻이 맞는 벗과 격의 없이 즐기는 것을 지상의 낙으로 삼았다. 그러나 그는 과음하는 버릇이 있었던 모양이다. 모두가 취한 뒤에도 더 마시자고 하는 사람이 없나 아쉬워했고, 남들은 집으로 돌아가도 더 같이 있기를 바랐던 천성의 소유자로 보인다.

그런 그가 서울 생활을 청산하고 광주廣州에 있는 소석산방으로 간다. 그 기회에 박제가는 좌우명이 될 말을 하나 선물하였다. 바로 절제다. 술을 좋아하고 벗을 좋아하는 성품이 비루하고 인색한 속물과 비교할 것은 아니다. 하지만 아무리 좋은 것이라도 도를 넘기면 오래 즐길 수 없다. 길 떠나는 벗에게 박제가가 "자네, 이젠 술 좀 줄이게. 이젠 집안도 챙겨야지!" 충고하는 말이 들리는 듯하다.

하지만 앞으로는 술조차 함께 마실 기회가 사라져 아쉽다. 훗날 박제가는 여극을 위해 위트와 기지 넘치는 시를 부쳐 주었다. 다음과 같다.

그대 위해 한 가지 생각해 뒀지　　　　　爲君設一想

그대 깜짝 놀라 자빠질 걸세.　　　　　　令君狂欲顚

그대 뜻하지 못한 틈을 타　　　　　　　乘君不意際

그대 문으로 불쑥 들어가겠네.　　　　　直入君門前

# 비어 있음을
## 기르는 집

양허養虛 선생께서 중국에 들어가 절강浙江의 명사를 만났으니, 육비陸飛, 엄성嚴誠, 반정균潘庭筠이다. 세 분 모두 지극히 훌륭한 성품의 소유자로서 한 번 보고 몹시 기뻐 천애天涯의 지기知己, 다시 말해 멀리 떨어져 있어도 마음을 알아주는 친구 사이가 되었다. 이분들이 귀국하는 양허 선생에게 시문과 서화를 많이 선물하여 지금까지 그들의 풍류와 문헌이 해외에서 빛을 뿜고 있다.

양허 선생은 벌써 이름이 천하에 알려졌을 것이다. 그렇건마는 선생께서 내게 뒤를 이어 한 편의 글을 지으라고 맡기셨다. 혹시 같은 나라 사람끼리 소통하는 기운과 의리가 도리어 다른 나라 사람보다 못하다고 여겨서 맡긴 걸까? 나도 선생에게는 이해하지 못할 점이 있다.

저 비어 있다[虛]는 것은 채워져 있다[實]는 것의 반대이다. 군자는 오로지 채워져 있는 학문[實學]에 힘쓸 뿐이니 비어 있는 것을 숭상해서야 되겠는가? 그렇지만 장자莊子는 "사람에게 비어 있는 공간이 없으면 여섯 개의 감각기관이 서로 다투게 된다."[1]고 말했다. 저 산과 물을 보지 못했는가? 흐르는 물은 스스로 흐르고, 우뚝 솟은 산은 스스로 솟아 있어 인간과 아무 관련이 없는 듯하다. 그러나 저녁 안개가 피어오르고 봄 물결이 퍼져 갈 때 산과 물을 바라보면 누구나 삼삼하게 기쁨이 솟아나고, 뭉클하게 부러움이 솟구친다. 이것이 바로 마음이다. 이 마음이 저속함을 고치고, 욕망을 줄인다. 비어 있음을 기른다는 양허養虛의 의미가 여기에 있다. 이때 마음이 비어 있지 않다면 그만이지만, 비어 있다면 선생은 반드시 무언가를 받아들였을 것이다. 그러니 하늘도 비어 있음을 기르지 않을 수 없다. 비어 있음을 길러야 천성을 온전히 지킨다.

만 리 밖에서 벗을 사귀기는 했으나 그 벗은 다시 만날 수 없는 사람이다. 그래도 생을 마칠 때까지 오매불망 잊지를 못한다. 그런 사귐은 지금 사람 눈에는 이른바 먼 데만 힘쓰고 가까운 데를 소홀히 하는 짓이고, 비어 있어서 쓸모없는 짓이 아니겠는가? 그러나 벗의 시를 읊조리고 벗의 글을 읽으면 사무치게 구슬퍼져서 곁에서 보는 사람까지 눈물이 줄줄 흘러 차마 떠나지 못하도록 만든다. 대체 무슨 이유일까? 벗을 사귀는 도리가 천성에 뿌리박혀 있기 때문이다.

오호라! 오늘날 사람들은 선생께서 비어 있는 것을 기른 까닭을 알

---

1 『장자』「외물外物」에 "방 안에 여유 공간이 없으면 며느리와 시어미가 서로 다투게 되듯이, 마음속에 자유롭게 노니는 공간이 없으면 여섯 개의 감각기관이 서로 다투게 된다."고 한 대목에서 나온 말이다.

아차린 뒤에야, 산과 물을 즐기는 마음이 천성에서 나왔고, 만 리 밖에서 사귄 벗을 끝내 버리지 않았음을 알아차리게 되리라. 절강 사람의 풍모를 듣고도 벗과 돈독하게 사귈 줄을 모르거나, 저녁 안개와 봄 물결의 빛깔을 보고도 성정과는 아무 관련이 없다고 생각한다면, 그런 사람은 내가 감히 알 바가 아니다.

「양허당기養虛堂記」(1766년, 17세)

※

## 만날 수 없는 벗을 그리며 비어 있음을 기르는 공간

김재행金在行이 자신의 집에 양허당養虛堂이라는 새 당호堂號를 붙이고는 박제가에게 그 의미를 밝히는 기문記文을 써 달라고 부탁하였다. 김재행은 1765년에 홍대용과 함께 연경을 방문하여 중국의 명사와 교유한 지식인이었다. 박제가는 그 특이한 경력을 당호와 연결하여 글을 썼다.

"왜 비어 있음을 길러야 하는가?"라는 질문이 글의 요지인데, 무엇이든 비어 있어야 채울 수가 있다는 말로 대답하였다. 실용적 가치가 없어 보이는 산과 물이 인간의 저속함과 욕망을 고친다. 무가치해 보이는 비어 있음을 길러야 인간의 천성을 제대로 보존할 수 있다. 만리타국에서 한 번 만난 벗은 다시 만날 수 없고 내 인생에 아무 도움도 주지 못하지만, 평생을 두고 잊지 못한다. 그 역시 비어 있음을 기르는 행위이다. 천성에 뿌리박힌, 벗을 사귀는 도리의 발현이다.

이 글은 김재행의 삶을 평가하는 글에서 그치지 않고, 물질적 가치뿐만 아니라 산수와 같은 무형의 가치도 인간에게 중요하다는 사유를 전개하고 있다.

# 「풍수정기」의 뒤에 쓰다

누군가의 부모가 살아 계시는 동안 부귀와 다복함을 실컷 누렸고, 자손을 둔 영화와 세상살이의 즐거움을 한 몸에 모두 누렸으며, 게다가 또 천수까지 누렸다고 해 보자. 그렇더라도 그 자식 된 이는 만족스럽게 여기지 않고 부모의 죽음을 슬퍼하고 부모를 사모하는 마음이 여느 사람보다 덜하지 않다. 이것은 사사로운 욕심이 아닐까? 그렇지 않다. 이는 하늘로부터 타고난 마음이다.

또 누군가의 부모가 살아 계시는 동안 빈천으로 고생하고 굶주림에 허덕이며 유리걸식하면서 떠돌아다녔으며, 또 불행히도 일찍 돌아가셨다고 해 보자. 그렇기에 그 자식 된 이는 부모의 죽음을 슬퍼하고 부모를 사모하는 마음이 여느 사람보다 훨씬 더하다. 이것 또한 하늘로부터 타고난 마음이 아닐까? 그렇지 않다. 이는 사사로운 욕심이다.

　골육 사이의 감정은 외적인 행복이나 불행으로 덜해지거나 더해지는 것이 아니다. 그러므로 부모님이 돌아가시게 되면 여한이 남을 수밖에 없으니 살아 계시는 동안 겪은 다복함과 불우함으로 따질 성질이 아니다. 그럼에도 나는 홀로 사사로운 욕심이 저절로 생기니 어째서인가?

　부모라는 점에서 저분들은 똑같다. 그런데 어떤 분은 부귀를 누린 데다가 또 천수까지 누렸고, 어떤 분은 빈천하게 고생한 데다가 또 일찍 돌아가기까지 하였다. 둘 사이에는 모자라고 넘치는 차이가 없을 수 없다. 정말이지 내가 한스러움이 남고 뉘우침이 뒤따르는 정도가 남보다 훨씬 더하니, 사사로운 욕심이 생길 수밖에 없지 않은가?

　그리하여 그릇을 닦다가 내 어머니가 떠오르면, 짜고 싱거운 맛을 따질 겨를도 없이 아침저녁 끼니도 잇지 못하던 부엌 형편이 불쑥 생각나니, 남들도 그렇게 살았단 말인가? 횃대를 어루만지다 내 어머니가 떠오르면, 다 해어진 솜옷조차 온전하지 못한 옷차림으로 온갖 비바람과 추위를 두루 겪으신 일이 생각나니, 남들도 그렇게 살았단 말인가? 등잔불을 걸어 놓으려다 내 어머니가 떠오르면, 새벽닭이 울 때까지 한잠도 못 잔 채 무릎을 구부리고 삯바느질하시던 모습이 생각나니, 남들도 그렇게 살았단 말인가?

　궤짝을 열었다가 어머니의 편지를 얻었다. 멀리 떠나 여행하는 자식을 그리는 마음과 헤어져 지내는 괴로움을 적은 글을 보게 되니 넋이 빠지고 뼛속까지 저며 와 두 눈을 감고 죽어 버리고 싶어졌다. 손가락을 꼽으며 어머니가 사시다 간 해를 헤아려 보니 이제 겨우 마흔에다 여덟이고, 내가 살아온 해는 스물 하고 넷이라, 구슬프게 서성대다가 나도 모르는 사이 목을 놓아 울부짖으며 하염없이 눈물을 흘리는 것이었다.

「서풍수정기후書風樹亭記後」(1773년, 24세)

✄

## 온갖 고초를 겪은 어머니의 추억

1773년 10월 15일 어머니 전주 이씨가 죽고 난 뒤에 쓴 글이다. 박제가의 나이 24세 때의 일이다. 이 글은 「풍수정기風樹亭記」라는 작자 미상의 기문記文 뒤에 쓴 서후書後라는 문체이다. 풍수정風樹亭이라는 정자 이름은 "나무가 잠잠해지려 하나 바람이 자지 않고, 자식이 봉양하려 하나 어버이는 기다려 주지 않는다.(樹欲靜而風不止, 子欲養而親不待也.)"는 말에서 나왔으므로, 어버이를 여읜 자식의 슬픔을 표현한다. 어머니가 사망하고 난 뒤 박제가는 이 기문을 읽고서, 한평생 고생만하다 일찍 돌아가신 불쌍한 어머니를 애통해하는 마음을 담아 이 글을 지었다. 두 글은 부모를 잃은 자식의 슬픔이라는 주제만 같을 뿐 그 전개는 사뭇 다르다.

이 글의 주된 뜻은 내가 왜 남보다 훨씬 더 어머니의 죽음에 견딜 수 없이 슬퍼할 수밖에 없는지 밝히는 것에 있다. 부귀영화를 다 누린 부모에 대한 자식의 슬픔과 갖은 고초를 겪은 부모에 대한 자식의 슬픔에는 차이가 있을 수밖에 없다. 이 차이에 대한 논란으로부터 글을 시작하여 의론이 글의 전개를 이끌어 가는 듯하다. 차츰 의론은 어머니를 잃은 자신의 슬픔으로 옮겨 가고, 마지막에는 생전에 온갖 고초를 겪은 어머니의 삶을 곳곳에서 떠올리고 가슴이 저며 와 걷잡을 수 없이 통곡하고 마는 스물네 살 아들의 모습을 그리고 있다. 진정한 감정을 간결하고도 절제된 논리와 감각적 언어로 써 내려간 뛰어난 산문이다.

# 꽃에 미친
## 김군

벽癖(고질병)이 없는 사람은 버림받은 자이다. 벽癖이란 글자는 질병
[疾]과 치우침[辟]으로 구성되어, 편벽된 병을 앓는다는 뜻을 가진다.
벽이 편벽된 병을 의미하지만, 고독하게 새로운 것을 개척하고 전문
적 기예를 익히는 일은 오로지 벽을 가진 사람만이 할 수 있다.

　김군이 화원을 만들었다. 김군은 꽃을 주시한 채 하루 종일 눈 한
번 끔쩍하지 않는다. 꽃 아래에 자리를 마련하여 누운 채 꼼짝도 않고
손님이 와도 말 한마디 건네지 않는다. 그런 김군을 보고 미친놈 아니
면 멍청이라고 생각하여 손가락질하고 비웃는 자가 한둘이 아니다.
그러나 비웃음 소리가 채 끝나기도 전에 비웃은 사람은 생기가 싹 사
라진다.

　김군은 마음속에서 만물을 스승으로 삼고 있다. 김군의 기예는 먼

옛날의 어느 누구와 비교해도 훌륭하다. 『백화보百花譜』를 그려 꽃의 역사에 공헌한 공신의 하나로 기록될 것이며, 향기의 나라에서 제사를 받드는 위인의 하나가 될 것이다. 벽의 공훈이 참으로 헛되지 않다.

아아! 벌벌 떨고 게으름이나 피우면서 천하의 대사를 그르치는 사람은 편벽된 병이 없음을 뻐기고 있다. 그자들이 이 그림을 본다면 깜짝 놀랄 것이다.

을사년(1785) 한여름에 초비당苕翡堂 주인이 쓴다.

「백화보서百花譜序」(1785년, 36세)

## 만물을 스승으로 삼은 고독한 예술가의 벽

평범하고 상식적인 세계에 안주하며, 틀에 짜 맞춘 규격품같이 사고하는 인간을 혐오하는 관점이 돋보인다. 당시 서울 지성인의 시대정신을 표현하는 상징적인 글이다.

이 글에 나오는 김군은 김덕형金德亨이란 화훼 전문 화가로, 호는 삼양재三養齋, 자는 강중剛仲이다. 『진휘속고震彙續考』에는 "김덕형은 글씨와 그림을 잘했고, 또 시와 부를 잘 지었다. 특히 화훼를 뛰어나게 잘 그렸다. 그가 화훼 한 폭을 그리면 사람들이 서로 가지려고 다투었다. 표암 강세황이 그를 몹시 소중하게 여겼다. 『백화첩百花帖』을 남겨 집에 보관하고 있다."고 기록했다. 여기서 말한 『백화첩』이 바로 『백화보』이다. 이 화첩은 20세기 초반까지 전해 왔다.

벽癖은 개성을 창출하기 위한 기본 선제다. 명나라 말의 대표적인 소품가 장대張岱는 「다섯 기인의 전기五異人傳」에서 "벽이 없는 사람과는 사귀지 말라. 깊은 정이 없기 때문이다. 흠이 없는 사람과는 사귀지 말라. 진실한 기운이 없기 때문이다."라고 했다.

# 박제가

## 소전小傳

조선이 개국한 지 384년째를 맞는 해는 그가 살고 있는 때이고, 압록강에서 동쪽으로 1천여 리 떨어진 곳은 그가 살아가는 지역이다. 신라에서 나와 밀양을 본관으로 삼은 것은 그의 족보이다. 『대학』에서 뜻을 취하여 제가齊家라고 이름하였고, 「이소離騷」의 노래에 뜻을 부쳐 초정楚亭이라 호를 지었다.

사람됨은 물소 이마에 칼날 같은 눈썹을 가졌고, 눈동자는 검고 귀는 하얗다. 고독하고 고매한 사람만을 골라서 남달리 친하게 사귀고, 권세 많고 부유한 사람은 멀리서 보기만 해도 사이가 멀어진다. 그러니 뜻에 맞는 이가 없이 늘 가난하게 산다.

어려서는 문장가의 글을 배웠으나, 성장해서는 국가를 경영하고 백성을 구제할 학문을 좋아하였다. 몇 달째 집에 돌아가지 않고 연구

청淸나라의 화가 나빙羅聘이 그린 박제가 초상

해도 아무도 알아주지 않는다.

　이제는 훌륭한 인물에 마음을 빼겨 세속적인 일을 버리고 하지 않는다. 개념과 이치를 함께 고민하고, 그윽하고 오묘한 세계를 깊이 사색한다. 백 세대 이전 인물과는 흉금을 터놓고 대화하고, 만 리 밖 먼 땅 사람과 거침없이 어울리고자 한다.

　구름과 안개가 바뀌는 모습을 관찰하고 갖가지 새가 새로 내는 소리를 듣는다. 멀게는 산천과 해와 달과 별, 작게는 초목과 벌레와 물고기와 서리와 이슬이 날마다 변화하여 알기 힘든 자연현상의 이치를 가슴속에서는 또렷하게 파악하고 있다. 글로는 그 실상을 다 표현하지 못하고, 말로는 그 맛을 다 설명하지 못한다. 혼자서 터득한 것이라 아무도 그 즐거움을 알지 못한다고 생각한다.

아아! 몸뚱어리는 남아도 떠나는 것은 정신이고, 뼈는 썩어도 남는것은 마음이다. 그의 말을 알아듣는 분은 생사와 성명을 초월한 데서그를 발견하기 바라노라!


그를 찬미하여 쓴다.


책을 지어 기록하고 초상화로 그려 놓아도
세월이 도도히 흘러가면 그 사람과는 멀어진다.
더욱이 자연스러운 정화精華를 버리고
남과 똑같이 진부한 말로 추켜세운다면
어떻게 그를 불후의 인물로 만들겠는가?
전傳이란 전해 주는 것이다.
그의 조예와 인품을 최대한 드러내지는 못해도
천 명 만 명과는 다른 오직 하나의 그를 또렷하게 알도록 해야만
하늘 끝 타지에서나 긴 세월 흐른 뒤에라도
그를 만나면 누구나 분명히 알아차리리라.

「소전小傳」(1776년, 27세)

## 스물일곱 살 청년 사상가의 자화상

1776년에 쓴 '소전小傳'이란 이름의 자전自傳이다. 명나라 말기 소품가는 자신의 독특한 삶을 소전이라는 이름으로 즐겨 묘사하면서, 세속적 명리를 추구하지 않고 벽을 가진 문인의 자화상을 그려 냈다. 이소전 역시 세상의 도도한 흐름을 거스르며 살아가는 삶을 냉소하듯이 그리고 있다. 한 인간을 규정하는 상식적이고 상투적인 내용을 말하지 않고, 남과는 다른 그만의 개성을 드러낸다. 끝부분의 찬미하는 대목에서는 천 명 만 명과 다른 그만의 개성을 드러내는 것이 전傳의 사명임을 천명하였다. 이 글에서 자신을 진실되게 드러냈다고 평가한 것이다.

## 고중암의

### 변辯

청장관靑莊館 이덕무 선생이 문을 닫아건 채 저술에만 몰두한 지 50
년 가까이 되었다. 선생이 어느 날 길게 탄식하며 말했다.

"백방으로 생각을 해 보아도 옛것보다 나은 것이 없구나!"

그러고는 거처하는 집에 고중암古中菴이란 이름을 붙였다. 내가
물었다.

"중中이라 한 것은 무엇 때문인가요?"

"중화中華란 뜻이지요."

"어째서 중고中古라고 하지 않았나요?"

"상고上古·중고中古라는 말과 혼란을 일으킬 혐의가 있기 때문이
지요."

"어째서 중화를 사모하나요?"

"제가 저들의 서책을 읽어 보았고, 저들의 나라에 들어가 보기도 했지요. 땅은 넓기도 넓고 서책은 쌓이고 쌓여 있더군요. 바다를 깊으니 얕으니 헤아릴 수 없는 격이고, 신비한 용이 변화를 부리면 그 한계가 무엇인지를 알 수 없는 격이었지요. 없는 것이 없음을 일러 풍부하다 하고, 사람들이 뜻대로 함을 일러 즐긴다고 합니다. 오래전에는 옛사람의 서책을 읽고서 거기에 쓰인 글이 모두 우리나라에서 나온 것인 줄로만 알았지요. 이제야 시서예악詩書禮樂, 즉 시와 글과 예법과 음악이 중화의 세상에서 풍부하고 즐기고 있음을 깨달았답니다. 그러니 어떻게 사모하지 않을 수 있나요? 고개를 파묻고 책을 읽다가 머리를 쳐들고 생각해 보니 옛사람이 옛사람으로 존경을 받게 된 연유가 따로 있더군요. 그래서 중화를 사모할 줄 모르는 자는 옛사람의 책을 모르는 자이고, 어느덧 천년 이전의 옛날과 만 리 먼 곳의 세상을 모르게 됩니다그려."

「고중암기古中菴記」(1790년, 41세)

❧

### 옛것과 중국의 문물을 배우는 까닭

절친한 벗 이덕무가 서재 이름을 고중암古中菴이라 짓고 박제가에게 기문記文을 써 달라고 부탁하였다. 박제가는 자기 생각을 밝히기보다 서재 주인에게 이름을 지은 이유를 물어 글을 완성하기로 하였다. 이덕무가 오랫동안 학문을 연마하여 얻은 결론은 옛것을 배우고 중국 것을 익혀야 한다는 사실이었다.

이덕무가 중국을 시모히고, 니이기 천 년 이전 과기로 가고자 한 이유는 무엇일까? 조선에서는 이들을 서출庶出이라 하여 배척하고, 북학北學을 주장한다 하여 백안시하였다. 하나의 인간, 빼어난 지식인으로 대우받지 못했으니 조선에서는 사귈 친구가 없었다. 그러면 어디로 가야 할까? 천년 전 과거로 가서 옛사람과 대화하거나 만 리 먼 중국에 가서 벗을 사귈 수밖에 없었다. 이 짧은 글에 서출 지식인의 답답함과 그 한계를 극복하려는 의지가 함께 보인다.

# 2부 나귀를 팔아 그대 가까이 살고 싶소

## ― 편지와 척독

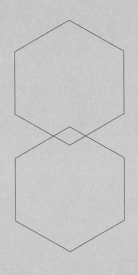

# 관헌

## 서상수에게

**첫 번째 편지**

제가 외진 골목에 살고 있어 세상 소식을 듣지 못하는 터에 백영숙白永叔(백동수)이 사람을 보내 그대가 북관北關으로 유배를 떠났다고 전하더군요. 제가 급히 대사동大寺洞(인사동)으로 달려가 보니 떠난 지 벌써 나흘이나 되었더군요. 즉시 알려 주지 않았다고 무관懋官(이덕무)을 나무라자 당연히 벌써 알고 있으리라 생각하여 알리지 않았노라고 하더군요. 오호라! 이미 떠난 마당에 또 어쩌겠습니까? 무더위가 맹위를 떨치는 길을 어떻게 가셨는지요? 집은 판잣집에다 풍토도 다른 곳에서 어떻게 잠을 자고 식사를 하는지요? 변방 사투리를 쓰고 가죽옷을 걸친 주민 속에서 어떻게 지내는지요?

제 노모께서는 지병이 재발하였습니다. 형과 아우가 밤에는 눈도 못 붙이고, 낮에는 허리띠도 못 푼 채 벌써 스무 날을 보내고 있습니다. 이제 조금 나아지기는 했으나 남은 병세가 여전합니다. 떠날 때는 손을 잡고 위로하며 배웅하지도 못했고, 또 인편을 통해 편지를 보내 객사에서 펼쳐 보게 하지도 못했습니다.

돌이켜 생각하니 지난날에는 어울려 놀던 일이 별처럼 드문드문 이어졌더군요. 저는 백탑白塔 아래에 갈 때마다 반드시 가운稼云(서유 년)¹이 독서를 하고 있는지 살피고 돌아옵니다. 다만 집이 멀어서 자주 가지는 못합니다. 요즈음 저는 날랜 말을 타고 육진六鎭의 산천에 가서 그대를 만나 보고 돌아올 생각뿐입니다. 다만 아무 소용이 없는 망상일 뿐입니다.

먼 변방에는 인편이 드물어 편지를 보낼 길이 없습니다. 객지에서 숱한 고생을 겪는 와중에 부디 한 몸 소중히 지키시기 바랍니다. 종이 한 폭이라 허다한 사연을 다 싣지 못합니다.


## 두 번째 편지


북관의 진산 백두산은 두만강과 압록강이 발원한 땅입니다. 나무는 자작나무가 많고, 물고기는 넙치가 많습니다. 여인은 주로 삼으로 실을 잣고, 남자는 주로 사냥을 합니다. 황량한 벌판의 물줄기와 풀밭 사이로 야인野人(만주족)이 사는 인가를 볼 수 있습니다. 짐수레가 덜

---

¹ 서유년徐有年은 서상수의 아들이다.

컹덜컹 다니고, 말과 같은 가축이 떼 지어 있습니다. 조선 한 모퉁이에서 오로지 이곳에만 중국 풍속이 있습니다. 2천 리 길을 걸어 나그네가 된 지 수십 일이 됐으니 고적과 명승을 꽤 많이 훑어보았겠지요. 이 또한 임금의 은덕입니다.

다만 늙고 병든 양친께서 집에 계시고, 독서하는 어린 아들을 보살펴서 성취를 이루도록 할 방법이 없습니다. 그대를 생각하니 마치 제 일 같습니다. 그러나 가운稼云의 공부는 무관懋官이 있으니 걱정할 게 있겠습니까?

제가 예전에 듣기로는 북관에서는 처서날에 서리가 꼭 내린다고 하더군요. 그대는 이른 추위를 맞이했을 텐데 억지로라도 식사를 더 챙겨 드시기 바랍니다. 먼저 쓴 편지를 옆에 놓아둔 지가 오래인데 또 이어서 이 편지를 씁니다. 판잣집 아래 무료한 저녁에 펼쳐 보고 위안 거리로 삼으시기 바랍니다.

## 세 번째 편지

저는 지은 죄가 깊고도 무거워 열한 살 때는 아버지를 여의었고, 스물네 살 된 지금 또 어머니를 잃었습니다. 이른바 나를 낳고 나를 기르신 부모님의 은혜를 보답할 길이 모조리 없어졌으니, 애통하고 쓰라린 심정이 천지간에 사무칩니다.

돌아가신 어머니는 홀로되어 가난하게 지내신 10여 년 동안 온전한 옷을 몸에 걸치지 못하셨고, 입에 맞는 음식을 들지 못하셨습니다. 새벽닭이 울 때까지 잠들지 못한 채 삯바느질하여 아들에게 스승을 찾아 공부하도록 했습니다. 아들이 교유한 분 중에는 선생과 어른으로 세상에 이름난 명사가 꽤 많았는데, 기어코 힘을 다해 초빙하여 술과 안주를 갖추어 대접하곤 했습니다. 아들만 보고서는 남들은 가난한 집안 사정을 눈치채지 못했습니다. 제가 공부에만 전념하여 오늘날의 꼴을 갖춘 것은 모두가 어머니께서 베풀어 주신 은혜입니다.

오호라! 저는 거친 음식이나마 어머니를 봉양할 재물을 장만하여 평소에 아들 된 도리를 다하지 못했습니다. 그런 꼴로 문학이란 불후의 업적을 세워 돌아가신 뒤에나마 부모님의 이름을 빛내겠다고 하니 보탬은 하나도 없이 더 큰 불효만 저지르고 있을 뿐입니다. 그러니 세상의 어진 군자들께서는 저를 보고 가엾게 여기시기를 바랍니다.


## 네 번째 편지

『회우기會友記』를 보냅니다. 저는 평소에 중원中原을 대단히 흠모해 왔으나, 이 글을 보고 나서는 다시 걷잡을 수 없이 미친 사람이 되어 밥을 앞에 두고서도 수저 드는 것을 잊고, 세숫대야를 앞에 두고서도 얼굴 씻는 것을 잊을 지경입니다. 아아! 정녕 이곳이 어떤 땅이란 말입니까? 그 땅이 조선 땅일까요? 제가 보니 절강浙江이고 서호西湖입니다. 그곳은 남북으로 멀고 좌우로 광활하여 도로의 거리를 계산하지 못할 정도로 끝 간 데 없이 넓디넓은 땅입니다.

그러나 소와 말도 분간하지 못하는 부리들은 은연중 이 조선만을 진정한 세계로 간주하며 수천 리 우리 안에서 나서 늙고 병들어 죽는 생애를 영위하고 있습니다. 그들이 과연 중원의 존재를 알 수 있을까요 없을까요?

한마디라도 중원이라는 말이 나오면 언제나 겸손한 말씨로 사죄하듯 "조선 땅도 아직 다 보지 못했소이다."라고 말하는 자들이 있습니다. 그런 자는 여름날 하루살이와 우물 안 개구리 같은 부류요, 학이 울고 바람 부는 소리만 들려도 놀라 눈을 휘둥그레 뜨는 자들입니다.

그런가 하면 수다스럽게 떠들어 대며 흥분하고 기뻐하면서 칭송하는 말을 그칠 줄 모르는 부류도 있습니다. 그들에게는 하나도 중원이요 둘도 중원이므로, 좋아하고 싫어하는 것이 따로 있기나 하겠습니까? 그리하여 중국의 서책과 물건을 그대로 본뜨려고 몹시도 노력하지만 한 번 보면 바로 가소로움을 알아챌 수 있습니다. 설사 진짜인지 가짜인지 가릴 수 없을 정도로 제법 흉내를 냈다 해도 썰렁한 느낌이 오래 남습니다.

저나 유득공 같은 무리는 타고난 천성 자체가 중원을 좋아할 뿐 아니라 하는 짓도 중원 사람과 은연중 일치합니다. 누가 가르치고 누가 전해 주어 그렇겠습니까? 만약 우리를 보고 억지로 배워서 그렇다고 한다면 우리를 진정으로 이해한 것일까요?

아아! 우리 조선 3백 년 역사 동안 중국 땅에 사절이 계속 오갔으나 명사 한 명도 보지 못하고 돌아왔을 뿐입니다. 이제 담헌湛軒 홍대용洪大容 선생이 하루아침에 저 하늘 끝 먼 곳에서 지기知己를 맺어 그 풍류와 시문과 서화書畵가 멋스럽기 짝이 없습니다. 사귄 사람들은 모두 풍모가 의젓하여 지난날 서책에서 본 듯한 인물이고, 주고받은 말은 모두 제 마음속에 또렷하게 새겨져 있던 것입니다. 저분들이 비록 조선과 천 리 멀리 떨어져 전혀 알지 못하는 사람이라 해도 우리가 사모하고 사랑하며 감격하여 울면서 의기투합하지 않을 도리가 있겠는지요?

「여서관헌상수 與徐觀軒常修」(1766~1773년경, 17~24세경)

※

## 북관 유배지의 벗에게 보낸 위로 편지

절친한 친구 서상수徐常修(1735~1793)에게 보낸 네 편의 척독尺牘이다. 그는 시인이자 화가였고, 골동 서화 전문가였다. 자는 여오汝五, 호는 관헌觀軒으로, 생원시에 합격하고 종8품 광흥창봉사廣興倉奉事를 지냈다. 신분은 박제가와 같았다. 현재의 서울 인사동에 거주하면서 박지원, 이덕무, 박제가 등과 교유하였다. 박지원은 그를 가리켜 "김광수金光遂가 감상학鑑賞學의 개창자라면 서상수는 한 걸음 더 나아가 오묘한 경지를 깨달은 사람이다."라고 호평하였다.

네 편의 편지는 지은 시기가 같지 않다. 대체로 1766년에서 1773년 사이에 썼다. 앞의 두 편은 함경도로 갑작스레 유배를 떠난 서상수를 위로하는 편지이고, 세 번째는 어머니를 잃은 슬픔과 회한을 밝힌 편지이다.

네 번째 편지에는 『회우기』가 등장한다. 1765년 홍대용洪大容이 연경에 가서 절강 출신의 세 지성인과 사귀며 주고받은 필담을 이덕무가 편집한 『천애지기서天涯知己書』라는 책이다. 조선의 한 학자가 연경에 들어가 하루아침에 깊은 우정을 맺은 것은 박제가와 이덕무, 유득공 등에게 말로 표현할 수 없는 강렬한 감동을 주었다. 감동의 깊이가 편지에 잘 드러나 있다.

이 척독들을 통해 박제가는 문명의 땅을 체험하고 싶은 욕구라든가 마음을 나누는 진정한 우정을 펼쳐 보인다.

# 상중喪中의 이몽직에게
## 보낸 답장

**첫 번째 편지**

명절에 답장을 받고서 상중에 큰 탈 없이 지냄을 멀리서나마 확인하였습니다. 참으로 다행입니다. 제 병은 나이가 들수록 더해지나 제 학문은 날이 갈수록 퇴보하니 어쩌면 좋습니까?

제가 처남의 가문에 사위가 된 지가 몇 해인지요? 날마다 제 말을 듣고 날마다 제 행동을 보아 왔으면서 아직도 그 두 사람처럼 저를 의심하십니까? 평소의 제 됨됨이를 말해 볼까요. 말은 서툴러 남들과 호쾌하게 대화를 나눌 주변도 없고, 천성은 게을러 과거 시험 문장에 진력할 푼수도 못 됩니다. 제가 남들에게 용납되지 못하는 까닭이 바로 이것입니다.

간혹 찾아가는 데가 있기는 하지만 모두 저같이 외롭고 한미하며 세상 물정에 어두운 한두 사람뿐입니다. 그밖에는 다른 친구가 없습니다. 이런 저를 보고 알고 지내는 사람이 많다느니 나가 놀기를 좋아한다느니 한다면 지나친 말이 아닐까요? 처남이 시험 삼아 열 사람을 모아 놓고 저를 아느냐고 물어보십시오. 설마 지인 한 명이 없겠습니까? 또 시험 삼아 한 달 동안 살펴보십시오. 하루쯤 집에 머물지 않고 밖에 나갈 일이 안 생기겠습니까?

저는 친구에게 "후세 사람들이 나를 문인에 불과하다고 지목하는 것을 두려워한다."고 말한 적이 있습니다. 글솜씨나 뽐내는 경박한 짓은 차마 못 하겠다는 생각이 들어서 한 말입니다. 이 점은 처남이 분명히 알고 있고 분명히 확인한 것이 아니던가요? 지금 처남이 저를 책망하는 까닭이 저를 깊이 아끼는 데 있지 않겠습니까? 제가 그것을 모를 리 있겠습니까?

처남은 저에 대한 비방이 갈수록 심해지는 이유를 아시는지요? 여기 한 사람이 있다고 합시다. 친구가 오자 그에게 먼저 묻기를 "아무개가 나를 비방한다고 하던데 자네는 들은 적이 있나?"라고 합니다. 그 친구가 그런 비방을 이미 들었다면 반드시 "들었네. 정말 그런가?" 하고 되물을 겁니다. 이는 전에 들었던 비방이 분명한 사실임을 확인해 주는 것입니다. 그 친구가 비방을 아직 듣지 못했다면 반드시 "이게 무슨 말인가?" 하고 반문할 것입니다. 그러면 어쩔 수 없이 저간의 사정을 자초지종 다 해명하지 않을 수 없지요. 그러면 또 한 사람의 입을 더하게 되는 셈입니다. 얼마 지나지 않아 그 비방이 세상에 두루 퍼지지 않겠습니까?

제가 보기에는 이렇습니다. 처남에게 친구가 있으면 반드시 먼저 저를 아껴서 저를 자랑하고, 자랑하는 중에 또 염려하는 말을 내뱉어 "이 사람이 신기한 것을 좋아하여 이렇고 저렇고 하다네."라고 할 것입니다. 그러면 처남의 친구는 제가 신기함을 좋아하는 줄로 알게 됩니다. 처남의 친구는 듣고 난 뒤 또 자기 친구에게 "아무개가 자기 매부 아무개의 이름을 거론하면서 신기한 것을 좋아한다고 걱정하더군."이라고 말할 겁니다. 그러면 같이 앉아 있던 이들이 다 맞장구를 치면서 "그래, 그 말이 옳아. 신기함을 좋아하는 것은 이런 말세에 이로울 게 없지."라고 말할 겁니다. 그러면 처남의 친구의 친구는 저를 신기함을 좋아하는 위인으로 알게 됩니다. 이렇게 몇 달을 지내면 저를 신기함을 좋아하는 이로 다 알지 않을까요? 그러나 사실상 제가 신기한 것을 좋아한 적이 있던가요? 사실은 처남과 저들이 저를 신기함을 좋아하는 자로 만들어 버린 거지요.

신기함을 좋아한다는 평을 듣는 이유가 시문과 서찰이 남과 조금 달라서인지요? 처남이 제 말과 서찰을 보았거니와, 상대가 누구인지 가리지도 않고 아무에게나 이처럼 말하고 서찰을 보내던가요? 제게 한두 명의 친구가 있는데 그들이 이처럼 하도록 용인합니다. 또 처남이 이처럼 하도록 용인합니다. 만약 처남이 이처럼 하도록 용인하지 않는다면 제가 어디라고 그렇게 하겠습니까?

처남이 제 글을 보았다면 잘 간직하고 처음부터 저를 남들에게 자랑하지 말아야 했고, 또 저에 대해 염려하지 말아야 했습니다. 제 허물을 보았다면 조용히 제게 말했어야죠. 그럼 저는 마땅히 "이야말로 진정으로 나를 아끼는 사람이다."라고 했을 것입니다. 지금 처남은 제가 남의 충고를 받아들이지 않고 혼자 잘난 척한다고 보는 듯합니다. 이는 저를 버리는 것입니다. 제가 어찌 그렇게 마음먹겠습니까?

비방은 입에서 입으로 전해지면서 부풀고, 사랑은 경솔하게 자랑하다가 잘못됩니다. 제가 친근하게 여기지 않아서가 아니라 친근함이 지나치면 소원하게 되기 때문입니다.

진실을 따지다가 제 변명만 늘어놓게 되었으니 몹시 부끄럽습니다. 제가 이제껏 이 말을 하지 않은 까닭은 처남이 스스로 알아차리기를 기다렸기 때문입니다. 이제 처남은 환히 깨달았겠지요? 붓으로는 제 마음을 다 표현하지 못합니다. 두서없는 말을 너그러이 보아주십시오.

## 두 번째 편지

2년째 부친상을 모시는 동안 기력이 편안한지요? 부모의 은혜를 더는 받지 못해 그리움에 사무칠 효자의 마음을 멀리서나마 떠올리며 뵙고 싶습니다.

제가 들으니 선친 묘 앞의 혼유석魂遊石[1] 바닥에 행적을 새겨 넣어

---

[1] 혼유석은 무덤 앞에 놓는 직육면체 돌로 혼령이 나와 앉아서 후손이 올리는 제수를 흠향歆饗하는 자리이다. 이 혼유석 네 면에 글을 써서 새기기도 한다. 박제가는 장인 이관상의 「혼유석명 병서魂遊石銘幷序」를 지었다.

서 묘지墓誌를 대신하려 한다고 하더군요. 땅속에 묻는 것을 묘지라 합니다. 묘비가 있는데 다시 묘지를 지어 땅속에 넣는 것은 옛사람의 깊은 우려가 담겨 있습니다. 천년만년 지난 뒤에 땅속에서 변화가 일어나면 묘지의 가치를 증험할 수 있습니다. 이제 이 혼유석은 백 년 이내로는 기울 까닭이 절대로 없습니다. 혼유석이 그대로 있다면 언덕과 골짜기가 뒤집히지 않았음에도 선친의 묘지가 벌써 인간 세상에 나왔다고 남들이 의심할 것입니다. 정말 영구적인 일이 아닙니다.

저는 묘지의 문장을 짓지 않고 그대로 남겨 두어 훗날을 기약하고, 또 따로 명銘 한 편을 지어서 돌에 새기는 것이 의로움에도 해가 되지 않고 후세에 전하는 방법에도 보탬이 되리라고 봅니다. 두예杜預가 빗돌을 두 개 만들어 세운 취지와 같습니다.[2]

저는 지금 혼유석명魂遊石銘과 병서幷序 4백 자를 쓰는 중입니다. 그 문장은 묘지도 묘갈墓碣도 아닙니다만 묘지라 해도 되고 묘갈이라 해도 안 될 것이 없습니다. 후세 사람이 볼 때 장인어른과 무관한 사람의 작품이 아님을 알리고, 장인어른을 생각한 제 평소의 이러저러한 마음을 조금 적을 생각입니다. 처남이 가부를 선택하면 좋겠습니다.

제 문장은 평소 세상에 어울리지 못했습니다. 이 문장도 처남의 주관대로 결정을 내리기 바랄 뿐 굳이 남에게 물어서 좋으니 나쁘니 판단을 들을 필요가 없습니다. 저 또한 자신을 버리고 남을 따라서 세상에 어울리기를 구할 생각이 없습니다. 혼유석 형상을 그려서 보내 주

---

2 진晉나라의 명장 두예는 명성을 후세에 길이 전하고 싶어 하였다. 공적을 새긴 비석 두 개를 만들어 하나는 만산萬山 아래에 두고 하나는 현산峴山 위에 세우면서 "높은 언덕이 골짜기가 되고, 깊은 골짜기가 언덕이 될 수 있다."고 하였다. 『진서晉書』「두예열전杜預列傳」.

기 바랍니다. 마땅히 글씨를 써서 보내 드리겠습니다.

선친의 행장 초고는 제가 어찌 감히 대수롭지 않게 보겠습니까? 다만 초고를 몇 차례나 바꾸고서도 끝내 제 마음에 들지 않은 탓입니다. 시일을 다투는 일이 아니니 조금만 기다려 주시면 완성할 것입니다.

나중에 이 행장으로 누구에게 묘지의 문장을 받을지 모르겠습니다. 근세에는 반드시 벼슬과 지위가 높은 분께 조상의 묘지를 구하려 듭니다. 심지어는 승려의 묘비명도 현재 재상의 관직명을 빌리고 있지요. 간혹 남이 지은 글에도 지위가 높은 자의 이름을 가져다 채워 넣으니 이는 비루하기 짝이 없는 풍습입니다. 선조를 불후한 인물로 만들고픈 생각이 있다면 마땅히 천하 만세에 전해질 문장을 얻어 와야지 조금이라도 벼슬이나 지위가 선택하는 과정에 끼어들어서는 안 됩니다. 처남 같은 분이 이런 풍습에서 과감히 벗어날 수 있다면, 연암 박지원 선생이 현재의 한유韓愈나 소식蘇軾이라고 추천합니다. 그 문장이 속인들에게 헐뜯음을 많이 당하고 있기는 하지만, 문장을 모르는 자와는 상의할 사안이 아닙니다. 선친의 묘지 문장은 글을 맡을 적합한 분이 없다고 말할 수 없습니다.

제가 감히 좋아하는 사람에게 아부하는 것은 아닙니다. 그러나 제가 한 말이 처남에게 꼭 신뢰를 얻기를 바라겠습니까? 제 진심을 쏟아 말씀드릴 뿐입니다.

「답이몽직애答李夢直哀」(1773년, 24세)

## 처남에게 진정을 토로한 편지

이몽직李夢直에게 보낸 답장 편지 두 편이다. 몽직은 이한주李漢柱의 자字로, 그는 박제가보다 한 살 더 많은 처남이다. 충무공 이순신의 후손으로 절도사를 지낸 이관상李觀祥의 아들이었다. 『설계신은雪溪新隱』이란 시집을 엮었을 만큼 시문도 잘 썼다. 박제가와 묘향산을 함께 유람하였고 지우로서 늘 그를 격려하였다. 상중이라고 말한 이유는 부친 이관상의 상을 당한 상태였기 때문이다. 1771년 어름에 쓴 편지로서 20대 초반의 직설적이고 간결한 문체를 잘 보여 준다.

앞서 이한주가 보낸 편지 두 통 중 하나는 남들이 박제가가 신기한 것을 좋아한다고 비난하니 조심하라는 당부를 했을 것이고, 또 하나는 이관상의 묘지에 쓸 석물에 대해 의견을 묻고, 행장을 서둘러 써 달라는 부탁과 함께 묘지명은 누구에게 써 달라고 부탁하면 좋을지 의견을 물었을 것이다. 박제가는 이 편지들을 받고 자신의 의견을 분명하게 밝힌 답장을 보냈다.

박제가는 자신의 문장이 세상의 추세와는 부합하지 않고, 자신은 세상의 평가나 비난에 굴복할 뜻이 전혀 없음을 강하게 주장하였다. 기성의 관념과 체재에 거부감을 갖고 늘 변혁을 꿈꾼 태도를 잘 드러내고 있다. 새롭고 기이한 것을 추구하여 독특한 개성을 드러낸 20대 젊은 박제가의 행보가 인상적이다.

## 형암
## 이덕무에게

들자니 선생께서 지붕을 새로 엮었다 하니 볏짚이 아주 정갈하여 하루하루 상큼하게 지내겠군요. 제가「집에 머문 생활, 절구 세 수」를 지었으니 이에 평점評點을 구하고자 합니다. 저는 문장에 선생의 평점이 없으면 장사 지낼 때 한유韓愈의 묘지명墓誌銘 [1]을 얻지 못한 것과 같다고 생각합니다. 선생께서는 설마 아끼고 내놓지 않다가 지혜가 서린 먹을 그대로 마르게 하거나 오묘한 글자가 허공에 사라지도록 하지는 않으시겠지요?

「기형암寄炯庵」(1769년, 20세)

---

[1] 한유는 당나라의 문장가로 다양한 문체에 걸쳐 명작을 남겼으나 특히 묘지명을 잘 지어 당대부터 유명하였다.

## 작품에 평점을 부탁하는 정갈한 글

간결하고 운치가 넘치는 척독尺牘이다. 「집에 머문 생활, 절구 세 수家居絕句三首」는 시집 권1에 실려 있다. 집에 머물 때의 일상사와 단상을 표현한 산뜻한 작품이다. 시 세 편을 짓고 나서 이덕무에게 평점을 달아 달라고 부탁하였다. 이덕무는 작품의 실제 비평에 뛰어난 능력을 지닌 비평가로 지금도 그의 평점이 달린 시문이 다수 전해 온다.

## 혜보

## 유득공에게

소 가래침 같은 빗줄기가 사흘 내내 끊어지지 않는군요. 효자가 사는
동네 골목길은 틀림없이 진창일 테지요. 이 아우가 혜보와 만나 이야
기를 나누고자 한 지가 오래입니다만, 나귀를 타자니 오래 앉아 있기
가 힘들겠고, 타지 않자니 멀리 걷기가 힘들 듯합니다. 이러지도 저러
지도 못하고 망설일 뿐입니다. 그냥 나귀를 팔아 집을 사서 가깝게 살
수 있기만을 바랄 뿐입니다.

「여유혜보與柳惠甫」(1771년경, 22세경)

꽃

**만나고 싶은 간절함을 익살스럽게 표현한 편지**

절친한 친구 유득공에게 보낸 짧은 편지이다. 비가 내려 진창길로 변

해서 친구를 찾아가 보기가 힘들다. 차라리 나귀를 팔아 친구 집 가까이 집을 장만하여 자주 오가고 싶다. 그 말에는 벗을 향한 진한 우정이 담겨 있다. 유득공과 주고받았을 많은 편지 가운데 20대에 쓴 이 짧은 척독 한 편만을 문집에 남겨 둔 까닭이다.

# 추성관장인에게
## 답하는 편지

**첫 번째 편지**

저물 무렵 귀한 분의 편지가 문에 이르렀으니, 어찌 정겨운 일이 아니겠습니까? 우레가 잠든 벌레를 깨우는 봄철에 편안히 지내신다니 경하하는 마음 금할 길 없습니다. 못난 저는 긴긴 낮에 할 일 없이 낮잠을 이웃 삼아 지냅니다. 서책을 늘어놓고 부들자리에 뒹구는 것도 그럭저럭 아치가 있더군요.

　그대가 사립문을 닫아걸고 밖을 나가지 않으시니 이야말로 서생 본연의 모습이지요. 대개 볼만한 것은 조용히 앉아 지내는 사람에게서 많이 나타나더군요. 못난 저는 그대의 관처사管處士(붓)가 40년이나 책상 위에 머물며 한 일을 보지 못해 늘 한스러우니 간직하고 계신 것을 제게 보여 주지 않으시렵니까?

 이무관李懋官도 편안하고 한가롭게 지냅니다만, 진창이 길을 몹시 가로막아 생각만 간절할 뿐 찾아가지를 못합니다. 못난 제가 어쩌다 문을 나서 산보하다가 서글퍼 그만둘 뿐입니다. 때마침 딴 일이 생겨서 보내신 사람을 오래 세워 두었으니 거듭 죄송합니다!

## 두 번째 편지

비췻빛 숲에 묻혀 먼 옛날의 역사를 마음껏 말하는 것은 멋진 일이라 하겠지요. 그대의 책상은 부처님 머리처럼 깨끗합니다. 못난 제 시를 올려놓아 오래 더럽히는 것은 어울리지 않으니 돌려주시기 바랍니다.

## 세 번째 편지

허신鄦愼의 『설문해자說文解字』[1]를 예전에 열람할 때는 설렁설렁 넘겨 본 경우가 많았습니다. 그대가 소장한 책을 제가 빌리지 못한다면 남의 집에 소장된 책이야 말해 무엇 하겠습니까?

 책을 빌려주는 바보라는 말이 세상에 와전된 채 전해지지만, 바보치癡는 사실 술병 치瓻의 잘못입니다. 황정견黃庭堅이 "나에게 천 권 책을 기꺼이 빌려준다면 / 나중에는 그대에게 술병[瓻] 하나로 갚아

---

1  허신은 중국 후한의 학자로 당시에 통용된 한자 9353자를 540부部로 분류하고, 글자의 뜻과 형태를 분석하였다. 자형을 육서六書로 분류하여 설명하는 등 고대 한자 연구에 기초가 되는 자전이다.

주리라."고 했지요. 시에 나오는 치瓻는 술병이니 그대는 한 번 더 살펴보시지요.

「복추성관장인復秋聲館丈人」(1773년 이전, 24세 이전)

✄

## 위트와 익살을 섞은 짧은 편지

추성관장인秋聲館丈人은 이정재李定載이다. 이 책에 실린 「공주로 떠나는 이정재를 보내며送李定載往公州序」의 해설에 그의 내력을 자세하게 밝혀 놓았다. 노론 청류 계열 김종후金鍾厚의 제자로 1774년 공주로 낙향하기 전에는 이덕무, 박제가 등과 자주 교류했다. 낙향하기 전 남산 저택에 정원을 꾸미고 살던 이정재에게 보낸 세 편의 척독은 안부를 물어 온 벗에게 전하는 근황과 자신의 시고를 돌려달라는 부탁, 구하기 힘든 『설문해자』를 빌려달라는 내용이다. 짧은 편지에 위트와 익살의 분위기를 조금씩 담아서 구체적 사연을 장난기 어리게 표현하였다. 정취가 담긴 척독 소품들로, 20대 초반 재기발랄한 시기의 필치가 보인다.

## 상중喪中의
## 낙서 이서구에게

가랑비와 아지랑이 속에서 남은 봄이 지나가고 있습니다. 효자는 어떻게 지내시는지 못내 궁금합니다. 제 아내의 병은 조금 나아졌습니다. 무릉선생武陵先生(박지원)은 만월대로 유람을 떠났고, 무관懋官(이덕무)은 황주黃州를 들렀다가 평양으로 가고 있는데,[1] 다들 한 달 안팎이면 돌아올 것입니다. 혜보惠甫(유득공)와 그대는 모두 칩거한 상주의 처지이고요. 혜보는 또 송씨宋氏 마을에 머물고 있답니다. 그러니 저는 문을 나서도 갈 데가 없습니다.

우리는 청춘으로 약관弱冠의 나이에도 오히려 이처럼 드문드문 보니 차츰 나이를 먹어 세상사에 깊이 젖어 든 뒤에는 형편이 어떻게 바뀔지 짐작할 만합니다. 한두 해 전만 해도 훌쩍 오가며 술 마시고 왁자하게 지냈었지요. 깨고 난 꿈을 다시 이어 꾸지 못하고, 흘러간 물

---

[1] 1771년 3월 24일 이덕무는 황해절도사로 재직하던 종형 이경무李敬懋가 있는 황주를 유람하고 그 김에 평양까지 구경하고 돌아왔다. 박지원도 이덕무와 함께 출발하여 개성 만월대에서 헤어졌다.

을 다시 잡지 못하는 꼴이 돼 버렸군요.

저는 근자에 마음을 둘 데가 없어서 책을 읽지 않은 지도 벌써 몇 달째입니다. 꽃과 나무를 구경하고 누대를 찾고자 하는 마음도 심드 렁할 뿐이니 어쩌면 좋을까요? 「평양에 가는 무관을 배웅한 시」를 보 내니 한번 살펴봐도 좋을 겁니다.

「여낙서애與洛書哀」(1771년, 22세)

### 벗들이 떠나고 없는 헛헛한 기분

1771년 음력 3월 24일에서 30일 사이에 절친한 친구에게 쓴 짧은 편 지이다. 박지원, 이덕무, 유득공, 이서구 등 친구가 다들 여행을 떠나거 나 상중에 있어 어울리지 못하는 답답함을 토로하였다. 갑자기 닥친 이 고적함과 쓸쓸함을 견디기 힘들다. 가장 가까이에 있는 이서구에게 편지를 보내 아쉬움과 그리움을 전하였다. 친구끼리 활발하게 오가며 즐겁게 지내는 것조차 쉽지 않다는 내용이 인상적이다. 벗과의 만남을 생명처럼 여긴 이 무렵 백탑 동인의 마음자리를 보여준다.

## 석파

## 김용행에게

그대는 인정머리 없는 사람이라 해야겠네. 내가 남한산성 망월사[1]에
앉아 있을 때 그대는 불쑥 나가며 산보나 하러 가겠다고 하더니 약속
시간이 지나고도 돌아오지 않았네. 나는 옥정사로 먼저 갔나보다 생
각하고 중을 보내어 찾았으나 찾을 수 없었네. 내가 직접 천주사로 가
려고 했으나 막 비와 우박이 뒤섞여 내리는지라, 주저하다가 포기하
고 밤새 혀를 끌끌 차면서 그대가 어느 절에 발이 묶인 채 한없이 나
를 그리워하리라 생각했네.

다음 날 새벽에는 안개가 잔뜩 끼었네. 사방에 물이 넘실대는 듯하
여 나는 옷깃을 걷고 숲 등성이를 따라 옥정사를 찾아갔는데 도착해
보니 그대가 없더군. 다시 국청사로 가 두루 물어보았으나 종적을 아
는 이가 아무도 없었네. 늙은 스님 한 분이 "어제 정오에 한 사람이 단

---

1  이 편지에 나오는 망월사望月寺·옥정사玉井寺·국청사國淸寺·개원사開元寺·천주사天柱
   寺는 모두 남한산성에 있던 사찰이었다.

신으로 잠깐 들어왔다가 바로 나간 일이 있는데 그 사람인가 보오."라고 하더군. 그 말에 나는 한참 서글프게 있다가 하는 수 없이 결국 천주사로 갔네. 천주사에 가니 키가 훌쩍 큰 사람이 등을 보이고 서 있길래 선뜻 '그대가 벌써 와 있구나!'라며 마음이 설레었네. 그러나 또 헛걸음이란 것을 알아차렸고, 그때는 원망이 생겼다오.

그대는 나와 개원사에서 만나자고 약속해 놓고서는 50리밖에 되지 않는 곳을 며칠이 지나도 오지 않았으니 어쩌면 그리도 남을 무시하는 게요? 아무튼 만난 뒤에는 겸상하여 밥을 먹고, 이불을 같이 덮고 잤으며, 시도 함께 짓고 술도 함께 마셨거늘 홀연히 내게 알리지도 않고 떠나 버렸소. 정 많고 체질 약한 이 친구를 이틀 동안이나 한시도 마음 놓지 못하게 만드니, 미친 짓이 아니면 인정머리 없는 짓이오. 그대는 어째서 그렇게 하는 거요?

게다가 깊은 산중 초행길이라, 길에 익지 않고 걸음마다 위험한 바위가 나타나고 무서운 짐승이 겁나서 여우마냥 의심이 들어 마음이 안정되지 않더이다. 머리털이 허옇게 바뀌지는 않았어도 무릎은 진흙투성이가 됐네. 또 개원사는 우리가 처음 만나기로 약속한 장소인데다 정자금鄭子禽과도 만나기로 약속한 곳이었네. 그대가 혹시라도 거기에 있을까 기대하고 바람처럼 달려가서 사람을 찾았네. 결국 찾지도 못하고 하늘만 쳐다보고 장탄식하며 서글프고 외로워져 마치 길잡이 없는 장님 꼴이 되었네. 하지만 그때 그 심정은 오늘은 벌써 잊었네.

게다가 그대는 정자금에게 6일에는 꼭 오마고 말하였네. 내가 거기에 미문 것은 오로지 ㄱ 때문이었다네. 그날은 날씨가 흐렸다 맑았다 일정치 않아서 나는 "오지 않는다고 해도 신의가 없는 것은 아니다."라고 자위하였네. 다음 날 다시 망월사에서 온종일 시간을 보내면서 세 차례나 사람을 보내어 살펴보았고, 나도 직접 가서 기다리기를 세 번이나 했으나 만나지를 못했다오. 그다음에는 돌아갈 마음이 와락 일어나더군. 오늘 돌아오는 길에 또 그곳 승려에게 "만약 선비 둘이 관악산으로부터 오거들랑 내 성명을 말하고 이 뜻을 전해 주시오." 하고 부탁해 놓았네. 돌아올 때 보니 그대가 또 바람 잡는 말을 했다는 사실을 새삼 깨달았네. 한탄스러운 일이오.

이제 막 문에 들어서니 어둠이 벼루에 깔리오. 할 말을 다 하지 못했고, 또 말에 두서가 없네. 어쩌겠나. 그대를 위해 충고하는 마음이 이럴 뿐이오.

「여김석파용행與金石坡龍行」(1772년, 23세)

⚘

## 야속한 친구 김용행에게 부친 편지

1772년 가을 김용행金龍行(1753~1778)과 남한산성 일대를 여행하고 난 뒤에 부친 편지이다. 김용행은 호를 석파도인石坡道人이라 했다. 영의정을 지낸 김수항金壽恒의 서증손庶曾孫이며, 유명한 화가 진재眞宰 김윤겸金允謙의 아들이다. 명성이 자자한 시인에다 화가였으나 서족

庶族임을 비관하며 비분강개하게 살다 26세로 생애를 마감하였다.

불우한 천재의 삶은 남공철南公轍과 김려金鑢가 쓴 전기에 인상 깊게 전해진다. 이덕무·유득공·박제가가 김용행과 매우 친했는데, "세 사람이 모두 김용행을 좇아 노닐어 날마다 오가며 술을 마셨다. 서로들 앞서거니 뒤서거니 경쟁하며 즐거워하였으나 다들 김용행의 재능에는 미치지 못한다고 여겼다."고 남공철은 썼다. 점잖은 처신을 거부한 김용행은 거짓말하고 장난을 치거나 남의 작품을 표절하여 세인을 속이는 짓을 일부러 저질렀다. 세상을 조롱하는 일탈 행위를 서슴없이 한데서 그의 속내를 읽을 수 있다.

이 편지는 김용행의 남다른 일탈 행위를 겪은 박제가가 그를 원망하는 내용을 담고 있다. 약속한 친구가 나타나지 않자 마음을 졸이며 기다리고 찾아다닌 과정이 복잡하게 묘사되어 있다. 그 묘사는 우정을 생명처럼 소중하게 여기던 20대 청년 박제가의 인간미를 잘 표현한다.

편지에서 말한 것처럼 박제가는 이 여행에서 네 편의 시를 지었다. 그중 다음에 소개하는 「석파도인과 남한산성 개원사에서 만나기로 약속하였다. 나는 엄고개의 선친 묘소에 들렀다가 저물녘에 이르렀다」는 편지의 내용과 긴밀하다.


내가 늦어도 그대는 기다릴 테니            我遲應見待

여기서 만나기로 오래전에 약속했지.        此地久期君

저녁 햇살 소나무 끝에 아직 머물고        返照猶松頂

옅은 안개 절간 문을 뒤덮고 있네.　　　　　輕烟半寺門

빌소리 듣고 나 온 줄을 눈치챘으니　　　　辨跫先認至

창밖에서도 그대 있는 줄을 알았네.　　　　隔戶也知存

서로 잘 맞은 일은 오늘만이 아니니　　　　相契非今日

경전함을 마주 본 채 말이 없다네.　　　　　經函對不言

# 장임에게
## 부친다

**첫 번째 편지**

나는 24일에 귀양지에 도착했다. 중간에 만 개의 산을 넘고 천 개의 물을 건넜는데 그래도 버틸 힘이 있었다. 다리의 곪은 상처는 조금 나아서 이제는 측간에 갈 때 부축을 받지 않아도 된다. 다만 의원과 약이 없고 또 침놓는 이가 없어 상처가 온전히 아무는 것이 더딜 수밖에 없으니 걱정이다. 좁쌀밥과 찬 김치일망정 평소 먹던 것처럼 편안하다.

너는 내 걱정일랑 조금도 하지 말고 두 아우를 부지런히 가르쳐라. 공부를 그만두지 않도록 하는 것이 무엇보다 우선이다. 너희가 오는 것도 급하지 않다. 다만 내년 봄에 한 번쯤 다녀간다면 그것은 인정상

막기 어렵다. 삼사三司[1]에서 준엄하게 죄를 따지니 너희들은 마음에 위기의식과 두려움을 품고 있어야 한다. 또 기회를 틈타 몰래 해코지하는 무리가 있으니 정말 두려운 이들이다.

이 천지에는 아직 공론이 살아 있어 내 억울함을 위관委官(재판장) 이하 모두가 알고 있더라. 운명이니 어쩌겠냐? 그저 천명을 순순히 받아들여야 한다. 오로지 선을 행하는 것이 액운을 물리치고 재난을 벗어나게 하는 길이다. 너희는 결코 자포자기해서는 안 된다.

내가 2천 리 밖에 머물다 이곳에서 생을 마친다 해도 내 집 안방과 다름없이 여길 것이다. 무엇을 한스럽게 여기겠느냐? 한두 해쯤 기다려 너희가 이리로 와서 서로 만나 가족끼리 단란하게 살아간다면 그 또한 우리 임금의 땅에서 우리 임금의 신하로 살아가는 것이다. 혜주惠州가 하늘 위에 있지 않다는 말이 바로 이 말이다.[2]

관아에서는 내 죄가 무겁다 하여 외부인과는 오도 가도 못하게 한다고 한다. 무서워하고 겁내는 이 집 주인을 괴상히 여길 일이 전혀 아니고, 이번 사건의 속사정을 모르니 관아에서 닦달하는 것도 괴상히 여길 일이 아니다. 서찰에는 평안하다는 글이나 적되 그마저 한 해에 두 번 전하면 충분하다.

여기서는 외부인과 오가는 것을 허락하지 않으니 서책도 빌려 볼 수 없다. 편벽구경片璧九經[3]과 가는 베 안경집에 들어 있는 유리 안경 극상품을 가져오면 좋겠다. 『주서朱書』같은 책은 대단히 무거우니 무슨 수로 가져오겠느냐? 한번 읽고 싶은 생각이 간절하지만 그럴 수 없구나. 둘째 누님의 병은 말년의 숙환인데 내가 돌아갈 기약을 헤아리지 못하니 이렇게 못 본 채로 돌아가실까 걱정이다. 이것이 가장 마음 아프다. 남서방 아내가 제일 걱정이니[4] 약골에 놀라서 아비 걱정에 속만 태우겠구나.

## 두 번째 편지

13일에 인편이 있어 편지를 부쳤는데 언제나 서울에 들어갈지 궁금하다. 또 남쪽 지방으로 가는 사람이 있다고 들어서 이 서찰을 쓴다. 대엿새 사이라도 반갑게 보려무나. 내 다리의 상처는 이제 다 나았다. 다만 껍질이 벗겨진 나무처럼 보이니 이 증세가 오래갈 모양이다.

　내가 어릴 때 어의동於義洞 집에 살았다. 돌아가신 어머니께서 괘영卦影 점을 보셨는데 점괘에 "이름이 천하에 가득하나 몸에는 큰 어그러짐이 있으리라."고 나왔다. 벼슬길이 막힌 것보다 더 큰 어그러짐은 없을 테니 이제야 그 점쟁이가 정말 신통한 줄을 깨달았다. 내가 호를 뇌옹纇翁으로 고쳐 부른 것은 이를 기록해 두려는 심사이다.

　얼마 전에 새로 급제한 진사를 통해 『규벽사서奎璧四書』를 얻었다.

---

1　언론을 담당한 사간원·사헌부·홍문관을 함께 부르는 말.

2　혜주는 중국 광동성 혜양현惠陽縣에 있는 지역이다. 송나라 때 소식蘇軾이 유배를 간 곳이어서 훗날 유배지를 비유하는 말로 쓰였다. 『설부說郛』 권45에 "동파는 혜주에 있고 불인佛印은 절강에 있었다. 땅이 멀어 편지를 보낼 사람이 없는 것을 걱정하였다. 도인 탁계순卓契順이 있어 강개하게 탄식하며 '혜주는 하늘에 있지 않아서 길을 떠나면 곧 도착할 뿐이다.'라 하고 편지를 청하여 떠났다."는 이야기가 실려 있다.

3　편벽은 중국에서 간행된 서적의 일종을 가리킨다. 『편벽역경片璧易經』 등 아홉 종의 경서를 말한다.

4　남서방 아내는 박제가의 셋째 딸로, 1797년 11월 현감을 지낸 남명관南命寬의 아들 남근중南謹中에게 시집을 보냈다.

『중용』은 읽어서 거의 다 외우게 됐으나 그때그때 생각나는 바를 기록할 수 있는 종이와 붓이 전혀 없다. 앞서 보낸 편지에서는 이 말을 미처 하지 못했다. 줄을 친 크고 작은 공책을 조금 부쳐 보내거라. 한번 서찰을 보내면 걸핏하면 두 달을 넘기니 해가 가기 전에는 서울 소식을 얻어듣기가 어려울 듯하구나.

뱃속의 횟병이 몹시 심하여 통쾌하게 제거해 버리고 싶다. 저번에 나열해 적은 물목物目 가운데 후추가 들어 있는데 꿀에 버무려 환약을 만들 수 있다. 대두大豆 크기로 환약 수십 개를 만들어 가져오면 좋겠다. 내 건강을 크게 신경 쓸 것까지는 없다. 아우 둘을 잘 가르치고, 집안일을 잘 처리하여 뒤죽박죽되지 않게만 하면 된다. 긴말하지 않으련다.

## 세 번째 편지

김군이 벌써 편지를 전달했으리라 생각한다. 내가 돌아갈 날짜는 아직도 결판나지 않았나 보구나. 『시경』에 나오는 「고사리를 캐자」와 「병거 출동」이라는 두 편의 시는 집안사람을 상대로 말하고 있다.[5] 내가 나랏일로 얽힌 고생만 없어진다면 장차 아무 대립도 없는 무하유無何有의 땅에서 소요하면서 옛사람과 이웃하여 살고 싶구나. 그렇게만 된다면 만족이다. 그 밖에 바라는 것은 너희들이 하류의 사람이 되지 않는 것뿐이다.

5월 6일에는 밥과 나물이라도 조촐하게 차려 놓고 네 둘째 누이에게 제사를 지내 주는 것이 좋겠다. 내가 말을 하지 않았다만 이 의리를 너희들도 잘 알고 있으리라. 그렇지 않으냐? 해마다 늘 제사를 지낸다면 좋지 않겠느냐?[6]

머무는 집의 주인은 가난할망정 장만하는 음식이 전보다 나아져서 조금 분수에 넘치는구나. 몇 달 전부터 연달아 쌀밥과 고기를 먹었다. 속인의 눈으로 보면 안색이 제법 충실해졌다고 보겠으나 스스로 보기에는 정신이 조금 혼탁해졌다. 건강해 보이는 것은 거친 기운에 지나지 않는다. 이러니 고기를 끊어도 견딜 만하다는 것을 알겠다.

『예기』는 수백 조항에 쪽지를 찔러 적어 두었다. 『의례儀禮』와 『주례周禮』를 검토하여 한번 비교해 봐야겠기에 잠시 책을 완성하지 못하고 있으니 답답한 일이다. 장름이와 장엄이가 글씨를 조금 익혔다면 집에 돌아가 책을 엮을 수 있으련만. 그것도 기약하기가 어찌 쉽겠느냐?

만사를 모조리 끊어 버렸다마는 오로지 차와 코담배만은 끊으려해도 끊지를 못하겠구나. 구하지 못하면 병이 날 지경이다. 아직도 그런 고질병을 가지고 있다니 못 말리겠다!

여기서 20여 리 떨어진 곳에 행화촌杏花村(술집)이 있단다. 문인門人 한 사람이 닭고기와 밥을 장만해 놓고서 나를 청하는구나. 자고 돌

---

5  「고사리를 캐자采薇」와 「병거 출동出車」은 『시경』 「소아小雅」의 편명이다. 전쟁터에 나간 병사가 집에 돌아가고픈 마음을 노래하였다.

6  1776년에 태어나 1800년 5월 6일에 25세로 사망한 둘째 딸의 제사를 염려한 언급이다. 자식을 두지 못한 채 요절했고, 시집이 풍비박산하여 제사도 지낼 형편이 아니라고 판단하여 친정에서 딸의 제사를 지내라고 당부하는 내용이다. 더 자세한 내용은 이 책에 수록된 「둘째 딸의 제문」과 「둘째 딸 묘지명」에 실려 있다.

아와야만 할 게다. 경황이 없어 길게 적지 않는다.

「기임이 寄稔兒」(1801~1804년, 52~55세)

✳

## 유배지에서 큰아들에게 보낸 사연

1801년 이후 유배지 함경도 종성에서 서울의 맏아들에게 보낸 세 통의 편지이다. 박제가는 장임長稔, 장름長廩, 장엄長馣 세 아들을 두었고, 유배지에서 많은 편지를 보냈는데 문집에는 10여 편만 전하고 있다. 수신자가 문집에 따라 조금 차이가 있고, 편지의 수효도 차이가 난다. 여기에 소개한 세 편은 모두 맏아들이 수신자로 되어 있다.

유배지에서 겪는 생활과 고초를 비롯해 여러 가지 주제의 사연을 고백하듯이 들려주고 있다. 첫 번째 편지에서는 남들이 해코지하려 하니 늘 위기의식과 두려움을 가지고 조심하라는 당부와 안경을 가져와 달라는 부탁이 돋보인다. 두 번째 편지에서는 어머니의 생전 점괘를 떠올리고 호를 뇌옹顟翁으로 쓰기로 한 사연과 회충을 제거하기 위해 후추로 환약을 만든다는 처방이 흥미롭다. 세 번째 편지에서는 유배지에서도 차와 코담배를 끊지 못하고 구하려 애쓰는 모습이 나타난다. 누님의 병환과 둘째 딸의 제사를 챙기는 모습은 뭉클한 사연이다.

경서를 새로 공부하여 저술에 전념하느라 서책과 종이를 구하는 문제를 자주 언급하고 있다. 『사서지설四書只說』 등을 지었다고 다른 편지에서 밝혔으나, 현재는 『주역』 해설서인 『주역해周易解』가 남아 전한다. 이규경은 『오주연문장전산고』에서 박제가의 『정유해貞薤解』가 있음을 밝혀서, 실제로 많은 경학 저술을 남겼음을 알 수 있다.

# 사위 윤겸진에게
## 답하는 편지

자네의 편지 한 통을 받았네. 아무도 없는 곳에서 숨어 지내는 이가 사람 발자국 소리를 들은 기쁨도 이보다 낫겠는가? 모친을 모시고 편안하게 지낸다니 마음에 곱절이나 더 위로를 받네. 또 강가에 거처를 장만했다니 벌써 심신을 추스렸으리라 짐작하네. 이웃한 마을을 오가지 못하고 궁벽하고 황량한 곳에서 외따로 살며 도깨비를 막아야 한다니 유감일세.

기막힌 재앙을 당한 사람이 예로부터 얼마나 많겠는가? 내가 어찌 감히 죄가 없노라고 하겠는가? 다만 평소에 남의 뜻을 거스른 일이 쌓이고 쌓여 이런 처지에 이르렀네. 부끄러운 마음은 없으나 어찌 다른 잘못이 없다고야 하겠는가? 평생 지은 허물을 모아 보면 틀림없이 한 번 귀양 가고도 남음이 있을 걸세. 하지만 남들은 아무도 귀양을 가지 않고 나만 홀로 귀양을 가게 됐네. 이것이 이른바 하늘이 내게만 후하게 베푼다는 말이니, 그나마 하늘이 나를 싹둑 끊어 버리지 않은 인연은 남아 있나 보네.

이곳에는 책이 없어서 그냥 『규벽사서奎璧四書』를 가져다 읽고 있네. 백여 일 만에 그때그때 얻은 바를 담은 적바림 수백 조항을 지었네. 언제나 자네들과 더불어 이런 일을 할 수 있을지 모르겠네.

내가 옛날부터 본디 유행에 영합하거나 세력가에게 달라붙는 성품이 아니었네. 돌아가신 대왕께서 특별히 대우하는 은혜를 입었으니 녹봉 받기 위해 벼슬하는 처지와는 겪어 온 이력이 달랐네. 그래서 감히 물러나겠다는 말 한마디를 꺼내지 못했었네.

경신년(1800) 6월[1] 이후로는 벙벙하니 살고 싶은 의욕이 사라졌네. 그래서 평강平康에 전답을 살펴보러 갔던 걸세. 국상이 끝나기를 기다렸다가 처음 먹은 뜻을 홀가분하게 실현하려고 했을 뿐이니 오락가락 배회하다가 현재의 꼴에 이른 것은 아니네. 하는 일이 마음과 어긋나서 뜻하지 않게 우물 속에 떨어진 것 또한 운명일 뿐이네. 운명으로부터 벗어날 길이 있겠나? 이번 일을 계기로 심경의 괴로움과 마음에 걸리는 고초를 겪으며 초년 실패를 노년에 만회한다면 하늘이 내게 두텁게 주는 복이 아니겠는가? 한탄할 것이 있겠는가?

입고 먹는 것이 순조로움을 잃고 거처하는 것이 편치 않은 자질구레한 일쯤은 마음에 두지 않은 지가 벌써 오래됐네. 비자나무 열매를 먹었더니 배가 아픈 병이 사라졌네. 그 뒤로는 정신과 기운을 제법 차

---

1  정조는 1800년 6월 28일에 사망하였다.

렸고, 수염과 머리털이 더는 희어지지 않으니 나는 분명 죽지 않을 걸세. 자네들은 아직 젊으니 단란하게 모이는 기회를 다시 얻지 못할 리야 있겠는가? 구태여 조바심 내지 않아도 되네.

하늘이 아직도 재앙 내리기를 끝내지 않아서 임씨 집 누님의 상을 또 치렀으니[2] 살고 싶은 마음이 어찌 다시 나겠는가? 그만두세, 그만둬. 오직 노력하여 독서에 진보가 있기를 바랄 뿐이네. 서울에서 오는 소식도 드물고 또 친지들 소식마저 뚝 끊겼으니 어쩌면 좋단 말인가?

「답윤생겸진答尹甥兼鎭」(1801년, 52세)

⚹

### 사위에게 밝히는 정조 사망 이후의 고난

맏사위 윤겸진尹兼鎭이 유배지로 보내온 위로 편지에 쓴 답장이다. 첫딸은 판서를 지낸 윤방尹坊의 서자 윤겸진에게 시집을 갔다. 1801년 10월 25일에 56세로 사망한 네 살 위의 누이를 언급한 것으로 미루어 1801년 겨울에 쓴 편지로 추정한다. 윤겸진 역시 신유박해 전후로 큰 피해를 당한 것으로 보인다. 외딴곳으로 피신해 살고 있다고 안타까워한 첫 대목은 그 처지를 위로한 것이다.

기막힌 재앙을 당한 현실을 원망하기보다는 자위하고 체념하는 심경을 토로하였다. 평소에 자신을 미워한 이들이 쌓아 둔 원한이 작지 않아 "한 번 귀양 가고도 남음이 있다."고 한 말은 의금부에 갇혀 고문당하고 유배를 온 것이 운명이라고 체념하는 자세를 보여 준다. 그를 끝

---

2 박제가의 네 살 위 누이는 치재恥齋 임정任珽의 서자 임희택任希澤과 1760년에 결혼하였다. 이 누이는 1801년 10월 25일에 56세로 사망하였다.

까지 지원한 정조의 사망은 그를 보호하는 울타리가 사라진 것이었다. 정조의 사망에 살고 싶은 의욕이 사라졌다고 한 것은 그의 본심이었다. 이 무렵 지은 시에서도 같은 심경을 밝혔다. 아들에게도 표현하지 않았던 비감하고 비통한 심경을 맏사위에게는 털어놓고 있다.

# 갱당
## 이조원에게

조선의 괴짜 박제가는 갱당羹堂 이조원李調元[1] 선생 문하에 삼가 두 번 절하고 편지를 올립니다. 저는 보잘것없는 해외의 서생으로 올해 나이 스물여덟입니다. 일가친척도 제 얼굴을 본 이가 드물고, 이웃에도 제 이름이 알려지지 않았습니다. 뜻밖에 이번에 제 벗 탄소彈素 유금柳琴이 저희 시를 뽑아 만든 『한객건연집韓客巾衍集』이 중국의 대인으로부터 칭찬의 말을 들었습니다.[2] 자리를 함께하여 나눈 대화보다, 수레를 멈추고 주고받은 이야기보다 훨씬 더 후련하게 속을 터놓은 셈입니다. 이야말로 평생에 처음 보는 큰 행운이자 세상에 다시없는 기이한 인연입니다.

그랬다는 말을 처음 듣고는 분수에 넘치는 일이라 놀라기도 하고 어리둥절하여 단지 큰 군자의 사람을 포용하는 융숭한 도량 덕분이라 생각하였습니다. 그런데 평하신 말을 보니 살갗을 깊이 파고들고 마음에 쏙쏙 들어서 심드렁하게 지나쳐 버릴 평가가 결코 아니었습니다. 그런 뒤에는 훨훨 가볍게 날개가 돋아 북경의 저택으로 날아가 얼굴을 뵙고 향을 사르고 절을 한 다음 돌아오고 싶은 마음이 간절해졌습니다.

아! 선비는 자신을 알아주는 이를 위해 목숨을 바칩니다. 칭찬 듣기를 좋아하고 단점이 들추어지는 것을 싫어해서 그렇게 하겠습니까? 온 나라 사람이 비난하더라도 두려워하지 않고, 한 사람만이 옳다고 두둔해도 과분하다고 여기는 경우가 반드시 있습니다. 왜 그렇겠습니까? 제 마음속에서 잘잘못을 잘 파악하고 있어서 구차하게 속일 수 없기 때문입니다.

적이 살펴보건대, 선생의 저서는 집을 가득 채우고도 남을 겁니다. 미처 보지 못한 책은 구태여 말할 것이 없고, 저서 중에서 『월동황화집粤東皇華集』[3]을 꺼내 한두 군데를 읽어 보았습니다. 광채를 감춰 드러내지 않았고, 깎고 다듬어 진실함으로 귀결되었으며, 들뜨고 잘난

---

1  이조원(1734~1803)은 청대의 저명한 시인이자 학자, 희곡가이다. 갱당은 자이고, 호는 우촌雨村이다. 사천성 나강현羅江縣 출신으로 진사에 급제하여 북경에서 관리가 되었다. 고향에 성원醒園이란 원림을 조성하여 살면서 많은 저술을 편찬하였는데 그중 『함해函海』가 유명하다.

2  『한객건연집』은 이덕무와 유득공, 박제가, 이서구의 시를 각기 백 편씩 뽑은 시선집이다. 1776년 11월 진하사陳賀使가 북경에 갈 때 절친한 벗이자 유득공의 숙부인 유금이 부사 서호수의 막객으로 연행하였는데, 이때 이 선집을 가져가 이조원·반정균의 비평과 서문을 받아 돌아왔다. 18세기 중후반 백탑시사白塔詩社의 참신한 시풍을 대표하는 이 선집은 필사본으로 널리 읽혔고, 후대에는 사가시四家詩라는 이름으로도 불리며 주석본과 간본이 나왔다.

3  1774년 이조원이 광동廣東에 시관으로 내려갔을 때 지은 시를 모은 선집이다. 북경에서 유금이 선물받아 들여온 이 책을 박제가·이덕무 등이 읽고 높이 평가하였다.

체하는 기색이 없었습니다. 그 대신 원기가 왕성하게 종이 위에 넘실거려 울림이 컸으니 참으로 대가의 글이었습니다.

게다가 선생은 걸출하고 방대한 재능을 가지고 인재를 선발하는 요직에 계십니다. 가부를 평가하는 한마디 말씀으로 천하의 명사를 나아오게도 하고 물러가게도 합니다. 이런 시기에 저는 조선의 베옷 입은 선비로서 북경의 명망 높은 분께 이름을 알리게 됐으니 불후의 영광은 남들과 견주어 만 배에 만 배를 더한 것입니다.

그렇기는 해도 하늘이 제 속마음을 헤아려, 해마다 조공 가는 사신을 수행하여 말고삐를 잡은 비천한 병졸로라도 만들어 주기를 바라고 있습니다. 저는 중국에 가서 웅장한 산천과 인물들이며 주택과 수레와 배의 제작법, 그리고 농업과 공업과 기예를 다루는 무리를 두루두루 구경하고 싶습니다. 배우고 싶고 견문하고 싶은 사항을 하나하나 책자에 써 두었다가 선생을 앞에 두고 질문하고 싶습니다. 그렇게 하고 난 뒤에 귀국하여 밭도랑 사이에서 죽는다 해도 아무 여한이 없겠습니다. 선생께서는 제가 드린 말씀을 어떻게 생각하시는지요?

탄소가 하는 말을 곁에서 들어 보니, 선생께서 『한객건연집』을 간행하고 싶어 한다고 하더군요. 한두 해 안에 인쇄한 책을 얻어 볼 수 있다면 눈앞의 한 잔 술이 주는 상쾌함보다 훨씬 나을 것입니다.[4] 탄소는 이 책이 간행되면 우리나라 사람의 눈과 귀에 거슬릴 것이라 보더군요. 하지만 제 생각은 다릅니다. 무지한 자는 아무리 읽어도 보이지 않으므로, 책을 전해 주고 전해 받을 적에는 마땅히 진심을 알아주는 사람을 선택하면 될 것입니다.

때마침 대책문對策文으로 과거 시험에 선발되어 곧 회시會試를 보러 가야 하니[5] 속된 일이 어지럽게 몰려듭니다. 천 마디 만 마디 하고 싶은 말을 붓으로는 다 적을 수 없습니다. 선생께서 너그러이 이해해 주시기 바랍니다.

「여이갱당조원與李羹堂調元」(1777년, 28세)

❧

### 북경의 이조원에게 보내는 편지

북경에 있는 이조원에게 보낸 편지다. 1777년 3월 24일 북경에서 돌아온 친구 유금으로부터 당대의 저명한 학자 이조원과 반정균이 『한객건연집』에 가한 비평과 서문을 받고서 박제가와 이덕무 등은 만리 타국의 지성인에게 깊은 감동을 받았다. 한 번도 만난 적이 없으나 오히려 작품을 주고받은 것으로 더 큰 친밀감을 느끼고 이렇게 무턱대고 편지를 썼다. 박제가는 신분과 지역, 문벌과 직업으로 사람을 차별하고 교우 관계를 한정하는 조선 사회의 제도와 풍습에 절망하고 있던 터라 아무 조건 없이 터놓고 친구를 사귀고 작품을 평가하는 저들에게

---

4  진晉나라 장한張翰은 마음 내키는 대로 유유자적 살면서 세상에 알려지기를 구하지 않았다. 한 친구가 그에게 "죽은 뒤에 이름 남길 것을 생각하지 않는가?"라고 하니, 그는 "내게는 죽은 뒤에 이름이 나는 것보다 차라리 당장의 한 잔 술이 낫네."라고 답했다. 이백의 「행로난行路難」에 "에라! 생전에 한 잔 술이나 즐기자꾸나! 죽은 뒤 천년 갈 이름이 무슨 필요가 있나."라는 시구가 있다.

5  1777년 2월 25일 거행된 증광시增廣試에 응시하여 3등 53인의 합격자 가운데 2등으로 합격한 일을 가리킨다. 시험의 주제는 "묻노라. 과거를 베푸는 것은 선비를 시험하고자 한 것이다."로 시작하는 책문策問이다. 박제가가 언급한 대책문은 곧 책문이다. 그 답안인 「정유증광시사책丁酉增廣試士策」이 박제가의 문집과 『북학의』에 모두 실려 있다.

마음을 뺏겼다.

이 편지에서 박제가는 자신을 인정해 준 후의에 감사하는 동시에 마부가 되어서라도 북경에 가서 선진 문물을 견문하고 배우고 싶다는 간절한 소망을 드러냈다. 소망은 다음 해에 실현되었다.

이덕무 역시 이조원에게 여러 통의 편지를 보냈는데, 첫 편지에서 박제가를 두고 "박초정朴楚亭은 키가 작으면서 야무지고, 비분강개한 때가 매우 많으며, 재기가 발랄하고, 초서와 예서는 좌중을 놀라게 하며, 중국을 사모하는 뜻이 있고, 기이한 기상이 특출납니다."라고 소개하였다. 이덕무가 소개한 박제가의 이 같은 성품이 이 편지에도 잘 나타나 있다.

이조원이 이 편지를 받고 보낸 답장이 전하고 있다.

# 추루

## 반정균에게

조선의 괴짜는 추루秋庫 반정균潘庭筠 선생의 문하에 두 번 절하고 아룁니다. 선생께서는 『한객건연집』으로 저를 알게 되었으나, 제가 선생과 교분을 맺은 지는 벌써 10년이나 됩니다. 저는 담헌 홍대용 선생과 처음에는 아는 사이가 아니었습니다. 담헌 선생이 추루 선생을 비롯해 철교鐵橋 엄성嚴誠, 소음篠飮 육비陸飛와 더불어 천애지기天涯知己의 사귐을 맺고 돌아왔다는 소문을 듣고서 먼저 찾아가 뵙고 교분을 맺었습니다. 선생들께서 서로 주고받은 필담筆談과 시문을 모두 얻어서 읽고는 손에서 놓지를 못하고 그 아래서 며칠 동안이나 잠자고 쉰 적이 있습니다.

아! 저는 정이 많은 사람인가 봅니다. 눈을 감으면 선생의 얼굴이 눈앞에 어른거렸고, 꿈을 꾸면 선생이 사는 마을을 노닐고 있었습니다. 편지를 써서 저를 소개하면 보자마자 바로 알아볼 것만 같았습니다.

얼마나 다행스러운 일인가요! 하늘이 맺어 준 인연이 공교롭게 딱 들어맞아 제 친구인 탄소 유금이 우촌 이조원 선생과 교분을 맺었습니다. 또 그 인연으로 선생과 은근히 마음이 통하여 제 문집을 꺼내 보여 주자 선생께서는 비평까지 해 주셨습니다. 그러니 제 마음속에서는 우리 추루 선생을 직접 만나 본 것과 아무 다름이 없습니다. 정성을 몹시 기울였더니 기운이 통하도록 귀신이 도와준 듯합니다.

『한객건연집』의 발문은 날렵하고, 문집의 서문은 정중하여 각각 그 성격에 따라서 취지를 잘 밝히셨습니다. 때때로 우촌 선생의 글과 다른 데가 있기는 하지만 어디에 의중을 두고 있는지 잘 알 수 있었습니다. 중국 군자의 혜안은 달빛과 같아서 터럭 하나도 속이는 것을 용납하지 않음을 알 만합니다.

저는 평소에 시 짓기를 즐기지 않습니다. 게다가 능력이『한객건연집』에 들어 있는 여러 군자 가운데 가장 모자랍니다. 그러나 중국을 사모하는 간절한 마음은 여러 군자 모두가 제게 미치지 못한다고 이구동성으로 인정합니다. 시가 칭찬할 만한 수준은 아니나 이렇게 선생의 칭찬 덕분에 길이길이 썩지 않고 전해지리라 기대하게 되었습니다. 설령 제가 죽더라도 그날이 다시 태어나는 해가 될 것입니다.

소음篠飮 선생은 현재 어떤 관직에 있고, 언제 북경에 머물게 되는지요? 이 뒤로는 추루 선생의 얼굴을 한번 뵙고 속마음을 터놓을 수 있기만을 고대합니다. 그것이 10년 동안 글만 읽는 것보다 당연히 낫겠지요. 이 뜻을 끝내 이루게 될지 모르겠습니다.

소음 선생께도 소식을 전할 편지가 있으니 제 뜻을 전달해 주시기 바랍니다. 산천이 사이를 가로막아 나중에 만날 것을 기약하지 못합니다. 종이를 앞에 두니 서글픈 마음이 일어 까마득한 곳을 넋이 빠지도록 바라만 봅니다. 어쩌면 좋을지요? 너무도 경황이 없어서 속에 담긴 생각을 다 쓰지 못합니다. 헤아려 주시기를 간절히 바랍니다.

「여반추루정균與潘秋庫庭筠」(1777년, 28세)

## 북경의 반정균에게 보내는 편지

앞에 수록한 이조원에게 보낸 편지와 함께 북경에 있는 반정균에게 보낸 편지다. 1777년 3월 24일 북경에서 돌아온 친구 유금으로부터 이조원·반정균이 『한객건연집』에 가한 비평과 서문을 받고서 썼다. 이미 10년 전에 반정균 등이 홍대용과 교류한 필담과 시문을 통해 그를 알고 있었음을 밝히고, 『한객건연집』에 평점을 가하고 문집에 서문을 써서 인정해 준 은덕에 감격하는 마음을 담았다. 마지막에는 직접 만나고 싶다는 소망을 담았는데, 이 소망대로 다음 해 북경을 방문하게 되었다. 반정균 역시 이 편지에 답장을 보내어 현재 전하고 있다.

이 밖에도 박제가가 중국인에게 보낸 편지는 많다. 현재 문집에는 곽집환郭執桓에게 보낸 편지가 실려 있다. 이러한 편지와 시문, 관련 사실을 정리한 책『호저집縞紵集』이 1809년 5월에 셋째 아들 박장암朴長馪에 의해 6권 2책으로 엮어졌다.

# 내한[1] 서유구에게

## 보내다

박제가는 아룁니다. 저는 세상에서 보기 드문 은혜를 입어, 규장각에 검서관을 처음 설치한 이래 깊고 삼엄한 궁궐을 14년째 출입하고 있습니다. 맡은 일은 하나같이 지극히 엄중하고, 받은 은혜는 하나같이 지극히 영광스러운지라, 파뿌리처럼 백발이 되고 거북등처럼 허리가 굽을 때까지 이 일에 종사하여 만에 하나라도 임금의 은혜에 보답하기를 기약하였습니다.

불행하게도 5년 전부터 밤마다 잠을 놓치더니 왼쪽 눈이 침침해져 돋보기를 써도 효과가 없어서 믿을 것이라곤 오른쪽 눈 하나뿐이었습니다. 갑자기 몇 달 전부터는 눈이 흐려지는 증세가 또 도졌습니다. 등불이 가물가물해도 심지를 자를 줄 모르고, 붓이 잘 나가지 않아도 털을 묶지 못했습니다. 가끔 눈을 조금 혹사하면 금가루가 허공에 가

---

1 내한內翰은 보통 예문관 검열 등의 직책에 있는 관료를 지칭하나, 정조 이후에는 규장각 대교待敎 등을 가리키는 직함으로 쓰였다.

득한 증세가 여러 날 동안 지속되었습니다. 동전도 같고 물결도 같은 것이 눈에 어른어른하기나 주근깨 같고 얼룩 같은 것이 나타나 뭐라 형용하기가 어렵습니다. 또 눈이 시려 와 자꾸만 감기고, 눈초리가 꺼칠하여 자꾸만 손으로 비비게 됩니다. 쇠약해진 몸 상태를 그대로 드러낸 증상이니 우연히 생겨난 백태는 아닙니다.

생각해 보면, 내각內閣 검서관이란 직책은 책을 베끼고 교정하는 일이 대부분을 차지하고, 두 가지 일은 전적으로 눈에 책임이 있습니다. 어제御題와 『일성록日省錄』, 『내각일력內閣日曆』, 임금께서 과거 시험장에 임석해 직접 출제한 어제 문장 등이 갑자기 들어와 깜짝 놀랄 만큼 쌓입니다. 또 모든 일에는 날짜나 시간의 기한이 있고, 또 때때로 생각지도 않은 일이 불쑥 나타나기도 합니다. 이 정도로 곤경에 처하지는 않더라도 하소연할 데 없는 임무가 불쑥 튀어나와 첩첩이 쌓이지만, 더는 쪼갤 몸도 없고 일을 미룰 사람도 없습니다.

열 개의 눈으로 한 개의 일을 해도 오히려 온전하지 못할까 두려운데, 한 개의 눈으로 열 개의 일을 하려 하니 그 형편이 어떻겠습니까? 이렇게 억지로 직책을 맡아 하면 맡은 직책은 반드시 어그러질 것입니다. 맡은 직책이 어그러졌는데도 지위를 차지하고 있다면 책임은 앞으로 누구에게 돌아가겠습니까? 이로 말미암아 두려움에 떨며 사직을 허락받고자 하니, 일도 하지 않으면서 녹봉만 챙겨 먹어 처벌되는 불행을 모면하고자 합니다.

누군가는 이렇게 말할 것입니다.

"그대의 눈이 침침하다고는 하지만 아직 장님 정도는 아닐세. 그대에게 독기를 품은 이가 있어 해야 할 일을 약삭빠르게 피한다는 혐의를 그대에게 덮어씌우거나 임금의 은혜를 저버렸다는 비방의 재갈을 물린다면, 몸을 보전할 힘도 없을 터이니 눈을 어떻게 보살피겠는가?"

이런 말에는 다음과 같은 잘못이 있습니다. 무거운 짐을 지고 고통을 참으면서 숨도 쉬지 못하고 앞으로 나가지 못하는 것은 지쳐 버린 말[馬]의 실제 정황입니다. 그런데도 채찍질을 그치지 않아 죽음에 이르도록 심각한 상태를 모르는 것은 말이 말을 하지 못하기 때문입니다. 말이 말을 할 수 있었다면 분명히 그 지경에는 이르지 않았을 것입니다.

더구나 지금은 임금께서 위에 계셔서 아무리 미천한 곳이라도 환하게 살피지 못하는 곳이 없습니다. 어미 배에서 나는 생물, 알에서 태어나는 것, 습한 데서 나는 것, 저절로 생명을 얻는 것, 구물구물 기어가는 벌레, 날아다니는 곤충과 같은 미물 등 어느 것이나 타고난 성질대로 잘 살아가고 있습니다. 훌륭한 국정 계획을 잘 윤색하고 백성의 실상을 잘 전달하는 신하로는 그대 같은 분이 있습니다. 그러니 몸을 굽혀 아랫사람의 사정을 듣고서 임금께 아뢰어 전달하는 역할은 제가 굳이 상세히 말씀드리지 않아도 될 것입니다.

악공의 쓸모는 귀에 있고, 변사의 쓸모는 혀에 있습니다. 악공이 귀머거리인데도 악기를 다루고, 변사가 벙어리인데도 적국에 사신으로 갔다는 말은 들어본 적이 없습니다. 지금 검서관의 쓸모는 눈에 있으니 눈이 잘 보이지 않으면 물러나는 것이 정말로 마땅한 처신입니다. 지난밤에 무릎을 맞대고 드린 말씀이 우연히 나온 것이 아님을 헤아려 주십시오. 머뭇거리다가 현재에 이른 까닭은 정말 직책의 크기와는 무관하게 임금께 가까이 있고 기밀을 다루는 자리이기 때문입니다. 설령 업무에서 벗어나기를 바란다고 해도 훌쩍 떠나려는 낯빛을 감히 보일 수 없기 때문입니다.

그렇기는 하지만 제가 어찌 하늘 높이 날아가고 먼 곳으로 달아나 숨어서 속세와 단절된 채 살아가겠습니까? 단지 제게 몰려든 만 가지 일에서 풀려나 한 줄기 시력을 보전하기만을 바랄 뿐입니다. 정월 초하루와 동짓날에 임금께 조회드리는 반열에 참석하고, 강연講筵에서 맡은 일과 편집하고 범례를 상의하여 정하는 일 등 눈을 그다지 많이 쓰지 않아도 되는 업무에는 몇 년 더 쓸모가 있다고 하겠습니다. 내각에는 이미 임시로 관복을 착용하고 근무하는 관례가 시행되고 있기에[2] 또 때때로 출입하며 임금의 은혜를 사모하여 보답하려는 정성을 바칠 수 있을 것입니다.

아! 한 집안의 생계도 이 일과 관련이 있고, 한 몸의 거취도 이 일에서 나옵니다. 지극히 어리석은 사람이라 해도 내각에 있지 않으면 물을 떠난 물고기에 둥지 잃은 새의 신세로 혈혈단신 갈 곳이 없고, 구렁텅이를 구르다 곤궁하게 굶어 죽을 처지임을 알 것입니다. 그런데도 차마 이렇게 면직을 바라는 데는 부득이한 사정이 분명히 있음을 잘 알 것입니다.

　먼 옛날 사람 심인사沈驎士는 조용히 지내고 말을 적게 하여 몸의 힘을 길렀더니 나이가 여든이 되어 두 눈이 다시 밝아졌습니다.[3] 장적張籍은 절동浙東 관찰사에게 편지를 보내 "다시금 하늘의 해를 보게 된다면 지금부터 누리는 삶은 모두 각하께서 베풀어 주신 것입니다."[4]라고 하였습니다. 현재 관원 중에 결원이 생겨 형세상 곧 새 관원을 임명할 것입니다. 엎드려 바라건대, 집사執事께서는 상의를 거친 뒤에 임금께 아뢰어서 제가 맡은 직책의 교체를 허락해 주시기 바랍니다. 그리하여 심인사처럼 소원을 이루고, 절동 관찰사가 베푸는 은혜를 양보하지 않도록 해 주신다면 정말 다행이겠습니다.

「여서내한유구與徐內翰有榘」(1792년, 43세)

※

**시력이 나빠져 검서관 사임을 요청하는 편지**

　1792년 검서관의 상급 관료인 규장각 대교待敎 서유구에게 면직되기를 요청한 편지이다. 면직을 요청한 사유는 바로 과로로 인한 눈병이

---

2　시임時任 검서관 네 명이 공무를 수행하기 어려울 때 전임 검서관에게 군직軍職을 주고 겸검서兼檢書라 칭하여 관복을 입고 출근하게 하였다.

3　심인사(419~503)는 남제南齊 무강武康 사람으로 집안이 가난하여 직접 발[簾]을 짜서 생활하며 공부하고 많은 학생을 교육하였다. 조정에 여러 번 추천되었으나 모두 거절하고 학문을 즐겼다. 나이가 80세를 넘겨서도 눈과 귀가 밝아서 책 2, 3천 권을 손수 필사하였다. 당시 사람들이 이를 보고는 조용히 말을 적게 하고 몸의 힘을 기른 덕택이라고 하였다.

4　장적은 당나라의 문인이다. 한유의 추천으로 국자박사國子博士가 되었으나 장님이었기 때문에 낮은 직책에 머물며 가난하게 살았다. 한유가 대필한 「장적을 대신하여 절동 관찰사에게 주는 편지代張籍與浙東李書」에서 장적을 추천해 달라고 요청하였는데, 그 글에 자세한 내용이 실려 있다.

다. 책 교정이나 국왕과 관련한 문서의 필사를 주 업무로 하였고, 정조는 특히 많은 글을 썼기에 검서관은 많은 문서를 보는 일에 과도하게 시달려 결국에는 시력에 무리가 찾아왔다. 더는 업무를 볼 상태가 아니라고 판단하여 사임하려 하니 국왕에게 잘 말해 달라는 취지로 부탁하였다.

박제가를 비롯한 검서관이 한 일을 구체적으로 보여 주는 이 편지에는 그 업무량이 얼마나 과중했는지도 잘 나타나 있다. 시집 권3에 실린 「눈이 어두워져 관직을 사직하고 여러 동료에게 보이다」라는 시 또한 시력이 몹시 나빠진 고충을 토로하는 작품이다. 다른 편지가 주로 정서적인 내용을 담고 있다면, 이 편지는 상대방을 설득하면서 자신의 처지와 고충을 실감나게 드러낸다.

# 이길대를 만나 보려는
## 이조참의 정지검에게

서찰을 받아 보고, 지난번 빼어난 기술의 소유자를 열성으로 구하는 공에게 제가 이길대李吉大를 천거하지 않아서 의아하게 생각하는 줄을 알게 되었습니다. 이길대는 제가 벗으로 사귀고 있는 사람입니다. 그 사람을 선비로 대우해야지 기술자로만 대우해서는 안 됩니다. 공에게 인재를 천거할 때도 옛 법도를 따라서 해야지 기술자를 천시하는 법에 맞춰 천거해서는 안 된다고 생각합니다. 공께서 인재를 얻어 국사를 함께하고자 할 때도 큰 능력을 앞세우고 자잘한 흠집은 버려야 하며, 깊은 식견을 묻고 모자란 점을 따져서는 안 됩니다.

지금 공께서 인재를 찾고 계시는데, 적임자를 찾아서 지혜를 발휘하여 물건을 만들게 하고, 중국의 제도를 배워서 국가에 이익을 주고 도를 펼치도록 하려는 것인지요? 그게 아니라면 눈앞에서 시험해 보고 완성할 수 있는지 여부를 가늠하여 공의 집안에 작은 이익을 얻으려는 것인지요?

지금 이 일을 말하는 이가 적지 않습니다. 처음에는 수레와 착유기, 베틀, 작두 등 기계의 제작에 큰 뜻을 가진 듯이 부산을 떨지마는, 한 달만 지나면 그저 장난삼아 한번 관심을 기울여 본 것으로 판명되지 않는 경우가 드뭅니다. 그런 취지라면 목수나 바퀴와 수레를 만드는 장인은 세상에 많으니 구태여 인재를 천거할 필요까지 있을까요?

세상에서 인재를 천거하지 않은 지가 오래입니다만 이른바 인재의 천거에도 운수가 있습니다. 어떤 자가 근면하고 믿음직하여 출납을 잘한다고 지목되면 금전이나 곡식을 출납하는 일을 맡깁니다. 어떤 자가 붓놀림이 시원스럽고 남의 뜻을 잘 받든다면 그에게 서기의 일을 맡깁니다. 어떤 자가 과거 문장을 가르쳐 대응을 잘하면 자제들과 사귀게 하고 과거 시험을 준비하는 숙사塾師를 맡깁니다.

또 일종의 방외方外의 인재도 있어서 (임금이) 일반 격식을 깨뜨리고 특별히 위로하고 안부를 묻게 되면, 산중에 깊이 숨어 있다가 가끔 세상에 나와서 한때의 명망을 손쉽게 거머쥐고 요직의 지름길을 몰래 밟아 민활한 수완을 발휘합니다. 이런 이들은 누구나 당세와 연줄을 맺어서 욕구를 이루려고 합니다. 추구하는 도가 깊으면 깊을수록 하는 행동은 더욱 험특합니다. 그러니 세상에서 이른바 인재를 천거하는 자란 뇌물을 주고 청탁하는 자의 우두머리에 불과합니다. 저는 민활하지 못하니 어찌 감히 저와 한편인 사람을 끌어당겨 만에 하나 있을지도 모를 의심을 불러들이겠습니까?

저 이길대라는 사람이 변수卞隨나 백이伯夷 같은 청렴한 부류[1]인 것은 아닙니다만, 마음속에는 지기知己를 한 사람 만나서 이름도 얻고 몸도 의탁하려는 소망이 없지는 않습니다. 저만 해도 굶주림에 허덕이며 온 식구가 우왕좌왕하는 이길대가 재간과 기예를 발휘할 기회 한번 만나지 못하고 죽음에 이를까 걱정이 태산입니다. 처지가 그렇기는 합니다만 이길대는 이 시대에 사람을 사귀는 자세로 남의 눈치를 살피는 짓은 끝까지 하지 않으려 합니다. 정녕 그보다 더 소중한 것이 있기 때문이지요.

지금 나라 안의 현자 가운데 한 가지 기예로 명성을 얻은 사람은 제가 거의 다 접해 보았습니다. 가까운 곳에 사는 사람은 더불어 사귀기도 했고, 접해 보거나 사귀지는 않았다 해도 그 이름을 들으면 반드시 어떤 사람인지를 잘 알고 있습니다. 대체로 그 사람들은 빈한하고 신분이 낮은 이가 많습니다. 기예를 본래부터 천시합니다만 오늘날 기술을 멸시하는 풍토는 한결 더 심합니다. 천시당하는 신분과 기예를 가지고 멸시하는 풍토가 극심한 시대에 처해 아무도 거들떠보지 않으니 세상으로 나올 수 없습니다. 공께서 인재를 구하는 자세가 이와는 다르고, 제가 인재를 소개하는 자세가 세상의 인재 천거와는 같지 않다고 한들 누가 믿어 줄 것이며, 누가 알아주겠습니까?

저는 남과 교제하는 태도를 다음과 같이 생각해 왔습니다. '허물없이 지내되 모욕하는 데에 이르지는 않고, 곧은 태도를 지니되 남을 노

---

1  변수와 백이는 청렴한 선비의 상징과도 같은 고대의 인물이다. 변수는 은나라 탕왕이 왕위를 물려주려 했으나 받지 않았고, 백이는 주나라 무왕이 은나라를 멸망시키자 그 곡식을 먹지 않겠다며 굶어 죽었다.

엽게 하지는 않는다. 가난해도 부끄러워하지는 않고, 기예를 가져도 잔재주를 부리지 않는다. 세파에 초달한 듯도 하고 골몰한 듯도 하며, 세상에 나갈 듯도 하고 숨을 듯도 한다. 뜻은 높이 가지지 않을 수 없으나 처신은 남에게 굽힐 수밖에 없다.' 제가 처신하고 남을 대하는 태도가 대체로 저렇습니다.

제가 보기에는, 이길대는 처지가 궁색하여 마지못해 저렇게 할 수밖에 없었습니다. 남들은 마지못해 저렇게 할 수밖에 없는 그를 보고서는 쉽게 불러들일 수 있다고 차츰차츰 판단하였습니다. 그 사람이나 저의 마음에서는 똑같이 그들에게 굴복하지 않을 충분한 이유가 있습니다.

누군가를 데려다 쓰고자 한다면 먼저 그 사람의 마음부터 굴복시켜야 하며, 그 사람의 기예를 요구하지 말아야 합니다. 마음으로 굴복했다면 선비란 본디 자기를 인정해 준 지기知己를 위해 목숨이라도 바칠 준비가 돼 있습니다. 기예를 말해 무엇 하겠습니까? 만약 기예만을 구한다면 기예조차도 다 얻지는 못할 것입니다.

술을 좋아하는 사람에 비유해 보겠습니다. 누군가가 불쑥 그에게 "주정뱅이야, 이 잔 받아!"라고 하면 그는 분명히 멈칫 부끄러워하며 건넨 술잔을 받지 않을 것입니다. 왜 그럴까요? 자기가 남에게 누를 끼치는 것이 싫어서입니다. 그렇지만 허물없이 알고 지내는 친구를 만나서 신경 쓰고 꺼릴 게 없는 경우에는 제가 먼저 한잔하자고 재촉하면서 술이 부족할까 봐 염려할 것입니다. 지금 이길대를 공께서 찾는 태도에는 저 술 좋아하는 사람을 함부로 대하는 마음이 있지는 않습니까?

그렇기는 하지만 공께서는 이길대의 기예가 아니었다면 처음부터 찾지를 않았을 것입니다. 그런데 이길대가 공을 찾아갔을 때 기예를 보이지도 못하고 돌아왔으니 헛걸음만 한 꼴이 됐습니다. 따라서 가지 않았다면 그만이지만, 갔다면 이길대를 반드시 기용할 만함을 알아차렸고, 기용했다면 그가 거둘 성공은 수레 한 대, 베틀 한 대, 착유기 한 대, 작두 한 대에 그치지 않는다는 것을 미루어 짐작했을 것입니다. 하지만 도를 펼치기는 고사하고 몸은 기술자라는 이름을 얻었습니다. 그 사람이야 말할 것이 없다손 치더라도 공께서 인재를 채택하는 길에도 넓지 않음이 있다고 하겠습니다.

지금 공께서는 군주에게 인정을 받아 청요직에 있습니다. 백성의 일상생활에 필요한 도구를 강구하여 편리하게 쓸 방법을 찾고 있습니다. 강개한 마음으로 중국의 제도를 써서 미개한 상태를 바꿔 보려는 의지가 있습니다. 그렇다면 마땅히 마주馬周나 염거冉璩 같은 인재[2]를 얻어 예우하고, 조정에 천거하여 국가와 함께 활용해야 합니다. 고작 선비 한 사람을 사사로이 사귀어 기계 한 대를 사사로이 만드는 일이나 하려 하십니까?

저는 언젠가 이길대에게 이렇게 말한 적이 있습니다.

"자네는 기예를 좋아하여 이름이 많이 나 있네. 기술자를 구하는 사람들이 자네 문 앞에 모여들 걸세. 그렇게 되면 날마다 수레 천 대

---

2  마주(601~648)는 당나라 현종 때의 재상이고, 염거는 누구인지 알 수 없다.

를 만든다고 해도 자네가 배운 것을 한 번도 시험해 보지 못한 것이나
진배없을 걸세."

저는 이길대에게 기예에 더욱 정진하기를 권고하지 않은 적이 없
습니다. 어려서 열심히 배우고 장년이 되어 배운 것을 펼쳐 보려는 의
지는 사람이면 다 가지고 있습니다. 만약 공께서 이런 사람을 찾으신
다면 제가 보아 온 사람이 겨우 이길대 한 사람에 불과하겠습니까?

「사정이의지검구현이길대서謝鄭吏議志儉求見李吉大書」(1781년경, 32세경)

‌✂

### 기술자의 인식과 대우

관리 임용의 실무를 담당하던 이조참의 정지검鄭志儉에게 보낸 답장
편지이다. 정지검은 1780년 7월에 이조참의에 임명되어 1782년 교체
되었다. 정지검은 박제가에게 수레 만드는 기술자를 추천해 달라고 의
뢰하였다. 이길대를 추천하기에 한번 그를 만나 보았으나 제대로 예우
하지 않았고, 그에 실망한 이길대는 그냥 돌아온 듯하다. 기술자를 천
인으로 대하는 당시 풍습대로 그에게 위압적으로 대한 듯하다. 이조참
의가 상황을 설명하고 다시 추천을 요구하자 박제가는 추천하지 않겠
다는 거절의 답장을 보냈다.

이 편지에서 박제가는 기술자를 단순한 기능인으로 보지 말고 선비로
보라고 하면서, 이조참의에게 인재를 대하는 인식과 태도를 바꾸라고
하였다. 이길대가 뛰어난 수레 기술자이지만 그는 단순한 기능인이 아

니라 그만의 경륜, 즉 기술을 통해 사회의 발전을 꾀하는 도를 추구하는 자라고 하였다. 이길대를 "선비로 대우해야지 기술자로만 대우해서는 안 된다."는 말에 주장의 핵심이 담겨 있다. 그러나 당시 사회에서 이런 주장이 받아들여지기는 사실상 쉽지 않았다.

이 글은 일반 산문에서는 접하기 쉽지 않은 기술자의 생활과 대우 문제를 다루고 있다. 사농공상士農工商의 봉건적 질서 체계가 공고히 유지되고 있는 당시 실정에서 공인工人을 선비로 대접할 것을 주장한 의의가 있다. 기술의 진보와 그 중요성을 상업의 그것만큼이나 강조한 혁명적 발상을 읽을 수 있는 글이다.

# 3부 붓과 벼루를 버려두고 어디를 갔는가

## — 제문과 행장

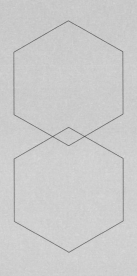

# 외사촌 누이

## 제문

아무 해 아무 달 아무 날에 고종사촌 동생 박제가는 삼가 술과 과일을 차려 놓고 광주廣州 이씨의 혼령에 곡하고 아룁니다.

오호라! 부모님이 계시지 않으면 바깥일은 숙부께 여쭙고, 집안일은 고모나 큰누님께 물어야 합니다. 그렇게 하지 않으면 직접 어른을 모시지 않은 이가 그분들에 대해 말할 것이 뭐라도 있을까요?

저는 불행히도 늦둥이로 태어나 아버지를 일찍 여의다 보니 선친의 만년 행적을 말하고 싶어도 자세히 알지 못합니다. 더구나 할아버지와 큰아버지 때의 옛일을 어떻게 알겠습니까? 누님은 많은 사촌 형제 중에서 가장 나이가 많고 현명하셨습니다. 제가 열댓 살 때 선친의 의복을 가지고 도성 남쪽 집을 찾아가 뵌 일이 생각납니다. 제 머리를 쓰다듬고 떡과 엿을 주며 제게 옛일을 줄줄 말해 주시며 그칠 줄을 몰랐습니다. 용모나 성품의 특이한 점이나 의복과 제사의 품격, 혼사와 족보의 근원으로부터 벼슬한 자세한 날짜까지 들었는데 그중에는 비문과 묘지명, 기록과 견문에서 얻어듣지 못한 이야기가 심심찮게 있었습니다. 제가 당시에는 나이가 어려서 대충 넘기고 새겨듣지 못했습니다.

얼마 뒤에 누님은 남쪽 땅 충청도 남포藍浦로 이사하였고 저 또한 의지가지없는 신세로 자주 이사를 다니다 보니 소식은 한 해에 한 번쯤 들었습니다. 그렇게 20년 세월을 보내는 동안에 옛날의 젖먹이는 이제 상투를 틀고 자식을 보았고, 옛날의 장정은 이제 희끗희끗 수염이 흰색으로 세어 가고 있습니다. 그동안 누님은 끝내 저를 한 번도 보지 못했으니 빠르게 바뀌는 인간사란 으레 이렇고, 헤어져 지낸 세월이 오래임을 얼추 알 만합니다.

계사년(1773)에 저는 홀어머니를 여의었고, 기해년(1779)에는 임금의 은총을 입어 내각에 뽑혀 들어갔습니다. 그때 누님이 서찰을 보내셨는데 거기에서 대충 "벼슬에 첫발자국을 뗀 것은 귀할 것이 없고, 자립하여 큰일을 이루어야 훌륭하네. 끝까지 노력하여 청렴하고 신중하여 집안의 명성을 떨어뜨리지 말게."라는 취지로 당부하였습니다. 당시에 누님의 연세는 거의 일흔으로 검은 머리칼이 하나도 없다고 들었으나 필체가 군세고 단단하여 여전히 평상시와 똑같았습니다.

금년(1783) 봄 제가 규장각 직함을 유지한 채 충청도 이인利仁의 찰방察訪으로 나가게 되었습니다. 남포와는 이웃한 고을이라 머지않아 얼굴을 뵐 수 있으리라 다행으로 여겼습니다. 그때 저는 한창 집안에 전해 오는 옛 사적을 정리하여 편찬하던 중이라 또 선대의 일을 물을 수 있어서 기뻤습니다.

그렇건마는 안부를 여쭌 서찰에 돌아온 답장이 갑자기 해를 넘겨 전달된 부고가 되고, 보내 드린 선물이 제상에 올려야 할 제물이 될 줄 그 누가 알았겠습니까? 여사女史가 돌아가신 것을 애도하면서도 의지할 본보기가 사라졌음이 애통합니다. 이제부터 규방에 전하는 가르침을 다시 듣거나 재간 많은 여성의 풍모를 접하고자 한들 어떻게 얻을 수 있겠습니까?

도성 남쪽의 옛터에는 나무들이 한 아름씩 키가 컸고, 옛날의 여종과 노인은 한 명도 살아 있지 않습니다. 그곳을 지날 때마다 눈물이 줄줄 흘러내려 서성거리며 떠나지를 못했습니다. 더구나 오늘 석물을 세운 묘소에 직접 찾아와 옷가지를 묻은 봉분을 바라보면서 자손들에게 애도를 표하고 있으니 그 심경이 어떻겠습니까?

오호라! 새 무덤에는 흙이 채 마르지 않았으나 누님의 음성과 모습은 영영 가로막혔습니다. 이곳에 근무하면서 자주 여기로 나온다 한들 또 누구를 보러 오겠습니까? 붓을 잡고 다시 한번 통곡하려니 눈물이 샘처럼 솟아납니다. 오호라! 애달픕니다. 흠향하소서.

「제심외자문 祭沈外姊文」(1783년, 34세)

## 외사촌 큰누님의 추억

30여 세 이상 나이 차가 나는 외사촌 누이의 죽음을 애도한 제문이다. 34세 되던 1783년 봄에 충청도 이인찰방利仁察訪에 재직할 때 지었다. 족보에서는 이 누이의 존재를 확인할 수 없어 자세한 관계를 밝히지 못했다.

집안의 옛일을 잘 알고 어른답던 여사풍女史風의 누이를 추억하는 내용이 글의 중심을 이루고 있다. 어린 시절 누님의 따뜻하고 정겨운 손길을 느꼈던 추억, 20년 동안 멀리 떨어져 지내느라 소식이 뜸했던 사연이 앞대목이다.

이인찰방이 되었으니 남포로 이주한 누이를 자주 만날 수 있겠다고 기대한 대목이 제문에서 큰 전환을 이루며 감정이 고조된다. 선물과 함께 곧 찾아뵙겠다는 서찰을 보냈더니 벌써 지난해에 죽었다는 부고 아닌 부고를 받았다는 구절이 인생의 허무함을 극대화하고 있다. 누이의 무덤에 석물을 세우고 열린 제사에 박제가는 직접 찾아가서 이 제문을 바치고 있다.

이 글은 박지원이 지은 「큰누님을 보내고伯姊贈貞夫人朴氏墓誌銘」에 붙인 이덕무의 평문(『종북소선鐘北小選』 「미평眉評」)과 내용과 분위기가 유사하다. 감상에 과도하게 흐르지 않으면서 회상과 슬픔, 애도의 감정을 깔끔하게 표현하였다.

# 둘째 딸의

## 제문

임술년(1802) 5월 6일 아비가 종성鐘城에서 아들 장임長稔을 시켜 죽은 딸 윤씨 아내의 신위에 곡하게 하고 이렇게 말하노라.

네가 죽을 때는 아비가 영결하지 못했고, 장사를 치를 때는 아비가 살펴보지 못했다. 무덤에 풀이 우거지도록 곡 한번 하지 못했으니 아비의 무심함이 너무 심하구나. 네가 죽고 1년이 지나 네 시아버지가 불행히도 큰 화를 당했으니 네가 죽은 것이 어찌 복력福力이 아니겠느냐? 내가 언젠가 물건 훔치는 네 시집의 종을 꾸짖은 적이 있는데 그 종이 기회를 엿보아 나를 무고하는 바람에 나는 또 거의 죽을 뻔했다가 임금의 은혜로 북쪽에 유배를 왔단다. 네가 죽은 날이 두 번째 돌아왔건만 네 시집은 여기저기 떠도는 처지라 제사를 지내 줄 형편이 아닐 것이다. 소식조차 통하지 않는구나. 내가 아직 돌아가지 않았

으나 네 형제가 다 있어서 나를 대신해 한번 곡하게 한다. 너에게 지
극이 있다면 혼령이리도 돌이와 친정의 음식을 머고 배를 곯지 않기
를 바라노라. 오호라! 슬프구나.

「제중녀문祭仲女文」(1802년, 53세)

※

### 친정 아비가 마련케 한 요절한 둘째 딸의 제상

종성에서 유배 생활을 하던 박제가가 요절한 둘째 딸에게 바치는 제문
이다. 둘째 딸은 1776년에 태어나 1800년 5월 6일에 25세로 요절하였
다. 절친한 친구인 삼소헌三疎軒 윤가기尹可基의 아들 윤후진尹厚鎭에
게 시집간 지 10년 만의 일이었다. 부녀간의 추억, 딸의 병세와 사망의
과정은 이 책에 실린 「둘째 딸 묘지명」에 자세하게 나와 있다.

딸의 임종도 못 보고 장사를 치를 때 직접 가지도 못해 한스럽건만, 까
마득히 먼 땅에서 유배 생활 하느라 제상 앞에서 곡 한 번도 하지 못했
다. 더욱이 시집은 시아버지가 역적으로 몰려 처형되어 풍비박산이 난
처지라 제사를 치를 경황도 없었다. 쓰라린 마음을 안고서 아비는 형
제들이 모여 제사를 지내도록 하고 이 제문을 바치게 하였다. 죽은 딸
의 불쌍한 혼령에게 친정에서 차린 제삿밥이라도 마음 편히 먹으려는
사연이 심금을 울린다.

## 장인 이관상의
## 제문

경인년(1770) 10월 정축丁丑일에 셋째 사위 밀양 박제가는 삼가 향을 사르고 술을 따라 띠풀에 뿌리고서 장인어른이신 고 절도사 이관상 공의 관에 두 번 절하고 곡한 뒤에 아룁니다.

오호라! 천하에서는 장인과 사위 사이가 무덤덤해진 지가 오래되었습니다. 평범한 사람도 사위를 자랑할 줄 알고 장인을 사랑할 줄 압니다. 그러나 장인을 사랑한다고 해서 장인을 잘 이해하는 것은 아니고, 사위를 자랑한다고 해서 영예는 아닙니다. 장인과 사위라는 이름은 있으나 장인과 사위 사이의 즐거움은 없습니다.

장인이 사위를 보면 반드시 "요새 어떤 책을 읽나?"라고 묻습니다. 사위는 으레 "불민하여 독서에 힘을 쏟지 못하고 있습니다."라며 둘러댑니다. 장인은 대뜸 "힘을 써야지." 훈계하고 사위는 또 으레 "예예!" 하고 굽실거립니다. 하지만 입으로는 말하지 않아도 뱃속에서는 벌써 볼멘소리가 싹틉니다. 다른 까닭이 아닙니다. 장인과 사위 사이의 즐거움을 모르는 탓입니다.

무릇 장인과 사위 사이의 즐거움은 서로의 마음을 알아주는 것이 소중하지, 딸자식의 남편이고 아내의 아버지라는 관계에 있는 것은 아닙니다. 서로의 마음을 알아주지는 않고 사위니 장인이니 부르면서 되는대로 그 집안을 출입합니다. 그것은 가정 안에서 옷과 음식을 떠받들어 모시는 것을 즐기는 데 지나지 않습니다. 서로 간에 무덤덤하기가 너무 심합니다.

그렇지만 장가드는 날에는 기럭아비가 앞에서 길을 안내하고, 수종꾼이 골목을 가득 메우며, 신랑을 맞아들이는 이들이 길에 줄지어 서 있습니다. 의복과 안장 지운 말, 병풍과 초례상, 온갖 그릇은 모두 금은이나 색채로 화려하게 꾸밉니다. 사위를 이끌어 대청 위로 오르게 하여 장인에게 절을 시키면 장인은 사위에게 눈길이 박힌 채 먹지 않아도 배가 부릅니다. 좌우를 둘러보다가 아끼지 않고 물 쓰듯 사위에게 물건을 건네주면서 혹시라도 받지 않을까 되레 걱정입니다. 사위가 말 한마디 꺼내면 거스르는 것이 없습니다. 대관절 이는 누가 베푼 힘입니까? 모두가 장인이 사위를 사랑하여 그런 것입니다.

그러다가도 장인의 부음을 듣게 되면 창피하다며 눈물도 흘리지 않고 날이 저물어야 조문하러 갑니다. 그마저도 겨우 세 번 곡소리를 내면 그만이고, 제삿날이 되면 먼저 고기를 집어 먹습니다. 그 때문에 세상에서 자기와 상관없는 일을 비꼬아 장인 제사라고 합니다. 이것은 살아서는 사랑을 독차지하다가 죽어서는 의리를 잊어버리는 짓입니다. 또 어쩌면 그리 무덤덤하단 말입니까!

오호라! 저와 공 사이에는 차이가 있어 공은 무인이고 저는 문인입니다. 알고 지낸 기간은 고작 세 해밖에 지나지 않고, 아주 가까이 모신 기간은 고작 열흘에 불과합니다. 그럼에도 공께서는 아무 말 없이 저를 아껴 주셨고, 저는 아무 말 없이 공의 마음을 알았습니다. 살아서는 진정으로 즐거워하였고 죽어서는 진정으로 슬퍼하였으니 무슨 까닭일까요? 사람 사이에는 한 번 보았어도 바로 알아주는 사람이 있고, 크게 다른데도 그럴수록 더 뜻이 맞는 사람이 있습니다. 한 가지 일에도 일생토록 잊지 못하는 사람도 있습니다.

오호라! 저는 세상 물정에 어두운 선비입니다. 키는 7척이 되지 않고 이름은 동네 밖을 벗어나지 않습니다. 그럼에도 공께서는 한 번 보시고 딸자식을 제 아내로 주셨습니다. 풍류와 기개가 친구처럼 들어맞았습니다. 제가 껄껄 웃으면 생각이 있어서 그런 줄로 이해하셨고 장난친다고 여기지 않으셨습니다. 제가 쿨쿨 잠에 빠지면 마음이 편해서 그런 줄로 이해하셨고 게으르다고 여기지 않으셨습니다.

저는 눈 오는 날 벗을 찾아가 밤새도록 돌아오지 않은 적이 있었습니다. 벗의 집은 지붕이 헐고 종이창이라 별빛이 몸에 스며들어, 새벽에 일어나 벽을 긁으면 얼음이 손톱에 가득했습니다. 주인은 부들자리에 누웠으나 이불이 정강이를 가리지 못했습니다. 그래도 한 이불을 덮고 누워서는 흥얼거리며 시 짓기를 그치지 않았습니다. 공은 그런 저를 보시고는 병이 들까 걱정하시면서도 그 즐거움을 이해하셨습니다.

저는 객사에서 독서할 때 낮밤으로 더위가 푹푹 쪄도 토방에 누워 책을 보느라 모기와 파리, 벼룩과 빈대가 물어 온몸이 퉁퉁 붓고, 머리를 들어 서까래를 보면 거미줄이 날려 연기와 어울려 매달려 있었습니다. 땅거미 질 때 밥을 끓여 구부러진 수저로 작은 밥사발의 밥을 떠서 한 번 씹을 때마다 바윗덩어리 같은 돌이 나오고, 보리 귀가 입안에서 이리저리 구르는가 하면, 소금물로 간을 맞춘 생부추가 들쭉날쭉했습니다. 그런 데서 한 달이 넘도록 희희낙락 지냈습니다. 공께서는 그런 저를 보시고는 괴로운 생활을 불쌍히 여기시기는 했어도 참을성이 있다고 알아주셨습니다.

공께서 언젠가 이런 말씀을 하신 적이 있었습니다.

"갓은 굳이 가릴 것 없이 검고 둥글면 되고, 신은 굳이 꾸밀 것 없이 삼태기만 아니면 신는 게지."

그 말에 저는 일어나 이렇게 대꾸했었습니다.

"그렇게 사는 것은 이 사위에게는 너무 불우한 삶입니다. 저는 속으로 늘 침단향沈檀香으로 제 소상塑像을 만들고 오색실로 제 모습을 수놓아 열 겹 보자기에 싸서 영원토록 전하여 사람마다 볼 수 있도록 하고 싶습니다. 산과 물, 구름과 안개가 아름다운 풍경이나 꽃과 나무, 새와 짐승이 고운 것을 보면 불쑥 기쁘고 사랑스러워 저도 그렇게 되기를 바랐습니다. 제가 오늘날 휑뎅그레 아무것도 없는 집에서 주먹밥에 맹물 마시고 누더기옷을 입는 꼬락서니라 좋은 것 나쁜 것도 모르는 것처럼 보이지만 속마음까지 설마 그렇겠습니까? 단지 알아주는 이를 만나지 못했을 뿐입니다."

공께서는 쯧쯧 혀를 차시며 말씀하셨습니다.

"자네의 가슴속이 이렇듯이 사치스러운 줄은 몰랐네!"

공께서 말씀하신 것을 제가 구태여 말 꺼낼 일이 없었고, 제가 한 일을 공께서 구태여 거론할 것이 없었습니다. 남에게는 화낼 일도 제게는 웃어넘기셨고, 남에게는 가식으로 하실 일도 제게는 진정으로 대하셨습니다. 마음으로 서로 통해 각자 하지 않는 행동이 있음을 알았기 때문입니다.

오호라! 제가 장가를 든 지 이틀째 되던 날, 공께서는 달빛을 받고 나오셔서 우물 난간 동편에 지팡이를 세워 두시고 관아의 쇄마刷馬를 돌보셨습니다. 제가 "한번 타 보고 싶습니다."라고 청했더니 공께서는 바로 허락하시고 종을 돌아보며 "어서 안장을 갖춰서 가는 대로 맡겨 두거라!"라고 분부하셨습니다. 저는 황급히 그만두라 하고 이렇게 말씀드렸습니다.

"안장을 뭐 하러 메우나요? 제가 말갈기를 잡고 등에 올라타서 채찍을 한 번 치면 말이 달릴 텐데요."

공께서는 놀라워하다가 기뻐하시며 직접 술을 따라 주시고는 제게 "야심할 때까지 타지는 말게나!"라고 조심시켰습니다. 그러고는 검은 옷을 입은 종에게 술값을 가지고 제 뒤를 따르게 하였습니다.

저는 단출한 차림으로 말에 올라 배오개 시루市樓로부터 철교鐵橋로 말을 달려 백탑白塔 북쪽에 있는 벗들을 방문하고 백탑을 한 바퀴 돌아 나왔습니다. 그때 달빛은 길에 가득하고 꽃나무는 하늘까지 닿았으며, 드문 별빛이 쏟아졌습니다. 말은 고개를 떨구고 천천히 향기를 맡으며 구불구불 걸었는데 발굽이 교만함을 주체 못 하여 길을 가는 줄도 느끼지 못했습니다. 제가 돌아와 선잠을 자려니 공께서 술에 취했나 살펴보러 오셔서 제 뺨을 어루만지고 이불을 덮어 주시면서 눈치채지 않도록 하셨습니다.

오호라! 지난해에는 저를 데리고 가서 약산藥山의 영변도호부 관아에서 지내게 하셨습니다. 저는 오랜 객지 생활에서 벗어날 길이 없었습니다. 그래서 방탕하게 노는 꼴을 공에게 보여 드렸습니다. 일찍이 나비를 잡으려다 잡지 못하고 화가 나서 꽃(기생) 하나를 꺾은 일이 있었습니다. 기생들이 떠들썩하게 "낭군께서 꽃을 꺾었습니다."라고 고해바쳤더니 공께서는 "소란 피우지 말거라! 꺾은 꽃을 낭군께 드려라!"라고 하셨습니다. 제가 찾아뵙고 웃었더니 공께서 이렇게 말씀하셨습니다.

"한 해를 마치도록 집에 돌려보내지 않으면 네가 몇 송이 꽃을 더 꺾는 꼴을 보겠구나!"

오호라! 지금 생각해 보니 이런 소동은 다시 볼 길이 없거니와 그 말씀은 더더욱 잊을 수 없습니다.

오호라! 지난해 공을 따라서 영변의 철옹성 남문에 올라가 술잔을 잡고 시를 지었습니다. 이날은 마침 한가위라 들녘에는 베지 않은 벼들이 널려 있었습니다. 공께서는 산천이 멀리 펼쳐지고 기러기가 높이 날며 촌락의 울타리에는 날이 저물고 소와 말이 오가며 제사 준비하는 아낙네는 짐을 등에 지거나 머리에 인 풍경을 구경하셨습니다. 난간에 기대 먼 풍경을 조망하시다가 동으로 서울 쪽을 바라보며 서글피 언짢은 표정을 한참 지으시더니 이렇게 말을 꺼내셨습니다.

"벼슬살이에 분주하다 보니 성묘를 못 한 지도 4년째로구나!"

그때 제가 비아냥거렸습니다.

"장인어른! 저를 보세요. 허리 아래에 인끈이 달려 있나요? 저 같으면 훌쩍 돌아갈 텐데요. 누가 말리겠습니까?"

공은 이렇게 해명하였습니다.

"이 인끈을 내가 차고 싶어서 차겠는가! 이미 나라에 몸을 바치기로 하였으니 의리상 사양할 수 없어서지."

오호라! 공께서 어찌 인끈 하나를 정말 좋아하셔서 남에게 벼슬 구하는 것에 마음을 두셨겠습니까? 관직에 절로 이르면 힘을 다 쏟을 따름이었습니다. 밤 깊어 등잔불이 가물거릴 때면 저만 따로 부르셔서 앉으라 하시곤 때때로 젊은 시절 전원에서 한가롭게 지내던 일을 말씀하셨습니다. 그때마다 마음이 끝없이 치달려 관직을 버리고 고향에 돌아가 자식들에게 농사를 가르치고, 삼복이나 동지 같은 명절에는 말술을 장만하여 이웃을 부르며, 오리를 사냥하고 농어를 낚시

질하면서 여생을 마치고 싶다는 의중을 밝히셨습니다. 다시금 강개한 기분이 들어 한탄하면서 늙어 가는 몸을 가슴 아파하시고는, 하신 말씀을 다시는 실행에 옮기지 못할까 봐 염려하셨습니다. 저는 술병을 당겨 술을 따라 드리고 조금 있다가 구슬픈 소리로 「이소離騷」의 노래를 암송하여 술맛을 돋우어 드렸습니다. 그러면 또 낯빛을 바꾸시며 무릎을 꿇고서 눈물을 줄줄 흘리셨습니다. 이 일은 집안사람이나 가까운 이 누구도 모르는 것입니다.

오호라! 지난해 공께서 관서 영변에 머무실 때 저는 9월에 태백산으로 들어가서 단풍과 수석水石을 보고 여러 절간 사이를 오가며 열흘이나 구경하고 돌아왔습니다. 공께서 산에 들어가 무얼 했느냐고 물으시길래 저는 "불경을 읽었습니다."라고 대꾸했습니다. 공께서는 웃으시며 "늘그막에 고생하며 키운 딸을 시집보냈더니 사위란 것이 부처를 배우다니!"라고 하셨습니다. 이때 저는 서울로 돌아가겠다고 자주 졸랐으나 공께서는 저를 단단히 잡아 두셨습니다. 저는 그래서 "부처를 배우는 사위는 아무짝에도 쓸모없으니 차라리 보내 버리는 게 나을 겝니다."라고 하였습니다. 오호라! 이제 생각해 보니 조금 더 머물러 지금까지 있으면서 공의 임종을 함께했더라면 좋았겠습니다.

오호라! 공께서는 사람됨이 겉을 꾸미지 않으셨습니다. 진실한 체하면서 가식적인 사람을 보면 대놓고 욕하셨습니다. 이 무렵에는 세상이 모두 안일에 젖어 침체되고 문약함이 날이 갈수록 우세하였습니다. 무인일지라도 기개와 절도를 지닌 행동을 과감히 하지 못해 마치 서생처럼 굴었습니다. 공께서는 이렇게 말씀하셨습니다.

"모두가 여기서기 눈치나 많이 보면서 국사에는 힘쓰지 않는 자들이다. 나는 무인이다. 문文은 내가 할 일이 아니다."

조정에 서신 지 30년 동안 공을 알아주는 이가 한 사람도 없었습니다. 그래서 공께서는 익살을 즐기고 방종하게 처신하면서 세상을 조롱하는 것을 세상을 헤쳐 나가는 길로 삼으셨습니다. 그리하여 세상에서는 모두 공을 광인이라 지목하였고, 공 또한 광인임을 자처하셨습니다. 지난번에 제가 공으로부터 당신의 사연을 글로 쓰라는 부탁을 받은 적이 있었습니다만 저는 사양하였습니다. 공께서는 이렇게 말씀하셨습니다.

"사양하는 까닭은 사위가 광인이란 말을 장인에게 쓰기 거북해서인가? 글만 생각하고 사위임을 잊으면 될 걸세."

제 글이 채 이루어지기도 전에 공께서는 세상을 뜨시고 말았습니다.

오호라! 공께서 제게 글을 부탁한 이유는 공의 광인다움을 저만큼 잘 아는 이가 없다고 여기신 때문이 아닐까요? 무릇 광인에도 거리낌 없이 행동하는 청광清狂과 미친 척하는 양광佯狂이 있고, 술을 잘 마시는 광인이 있고 병이 든 광인이 있습니다. 그리고 뜻이 너무 크거나 행동이 앞서는 광인도 있습니다. 공께서는 어떤 광인에 해당할까요? 사방에 있는 자들이 모두 취해 있으면 깨어 있는 자더러 취했다고 합니다. 취하지 않았음을 따지려 들면 들수록 한층 더 취했다고 합니다.

취한 이는 많고 깨어 있는 이는 적으니 무슨 수로 밝히겠습니까? 저 깨어 있는 사람은 도리 없이 답답하여 미친 것만 같아서 취했다고 대꾸하지 않을 수 없습니다. 오호라! 공께서는 광인임을 스스로 밝히실 수 없을 겁니다.

옛날에 세숫물로 얼굴은 씻지 않고 도리어 들이마신 사람이 있었습니다. 친구가 큰 미치광이라고 요란하게 헐뜯었더니 그 사람이 "남들은 겉을 씻고 나는 안을 씻네."라고 답했답니다. 오호라! 공께서는 안을 씻은 광인인가 봅니다. 마음은 미치지 않았고, 행동은 미치지 않았으며, 아는 이에게는 미치지 않았고, 오로지 모르는 이에게만 미쳤을 뿐입니다. 오호라! 공께서는 아는 이를 만나지 못해 광인인가요? 썩은 선비는 글줄이나 읽을 줄 아는 것으로 활과 화살을 잡은 무인을 업신여깁니다. 무인이라 공을 비웃고, 광인이라 공을 조롱하였습니다. 공께서도 광인의 처지로 그들을 대하여 한층 더 광인답게 행동하였습니다.

오호라! 공께서 선비를 좋아하지 않는 성품이라 그렇게 광인의 행동을 하셨겠습니까? 단지 속된 선비를 좋아하지 않으셔서 저와 같이 행동하셨을 뿐입니다. 어떤 사람이 다소곳이 집 안에 틀어박혀 곁에는 서책을 쌓아 두고 온종일 바둑판을 끼고 있으면 남들은 한가롭게 지낸다고 말합니다. 그러나 실상은 내기 바둑을 두는 것이라 공께서는 그 판국을 간파하고 광인이 되어 판을 쓸어버리십니다. 또 어떤 사람이 대낮에 부처가 되었다며 먹지 않아도 생생하고 말도 하지 않고 앉아 있으나 불을 숨긴 채 광채를 내고 밤에는 몰래 고기를 씹어 먹습니다. 공께서는 그 요망한 짓거리를 간파하고 광인이 되어 두드려 팹니다.

오호라! 사람들은 한가로울 때 악한 짓을 못 하는 것 없이 하면서 시치미를 뚝 떼고 남을 속이려 듭니다. 제 딴에는 잘된 꾀라 자부하지만 공의 광인다운 눈길에 간파당하지 않을 자가 거의 없습니다.

오호라! 죽음이란 잊는 것이고, 잊으면 정이 없어집니다. 죽음이란 깨닫는 것이고, 깨달으면 후회가 없어집니다. 그러니 망자의 처지로 망자를 본다면 어찌 슬프다 할 것이 있겠습니까? 그러나 종일토록 술잔을 올린들 어찌 한 모금이라도 마시며, 종일토록 관을 어루만진들 어찌 말씀 한마디 하겠습니까? 슬퍼해도 알아차리지 못하시니 곡을 한들 무슨 소용이겠습니까? 그러니 산 자의 처지로 망자를 본다면 도리 없이 답답하여 다시 곡을 할 수밖에 없습니다.

오호라! 제가 곡하는 것은 사위로서 장인을 슬퍼하는 것만이 아닙니다. 공에게 지기知己로서 감회가 있기 때문입니다. 오호라! 슬프도다! 흠향하소서!

「제외구이공문祭外舅李公文」(1770년, 21세)

**장인과 사위 사이의 사랑과 이해**

박제가가 21세(1770)에 쓴 장인 제문이다. 그는 17세(1766)에 경상좌병사慶尚左兵使 이관상李觀祥의 서녀와 결혼하였다. 글에도 나오듯이 1769년에는 영변도호부사로 부임하는 장인을 따라 영변에 가서 한참을 머무르며 과거 공부를 했는데 그때 묘향산을 유람하였다. 그러나 다음 해 8월 19일 장인은 임지에서 갑자기 사망하였다.

장인이 사망한 뒤 박제가는 장인의 행장行狀과 혼유석명魂遊石銘, 그리고 제문을 지었다. 세 편의 글은 20세 무렵의 예민한 감수성과 참신한 문체, 진정성 있는 글쓰기가 용해된 명문이다. 보통 망자의 삶을 추억하고 살아남은 자의 슬픔을 표현하는 글은 상투적이고 형식적인 문체로 흐를 위험성이 있다. 더욱이 그 대상이 장인일 경우에는 한층 더 심해진다. 하지만 박제가의 글은 전혀 딴판이다. 그 어떤 글보다 생동감이 넘치고 흥미롭다. 그의 많은 작품 가운데서도 명작으로 꼽을 만하다. 장편의 글인데도 따분함을 전혀 느낄 수 없을 만큼 변화와 기복이 있는 참신한 문체와 내용을 갖추고 있다.

이 글은 인간 사회의 물정과 세태가 생생하게 묘사되어 있고, 놀랍도록 미묘한 사람들의 행동과 심리가 섬세하게 표현되어 있다. 장인과 사위 사이의 농담과 익살, 배려와 진심이 약동하여 제문인데도 슬픔만이 아닌 다양한 감정이 뒤섞여 표현되어 있다.

박제가는 장인과 사위 두 사람의 독특한 개성을 진정성 있게 표현했다. 가식을 싫어하고 남의 비위를 맞추지 못하는 직선적인 무인 기질이 광인狂人의 행동으로 나타난 점을 인상 깊게 묘사하였다.

# 이사경

## 제문

계사년(1773) 8월 말일에 초정 박제가는 창라蒼蘿 이사경李士敬의 영구 앞에서 통곡하고 다음과 같이 말하노라.

슬프다 사경이여! 표연히 멀리 떠났구나.
오랜 세월 이곳에선 그 누가 살았던가?
거문고와 서책, 붓과 벼루는 그대가 쓰던 물건
어째서 가져가지 않고 여기에 버려두었나?

옛날 이 방에서 웃고 찡그리며 지냈으니
터럭 모습 거울에 비추면 생전 모습 왜 아닐까마는
홀연히 하늘로 돌아가니 꿈인가 생시인가?

하루살이 인생이라 조금 뒤에 죽을 자가 조금 전에 죽은 이를 슬퍼하네.


옛 친구는 여전히 벗을 찾아 부르고
옛 친척은 여전히 친척을 찾아 부르지만
나무를 찾아 나무를 부르고, 돌을 찾아 돌을 부르는 격
정이 이미 떠났으니 사람을 어찌 알아보랴?


전에 내가 찾아오면 북을 쳐서 소리가 나듯
질문하면 응답하여 전혀 어김이 없었건만
오늘 내가 찾아오니 그늘에 들어간 그림자마냥
방황하고 두리번거리며 갈 곳을 모르겠네.


슬프다 사경이여! 지난날 시 짓기를 좋아하여
약관에 천 편을 지어 읊느라고 수척해졌지.
지론이 매우 높고 낮은 수준 따르지 않아
당시를 높이고 송시를 내치며 준엄하게 배격했네.


내가 그대에게 말하기를 "그렇게 하지 말게나!
시란 사물은 본디 정해진 실체가 없어
치우치게 좋아하면 아무리 잘해도 정체되네."

그대 나를 반박하여 "기이함에 미혹되지 말게!
지나친 기이함은 상서롭지 않고 시운時運을 쇠하게 하네."

내가 그대에게 말하기를 "한번 뱉은 말은 되돌리기 어렵네.
글은 본연의 중심이 없어 물처럼 여기저기 흐르며
바닥이 생긴 대로 넘실거려 기이하고 평평한 데를 가리지 않네.
재잘재잘 새의 울음 음악 소리 아니고, 톡톡 튀는 벌레 움직임 꾸민 맵시 아니네.

슬퍼지면 우는 것이니 어찌 미리 생각해 두고
가려우면 긁는 것이니 긁을지 말지 선택할까?
동국 사람은 어리석어 손 있어도 쓸 줄 모르고
제 신령한 정신은 내버리고 저 진흙 소상을 본뜬다네.

시는 생생할수록 좋으니 수은이 쟁반에 구르듯 하고
시는 새로울수록 좋으니 물감이 산酸을 만난 듯하네.
선입견을 고집하지 말고 속인의 방해를 두려워 말며
늘 스스로 깨어 있어 오묘함을 잃지 말게나!"

슬프다 사경이여! 지난해 여름에서 가을 무렵에
그대 시가 크게 변해 남은 책망하고 나는 축하했지.

내가 그대에게 말하기를 "시란 마음속에 있는 것
마음의 신령함에는 과거와 현재의 구분이 없네.
당송唐宋과 원명元明은 과거의 문서일 뿐
산천의 초목은 아직 글자가 안 된 시구이네."

그대 처음 의심하다 이를 드러내고 웃었으니
마음으로 허락한 것을 죽었다고 달라지랴?
내게 이 글이 있으니 그대 위해 읽어 주고
내게 이 술이 있으니 그대 위해 따라 주리라.

하늘 끝에서 바람 불어와 오싹하게 추워지는데
정을 모아 아득히 생각하니 그대 넋이 돌아오는 듯.
슬프다 사경이여! 살아생전에 원고를 불태웠으니
열에 하나 남은 글로 뒷날의 평가를 기다리노라.

「제이사경문祭李士敬文」(1773년, 24세)

### 요절한 시인의 영전에 올린 제문

이승운李承運이라는 젊은 시인을 애도한 제문으로, 그의 자는 사경, 호
는 창라이다. 자세한 인적 사항은 밝혀져 있지 않으나 박제가와는 마
음이 통하는 친구이자 시인이었다. 그런 전도유망한 친구가 요절하였

다. 죽기 전에 그는 짧은 생애 동안 젊음을 쏟은 시고를 불태웠다. 저 불우한 천재 이언진의 특별한 생애와 문학을 연상시킨다.

박제가는 친구가 가고 없는 집 구석구석에서 그의 흔적을 찾으며 가슴 아파하였다. 친구를 애도하면서 추억의 대부분을 시에 관한 둘 사이의 견해 차이와 공감에 할애하였다. 친구는 본디 당시唐詩와 같은 수준 높은 시를 모범으로 삼자는 복고주의자였다. 그에게 박제가는 시는 일정한 표준이 없으므로 눈앞에 살아 있는 자연의 풍부한 생명력에 시선을 돌리라고 권유하였다. 옛 작품의 권위에 눌리지 말고 늘 활기차고 늘 새롭게 쓸 것이며, 선입견을 고집하지 말고 누가 방해하더라도 자신의 창작 노선을 개척해 나가라고 권고하였다. 친구는 그의 권유를 받아들였으나, 시풍이 크게 바뀌고 얼마 지나지 않아 죽고 말았다. 24세의 젊은 박제가가 도전적으로 전개한 시론의 핵심이 친구의 제문에 잘 드러난다.

# 스승 김복휴

## 제문

아무 해 아무 달, 학업을 배운 박제가는 삼가 조촐한 제수품을 갖추어 돌아가신 사간司諫 김복휴 공의 영전에 통곡하며 아래와 같이 말씀을 올립니다.

　　옛날 제가 어렸을 때
　　공의 집과 이웃해 살았지요.
　　그저 평범한 이웃이 아니고
　　대대로 돈독한 인척간이었지요.

　　공은 자주 식솔을 데리고
　　우리 집에 와 묵으셨지요.

종들은 주인과 다름없이 대했고
아이들은 한 스승 밑에서 배웠고요.

어린 제가 선친을 여읜 뒤로
공에게 보살핌을 받았으니
어리석다 내치지 않고
어두워도 깨우쳐 주셨지요.

떨어져 살거나 자주 보지 못하며
정착하지 못하고 자주 이사했으니
그 가운데 서른 해 긴 세월 동안
슬픈 일은 많고 기쁜 일은 적었지요.

제가 한창 이를 갈 무렵에
문과에 급제한 공을 보았으나
제 수염이 희끗희끗해질 때도
공은 여전히 벼슬길이 막혔지요.

저 피둥피둥 살찐 벼슬아치는
할 것 안 할 것 잘도 가리건만
누군들 그만 못해서

화려한 능력을 덮어 뒀을까요?


저번에 제가 왕명을 받들고서
한 해에 두 번이나 연경에 갔을 때
공께서 마침 셋집을 구하시기에
제 집을 비워 두고 오시라 했지요.


제 요량에는 공께서 저를 맞이하시면
즐겁게 지난 일을 말하려 했던 건데
문에 들어서서 울부짖었으니
공은 벌써 귓것이 되어 묘에 들어갔더군요.


제 집에 묵다가 제 집에 빈소 차리니
예절 또한 우연이 아닙니다.
수척하게 야윈 손자는
제 어릴 적 모습이랍니다.


고요히 담을 두른 곳은
죽은 뒤에 머물 곳이라
그 곁에는 전답이 있어
저의 땅이 완연합니다.

숲에는 옛 가지가 사라졌고

골목에는 옛사람이 사라졌습니다.

그림자를 돌아보며 한숨짓노라니

해는 서쪽으로 뉘엿뉘엿 내려갑니다.


돌고 도는 순환에 감회가 일어나

나무 구멍에서 금가락지를 더듬어 찾은 듯합니다.[1]

저는 눈물이 철철 흘러 쏟아지니

어찌 차마 오래 보겠습니까?

「제김사간복휴문祭金司諫復休文」(1791년, 42세)

### 불우한 스승의 삶에 대한 연민

스승을 애도한 제문이다. 김복휴金復休(1724~1790)는 1757년에 문과
에 을과 1위로 급제하였고, 사간원 정언과 사헌부 장령 등을 역임하였
다. 그는 박제가와 고종사촌 간일 뿐만 아니라 복잡하게 혼인으로 연
결되어 있다. 두 사람의 집안은 소북小北 명문가로서 학맥과 인맥이 겹
쳐 있다.

김복휴는 1790년 12월 1일에 사망하였다. 이해 5월 27일 연경에 간

---

1 죽은 자식의 환생을 뜻한다. 진晉나라 양호羊祜가 5세 때 유모에게 자기가 가지고 놀던
금가락지를 가져다 달라고 하였다. 유모가 "너는 본디 금가락지를 가진 적이 없지 않느
냐?"고 반문하자, 양호는 바로 이웃에 사는 이씨 집에 가서 뽕나무 밑 나무 구멍에서 금가
락지를 찾아냈다. 이씨가 깜짝 놀라며 "이것은 내 죽은 아이가 잃어버린 물건이다."라고
하였다. 이에 사람들이 이씨의 죽은 아이가 양호로 환생한 것이라 하였다. 『진서晉書』 권
34 「양호열전羊祜列傳」.

박제가는 귀국 중에 다시 연경으로 떠나 이듬해인 1791년 3월 귀국하였다. 제문은 스승과 자신 사이의 깊고 따뜻한 관계와 스승의 불운함에 대한 안타까움, 스승의 부재로 인한 외로움을 시적인 산문으로 서술하였다. 아버지를 일찍 여읜 고아로서 스승을 의지하여 공부한 감회를 스승의 손자가 느낄 막막함에 기대어 표현한 것이 인상 깊다.

# 둘째 딸

## 묘지명

내 나이 스물일곱(1776) 나던 해 섣달 27일에 네가 태어났고, 내가 쉰 살을 넘긴 해(1800) 5월 6일에 네가 죽었다. 네가 태어난 지 15년 (1790) 겨울에 윤후진尹厚鎭에게 시집갔으니 남편은 서로 잘 알고 지내는 집안의 아들이었다. 그해 5월 나는 사신의 임무를 받들고 열하 熱河에 가서 건륭제의 만수연萬壽宴(팔순 잔치)에 참가하였다. 9월에 돌아와 압록강을 건넜더니 왕명이 내려와 3백 리를 파발마를 타고 날 듯이 달려 서울에 도착하였다. 급히 입은 복장 그대로 편전에 들어가 뵈었더니 성상께서는 노고를 크게 위로하시며 군기시정軍器寺正으 로 벼슬을 올리시고는 다시 연경에 갈 것을 명하셨다. 그리고 비단과 솜을 하사하시어 네 혼례에 치를 비용에 보태게 하셨으니 이는 특별 한 예우였다. 그때 네 혼례날이 이틀 앞으로 다가왔으나 나는 왕명을 받들어 즉시 떠나느라 감히 혼례를 지켜보지 못했다.

이듬해(1791) 네 신랑이 남궁시南宮試[1]에 합격하였다. 당시에는 양가 부모가 모두 생존하여 신랑의 빠른 성취와 너의 복으로 가정이 화목해졌음을 경하하였다. 또 그 이듬해(1792) 가을 내가 부여현감으로 재직할 때 네 어미가 서울 집에서 세상을 떠났다. 또 4년 뒤(1796), 너는 시아버지를 따라 경상도 단성丹城 임지로 갔다. 또 1년 뒤(1797) 시어머니의 상을 당했다. 너는 마침내 집안일을 도맡게 되었고, 살림 재간이 좋다는 칭찬을 자못 많이 받았다. 하지만 나는 그다지 기쁘지 않았다. 네가 어린 나이에 슬픈 일을 자주 겪은 데다 또 집안일까지 감당하려면 기력을 잃을 수밖에 없어서였다. 상을 겨우 마치자 정말 병이 들었다. 시집에서는 네가 임신한 줄로만 알았을 뿐 몸속에 몹쓸 덩어리가 생겨난 병인 줄은 몰랐다.

10월에 나는 너를 영평현 내아內衙로 데려갔다. 자애로운 어미가 없어서 시집보다 더 나은 거처는 아니었으나 그래도 힘든 일에서 벗어나게 해 줄 요량이었다. 몸을 조리한 지 수십 일이 지나자 몸이 조금 편안해졌다. 11월에 네 동생을 남씨에게 시집보냈는데, 너는 동생과 함께 서울 집으로 갔다. 올해(1799) 봄 네 시아버지가 김산군수金山郡守로 자리를 옮기게 되어 대부인大夫人을 모셔다 봉양하려 했으나 네 병이 심해져서 그만두었다. 나는 거리가 가까운 영평에 너를 다시 데려가려 했으나 네 시아버지가 또 관직에 연관된 일로 의금부의 조사를 기다리는 처지라 실행하지 못했다.

---

[1] 남궁시는 예조가 주관하는 소과小科와 대과大科 회시會試로 여기서는 소과를 가리킨다. 남궁은 예조의 별칭이다.

내가 영평으로 떠날 때 자주 너를 돌아보았다. 수척한 모습이 몹시도 위태로웠으나 그래도 반년이나마 버텨 주기를 빌었다. 단옷날 관아에서 물러나 홀로 앉아 있자니 위급하다는 전갈이 이르렀다. 그날 밤 즉시 네 두 어린 동생을 태우고 비를 맞으며 80리 길을 말을 달려가던 중 말 위에서 부음을 듣고 마침내 들판에서 통곡하고 말았다.

네가 죽기 전 깊은 숲에 들어간 꿈을 꾸었다. 도끼로 땔나무를 베어 낸 흔적이 있고 풀빛이 아스라한 곳에서 네 어린 동생을 어루만지며 슬픔에 잠겨 무언가를 찾는 표정이었다. 꿈에서 깨어 기분이 영 좋지 않았다. 이날 너를 곡하고 나서야 꿈속의 광경임을 알아차렸으니 미리 정해진 운명이 아니었겠느냐!

내가 들어가니 너는 벌써 염습을 끝냈더구나. 네가 아비를 보지 못한 것을 한스럽게 여겼다고 하더구나.

네 동생을 시집보낼 때 나는 너와 상의했었다. 너는 "의복은 화려하면서 단출한 것보다는 질기면서 두터운 게 낫지 않을까요?"라고 말했다. 덕이 있는 말이라 나는 기뻤는데 이로써 네가 검소하게 지냈음을 알았다. 형제 여섯 가운데 너는 둘째였다. 여러 동생들이 누구나 둘째 누나를 좋아했으니 이로써 네가 집안에서 우애가 있었음을 알았다. 네가 죽자 노비와 먼 일가붙이까지 구슬프게 울지 않는 이가 없었으니 이로써 네가 시집에서 잘못을 저지르지 않았음을 알았다.

너는 시집간 지 10년이 넘었으나 자식을 낳지 못하고 죽었다. 지금 보면 슬퍼할 피붙이 하나 보태지 못한 것이나, 훗날에 보면, 아, 네

핏줄이 끊어졌구나! 나는 이제 막 노쇠해 가기에 슬픔 또한 오래가지 않을 것이다. 그저 조물주가 정이 많은 나를 괴롭히느라 이렇게 주었다가 빼앗은 것이 한스러울 뿐이다.

아무 달 아무 날에 천안군天安郡 삼거리 주막 아무 방면의 언덕에 묻는다. 네 시집 선영이다. 나는 가고 싶었으나 직책상 다른 도의 경계를 넘어갈 수 없다. 묘지명을 지어 무덤에 넣으니 후세 사람에게 네가 정유 박제가의 딸임을 알도록 한다면 좋겠다. 명銘은 아래와 같다.

아득하게 두터운 대지에 묻힌
어리고 예쁜 딸을 슬퍼하노라.
살아서 영결하던 그때
아비 얼굴 보지 못했구나.

「망녀윤씨부묘지명亡女尹氏婦墓誌銘」(1800년, 51세)

### 25세로 일찍 죽은 둘째 딸의 삶

1800년 영평현령으로 재직할 때 지은 둘째 딸의 묘지명이다. 25세의 청춘에 병으로 요절한 딸에 대한 애틋한 심경을 담았다. 묘지명에 흔히 나타나는 과도한 예찬 없이 아버지가 본 딸의 삶을 중요한 사건 중심으로 진실하고 간결하게 서술하였다.

전체 내용은 시집가던 때의 일화, 시집간 뒤의 애환과 발병, 영평에서 요양한 일과 병세의 악화, 임종 전후의 사연과 꿈, 딸의 생전 일화와 세 가지 덕망, 감회와 묘지 설명, 명사銘辭로 구성되었디. 주로 부녀간에 얽힌 추억과 병세가 위중하여 사망에 이르는 과정에 초점을 맞추었다. 인상적인 것은 딸의 삶에서 결정적인 순간마다 아비가 함께하지 못한 데 대한 회한이다. 혼례식에도 나랏일로 참석하지 못했고, 병이 위중해졌을 때 영평에 데려가 간호하지 못했으며, 마지막으로 임종조차 하지 못했다. 딸이 마지막으로 남긴 "아비를 보지 못한 것을 한스럽게 여긴다."는 말이 작자의 가슴을 아리게 하였다. 명사를 그 사연으로 끝맺은 이유가 여기에 있다.

# 장환

## 묘지명

위장衛將 장세경張世經 군은 아들을 두어 장환張瓛이라 하였다. 장환은 자字가 헌옥獻玉으로 신축년(1781) 5월 그믐 하루 전날 태어났다. 어릴 적 자는 신대辛大이다. 열두 살 때 같은 마을에 사는 변씨卞氏의 딸을 아내로 맞이하고 한 해를 넘겨 세상을 떴다. 이해는 계축년(1793) 9월 15일이다. 그로부터 8일이 되어 파주 아무 마을 좌경坐庚 방면의 언덕에 장사를 지냈으니 선영이다.

내가 장세경 군과 함께 겪은 일이 먼저 생각난다. 왕명을 받들어 강화도로 들어갔다가 돌아와 경성 교외에 이르렀을 때였다. 장환은 다섯 살 나이로 말 머리에서 그 아버지를 영접하였다. 아름답고 준수한 모습이 그림과도 같아서 길에 있던 모든 이들이 줄곧 쳐다보았다. 그날의 모습이 어제 일인 양 또렷하다. 그렇건만 그 사람은 벌써 장성하여 아내를 얻었고 그리고 죽었다. 오호라! 슬픈 일이로다!

장환은 어릴 적부터 아름다운 자질을 보여 아버지의 뜻에 순종하였다. 아버지는 맡은 직책이 임금님을 비밀스럽게 가까이서 모시는 일이라 집을 보살피지 못할 때가 많았다. 장환은 밖으로는 빈객을 잘 접대하고, 안으로는 노복을 잘 거느려 성인과 같이 의젓하였다. 크고 작은 서찰이나 문서와 기록을 하나도 버리지 않고 아버지가 잊지 않도록 깨우쳐 드렸다. 꽃구경하는 봄철이 되어 서당 동무들은 모두 밖으로 나갔으나 장환만은 부모님께 아뢰지 않았다는 이유로 나가지 않았다.

늘 '효도를 하면 복이 생기고 검소하면 마음이 편하다.'는 말을 외웠다. 된장 끓인 것이나 날채소를 먹었고, 구멍 난 버선과 해진 짚신을 신어도 한 번도 성을 내거나 부끄러워하는 기색이 없었다. 시와 문장을 즐겨 지었는데 글을 지어 내면 곧잘 동무들을 깜짝 놀라게 하였다. 여덟 살이 되어 마마를 앓았다.

남들이 선물한 장난감이 있으면 몽땅 숙사塾師에게 맡겨 궤짝에 보관하게 하였다. 장환에게 열쇠는 가지고 있으라고 권한 사람이 있었다. 장환은 정색하며 "선생님께 잠가 두시라 맡겼는데 열쇠를 가지고 있는 것은 선생님을 의심하는 짓입니다. 도리에 맞는 일이겠습니까?"라고 말했다.

훈민정음을 보고서 여러 날 골똘하게 공부하여 그 글자를 이루는 법을 혼자 터득하였다. 그리고는 규방의 미담을 번역하여 누이에게 보여 주었다. 장환의 부인을 맞이하려고 부인의 방을 꾸미니 장환은 "누이의 방보다 예쁘게 꾸미지 마십시오. 제 마음이 즐겁지 않습니다."라고 하였다. 일찍이 처가에 갔을 때 담배와 술을 내왔다. 장환은 "저희 집에서는 스물을 넘긴 뒤에나 담배 피우기를 허락하니 지금은 감히 하지 못합니다."라고 사양하였다.

장환과 함께 공부한 이들은 이런 말을 했다. "장환은 매우 날랜 사람입니다. 여러 길 높은 담장을 훌쩍 뛰어넘습니다. 또 말을 잘 타고 노래를 잘 불러서 질탕하고 호방한 태도를 보일 때가 가끔 있었습니다." 장세경 군은 그 사실을 모르고 있었다.

장환이 손을 모으고 단정히 앉아 정신을 가다듬고 긴 소리로 노래를 부르면 토해 내는 음악이 들을 만하였다. 글은 유려하여 요절할 낌새를 보이지 않았다.

슬프다! 장환이 갓을 쓰기는 했으나 겨우 열세 살을 살았다. 그런데도 이렇듯이 성숙한 모습을 보였다. 하늘이 나이를 더 빌려주었더라면 그 성취를 어떻게 측량할 수 있으랴! 안타깝도다!

장씨는 덕수德水가 본관이다. 장환의 어머니는 아무개 본관에 아무개 씨이다. 장환에게는 여덟 살 난 아우가 있으니 그가 아들을 낳기를 기다려 후사를 이을 것이다. 명銘을 지어 애도한다.


아버지가 아들을 여의다니 이치가 벌써 어긋나네!
하물며 저런 재능 가졌으니 다들 가슴이 저미도다!

「귤송橘頌」의 의미를 되새겨서[1] 행적을 드러내려니

몇 글자에 눈물이 흘러 핏빛을 띠는구나!

「장환묘지명張瓛墓誌銘」(1793년, 44세)

## 13세로 요절한 소년의 의젓한 삶

13세로 요절한 소년의 묘지명이다. 13세를 산 소년에게 말할 것이 무엇이 있으랴! 하지만 이 사람 저 사람이 기억해 낸 시시콜콜한 행적을 기록하니 어리지만 의젓한 그의 모습에서 남들의 모범이 될 법한 삶을 추려 낼 수 있다. 「귤송」에 "나이는 어리지만 남의 스승이 될 만하다."는 대목이 있다. 짤막한 장환의 삶의 의미를 이 말로 되새기고 있다.

장환의 부친 장세경은 무인이며, 정조의 측근으로서 박제가와 함께 규장각에서 근무하였다. 그 친분으로 부탁을 받고 이 글을 지었다. 냉정함을 유지하며 서술했으나 명銘에서는 촉망받는 사람을 잃은 가족의 슬픔이 절절히 배어 나온다.

---

1 「귤송」은 굴원의 초기 작품으로, 고결한 덕성을 귤의 깨끗함에 비유하였다.

# 절도사이셨던

## 장인 이관상의 행장

공의 이름은 관상觀祥이고 자는 국빈國賓으로 임진왜란의 명장 충무공 이순신의 5대손이다. 공은 키가 훤칠하고 도량이 넓었으며 담소하는 것이 사람을 감동시켰다. 26세 나던 신유년(1741)에 무과에 급제하였다. 이해 겨울 선전관에 천거되었다. 계해년(1743)에 어머니의 상을 당하여 삼년상을 마치고 다시 관직에 임명되었다. 무진년(1748)에 외직으로 나가 중화부사中和府使가 되었다가 기사년(1749)에 교체되어 훈련원정訓鍊院正으로 승진하였다.

얼마 지나지 않아 중화부 해창海倉에 보관한 곡식 천여 섬이 줄어든 실태가 드러났는데, 새로 부임한 부사가 공에게 허물을 돌렸다. 평안도 감사가 임금님께 사실을 보고하는 장계狀啓를 올리려 하였다. 중화부의 백성들이 모여 "전관 사또께서 우리를 어떻게 보살피셨던가? 실상과 다른 일로 죄를 덮어쓴다면 우리는 은혜를 저버리는 못된 놈들이다."라고 말을 모았다. 그리하여 감사에게 달려가 "전관 사또는 우리를 부모처럼 보살핀 분입니다. 청컨대 사흘만 장계를 올리지 않으신다면 백성들이 대신 곡식을 납부하겠습니다."라고 부탁하였다.

보통 곡물창고에 쌓아 두면, 5년 묵은 곡식은 부패하고 10년 묵은 곡식은 흙이 돼 버렸다. 그래서 반입한 곡식의 수량으로 반출한 곡식의 수량을 똑같이 맞추기가 어려웠다. 감사가 요청을 승낙하자 드디어 밤낮으로 이고 져서 곡식을 나르는 백성이 길에 끊이지 않았다. 채 사흘이 되기 전에 줄어든 곡식이 채워졌다. 나중에 도착한 백성은 곡식을 헌납할 수 없게 되니 일찍 와서 헌납한 백성과 실랑이를 벌이기까지 하였다. 그러자 감사가 백성들에게 균등하게 곡식을 가져오도록 하였다.

경오년(1750) 전주영장全州營將에 제수되었는데 전주부全州府 업무까지 겸하게 되었다. 전주는 본디 업무가 지극히 번잡한 고을로 유명하였다. 송사訟事 서류가 하루에 8천여 건이 되어 송사하는 백성이 관아 마당에 끊이지 않았다. 아전과 노비, 찾아오는 빈객의 무리가 대단히 많았다. 공은 새벽만 되면 한결같이 관아에 좌정하였고, 아침 식사 후에는 활을 열 순배 쏘았다. 한낮에 공사를 처리하여 해가 진 뒤에는 모두 처리하였다. 내리는 명령은 혼란스럽지 않았고 빠뜨리는 업무가 없었다. 4, 5일 지난 뒤 재차 들어오는 송사 서류가 나타나면 바로 알아차렸다. 몇 달 뒤에는 전주가 크게 다스려졌다.

하루는 문득 도적을 잡는 토포군사討捕軍士를 잡아들여 "도적을 잡는 직책에 있으면서 여태껏 한 명의 도적도 잡지 못했으니 장형杖刑에 처해야 옳다."고 호령하였다. 군사는 두려워 떨며 대답을 하지 못했다. 공이 즉시 군사에게 붓을 잡도록 하고 다음과 같은 다짐을 받아쓰게 하였다.

"강도 스물세 명이 지금 공북루拱北樓 위에서 자고 있으니, 너희들은 급히 가서 포박하여라. 한 명이라도 놓치지 말라. 놓치는 강도가 있으면 너희를 강도의 죄목으로 처벌하리라."

공북루는 전주부에서 5리 떨어진 곳에 있었다. 군사가 나갔다가 잠시 뒤에 스물두 명을 사로잡아 들어왔다. 공이 노기를 띠고 "한 놈은 어디에 있는가?"라 채근하니 군사가 땅에 엎드려 하소연했다.

"한마디 말씀을 올리고 죽겠습니다. 과연 스물세 명이 있었는데요, 한 놈은 고들개철편으로 두 번을 내려쳤으나 두 번 다 일어나 도망쳤습니다. 뒤를 쫓아 거의 잡을 뻔했는데 도적이 훌쩍 뛰어 누대 아래로 떨어졌습니다. 포위한 군사들이 줄줄이 쓰러져 감히 당해 낼 자가 없었습니다. 소인이 뒤쫓았으나 따라잡지 못했습니다. 죽이신대도 할 말이 없습니다."

전주부의 모든 이들이 경탄하며 공을 보고 귀신이라고 칭송하였다.

하루는 문지기가 들어와 박장각朴長脚이 뵙기를 청한다고 아뢰었다. 박장각이란 자는 도내 도적의 괴수로 다리가 길어서 장각이라 불렀다. 공은 평복 차림으로 주위 사람을 물리치고 그를 보았다. 때는 마침 한여름이었다. 장각은 반팔 솜옷을 걸쳤는데 바지도 같은 차림새였다. 미투리에 패랭이 모자를 썼고 정강이에 각반을 동여맸다. 천천히 걸어서 들어오는데 허리 아래만 해도 얼추 어른 중키였다. 허리를 꺾어 절하고는 일어나 마당 가운데 섰다.

공이 장각을 꾸짖었다.

"너는 도적이고, 나는 도적을 잡는 관원이다. 어째서 스스로 죽을 자리로 찾아왔는가?"

장각이 웃으며 말하였다.

"제가 들으니 공북루 위에 있던 스물세 명의 도적놈을 사또께서 앉아서 알아냈다고 하더군요. 어찌 그리 신통하십니까! 한번 우러러 뵙고자 감히 이렇게 당돌하게 찾아왔습니다. 그러나 사또께서 저를 죽이지는 못할 것입니다. 이전에도 이 마당에 한두 번 들어온 게 아닙니다. 신관 사또가 부임했다는 소식을 듣기만 하면 곧 찾아와 뵙기를 청하였습니다. 그러면 반드시 성대하게 위세를 차리고 호령을 몇 사람에 걸쳐 차례대로 전달하며 들어오라 하니 한 번 보기만 해도 그 사람됨을 알 만하더군요. 군사들이 싸움닭처럼 용감하여 호령에 맞춰 분주하게 움직였으나 제가 두려움을 느낄 점은 보이지 않았습니다. 긴 칼을 목에 씌우고 쇠사슬로 몸을 묶기에 바보처럼 고개를 수그리고 하는 대로 내버려 두었습니다. 이윽고 아전이 나와 '하옥시키겠습니다!'라고 하더군요. 그 말에 기지개를 펴자 포승줄이 끊어져 버렸고 눈 한 번 끔쩍하자 긴 칼도 부러져 버렸습니다. 땅바닥에 침을 퉤 뱉고서는 담장 한 모퉁이를 밀쳐 부수고 나가니 감히 저를 막는 자가 없더군요. 그렇게 한 지가 여러 해입니다."

장각의 말을 듣고 공이 말했다.

"내가 직접 너를 칼로 벤다면 어쩌겠느냐?"

장각이 대답하였다.

"사또께서 이미 저를 죽일 계책이 있다니 그 밖의 일은 제가 감히 알 것이 아닙니다. 그러나 저도 살아날 길을 마련해야지요. 두 마리 호랑이가 맞붙어 싸우면 둘 다 온전할 형세가 안 되지요. 주워들은 바로는 백금百金을 가진 사람은 마루 끝에 걸터앉지 않는다고 하더군요. 저 같은 천한 놈의 목숨이야 걱정할 거리가 아니지만, 사또께서는 혈기를 뽐내 필부나 벌이는 일을 이처럼 가볍게 할 필요가 있을까요?"

공이 낯빛을 고치고 자리를 내어주고 앉으라 하였다. 의리를 들어 격려하니 장각은 강개한 기분이 들어 마침내 굴복하였다. 그리하여 장각을 토포군관에 보임하여 도적의 무리를 뒤쫓아 잡아 오게 하였다. 달포가 지났는데도 아무런 낌새가 보이지 않았다. 다들 믿지 못하고서 도적에게 속임을 당했다고 하였다. 얼마 지나지 않아 과연 장각이 도적 40여 명을 잡아서 도착하였다. 조사해 보니 모두 도적이 분명하였다. 그 뒤로 장각은 귀신같이 도적을 탐지하고 체포하였다. 도적

떼가 사라지니 백성은 횡액을 당하지 않고 사방 이웃 고을이 안정을 누렸다.

신미년(1751) 공은 평안도 위원渭原군수로 임명되었다. 그러나 병이 들어 부임하지 못한 채 감영 소속의 기녀로부터 보살핌을 받았다. 그 기생은 한 번도 공을 모신 적이 없었다. 병구완에 온 정성을 쏟아서 한순간도 곁을 떠나지 않았다. 기녀의 집에는 젖먹이가 있었는데 집에 가서 젖을 먹이면 불결할까 봐 겁을 내어 젖먹이를 배곯아 죽이는 지경에 이르렀다. 그래도 공의 은혜에 고마워하는 마음이 식지를 않았다.

병석에 누운 공은 위가 약해져 살아 있는 붕어를 먹고 싶은 생각이 간절하였다. 그 소식을 듣고서 백성들이 앞다투어 붕어를 바쳤다. 수백 리 밖에서도 붕어 한 마리를 얻을라치면 반드시 물에 넣어서 가지고 왔다. 언젠가는 사방의 산에서 불빛이 밤하늘을 비추기에 이상하게 여겼다. 다름 아니라 전주부 백성들이 영장營將 사또의 병이 낫기를 기도하는 불빛이었다.

공이 부임지로 떠날 때 장각이 찾아와서는 길에서 하직 인사를 하였다. 공이 그에게 물었다.

"자네는 앞으로 어떻게 할 텐가? 이후에도 영구히 착하게 살지 않으려는가?"

장각이 대답하였다.

"이미 공에게 인정을 받았으니 저는 두마음을 먹지 않습니다. 다만 도적 잡는 일을 오래 맡아서 원한을 대단히 많이 샀습니다. 이제는 해코지를 피해 다른 도로 이주하려 합니다. 오래지 않아 사또께서는 반드시 한 지역을 도맡아 다스리는 절도사의 직책을 맡으실 것입니다. 박장각이 도적질을 한다는 소식을 들으시고 가가호호 뒤져서 제 목을 베더라도 달게 받겠습니다."

박장각은 나중에 온양 북쪽 마을에서 짚신을 팔며 살았는데, 몇 년 뒤에는 어디로 떠났는지 종적을 알 수 없었다.

평안도 위원부 지역은 풍속이 독특하여 제사를 모시는 세대 수가 집집마다 달랐다. 심한 경우에는 10대나 20대까지 신주를 두루 모셔 놓고 제사를 올리기도 했다. 서울의 풍속을 듣고서 신주를 무덤 앞에 묻으려는 이가 나타나면 다들 그를 비난하였다. 공이 백성을 잘 깨우쳐서 4대 이상 조상의 신주는 모두 무덤 앞에 묻게 하였고, 고조부의 신주를 사당에서 빼내어 무덤에 묻는 예법과 백 대를 넘겨도 신주를 옮기지 않는 불천위不遷位 제사 예법을 가르쳤다. 또 학궁전學宮田[1]과 양사고養士庫[2]를 설치하였고, 서당을 짓고 스승을 모셔다가 학생을 모아 학문을 강론하게 하였다. 그때부터 촌락에서는 활 쏘고 말 달리는 틈틈이 글 읽는 소리가 들려 지금에 이르렀다.

갑술년(1754) 여름에는 가선대부嘉善大夫에 올라 가을에는 장단부사長湍府使에 발탁되었다. 또 군량미가 장부상 수량보다 부족한 사실이 드러났는데, 그 책임이 공에게 돌아가게 되었다. 그때 중신重臣 아무개가 이렇게 상주하였다.

---

1  학교에 쓸 비용을 대는 전답.
2  선비 양성에 드는 비용을 거두는 곡식 창고.

"신이 평안도 관찰사로 재직할 때 중화부 백성들이 이관상을 위하여 곡식을 대신 바치기를 원하는 것을 보았습니다. 백성의 마음을 얻기로는 제일가는 사람이니 이 사람이 군량미를 축냈을 리가 없습니다. 청컨대 상세하게 수량을 맞춰 보시기 바랍니다."

그 말대로 과연 공의 잘못이 아니었다.

병자년(1756)에 함경도 영흥부사永興府使가 되었다. 정축년(1757)에는 충청수사에 제수되었고, 무인년(1758)에는 충청병사에 제수되었으나 모두 권세가의 뜻을 거슬러 부임하지 못하였다. 기묘년(1759)에 다시 황해수사에 제수되었고, 경신년(1760)에 총관摠管을 역임하였다. 신사년(1761)에 황해도 안악군수에 제수되었으나 황해수사를 이미 역임한 적이 있어서 관례에 따라 부임하지 않았다. 가을에는 경상우병사에 제수되었다.

임오년(1762) 봄에 북병사北兵使에 제수되었다. 가을에 접경 지역에서 만주인과 인삼을 캐는 조선인 사이에 분쟁이 발생하였다. 회령 건너편에서 만주인이 떼를 지어 모여들자 접경 지역 고을에서 두려워하며 민심이 동요하였다. 병영 군사들이 오늘내일이라도 전쟁터로 나갈 것처럼 행동하여 심지어는 집안사람과 울면서 작별하기까지 하였다. 여염집 비천한 백성들은 닭과 개를 잡고 솥을 들어내어 살던 집을 버리고 도망하며 곧 난리가 닥칠 것이라고 하였다. 동요를 진정시킬 방법을 찾아 공은 술판을 벌여 사람들을 불러 모으고 노래하고 춤추게 하였다. 그리고 장교들과 더불어 활쏘기를 하니 민심이 비로소 진정되어 마침내 아무 일도 발생하지 않았다. 그런데 논자들이 겁을 냈다고 탄핵하여 파직되었다. 마침내 금고禁錮 3년 형벌을 받았다.

을유년(1765) 겨울 전라병사에 제수되었으나 대신을 찾아뵙지 않았다는 죄목으로 대궐을 벗어나자마자 바로 면직되었다. 병술년(1766)에는 경상좌병사에 임명되어 임기를 채우고 교체되어 돌아왔다. 울산의 진사 유문준劉文濬이 공의 치적을 한 권의 책에 기록하고 『이절도이정록李節度異政錄』이라 하였다. 대강을 들면 다음과 같다.

고을의 어떤 사람이 방탕하게 생활하고 패륜의 행동을 하며 부모를 봉양하지 않았다. 공이 부모의 은혜와 돌아가시기 전에 효도하라는 뜻을 가르치니, 그 사람이 감격하고 깨달아 마침내 효자로 변했다. 또 한 사람이 기녀에게 푹 빠져서 아내를 내쫓고 집안을 망쳤다. 공이 불러들여 온화한 말로 타일러 반듯한 사람으로 바꾸어 놓았다. 한 양반가 여인은 나이가 마흔 가까이 되도록 집안이 가난하여 혼인하지 못하였다. 공이 혼사를 힘써 주관하여 혼수품을 후하게 장만하여 시집을 보냈다. 공이 행한 일은 모두 이와 같은 부류였다.

기축년(1769)에 영변부사에 제수되었다. 영변의 철옹성鐵甕城은 산에 가로막혀 깎아지른 험지가 많았고 촌락에서 멀리 떨어져 있었다. 공은 성곽을 순찰하는 군사들이 겨울에는 기대어 쉴 곳이 없음을 염려하여 성의 형세를 살펴서 토굴 열두 곳을 팠다. 성안에는 물이 부족하여 우물과 연못 열댓 곳을 더 팠다. 1년 안에 관아 건물을 수리한 수량이 6백여 칸이었고, 포루砲樓 60여 곳을 설치하였다.

공은 항상 이렇게 말하였다.

"다스림의 근본은 군사와 농사 두 가지인데, 멀리 내다보고 준비할 일은 군사 업무이다. 그러니 반드시 군정軍政부터 먼저 정비해야 한다."

책임을 맡은 지역마다 성벽과 보루, 보급품과 무기를 전부 새롭게 장만하였다. 대체로 폐단을 혁신하되 법에 구애되지 않아서 백성에게 이로운 일이라면 책임지고 실행하였다. 그리하여 백성들이 지금까지 공을 그리워한다. 위원 사람은 생사당生祠堂을 세워 화상을 그려 놓고 절을 한다. 중화부와 함경도 병영 등지에는 모두 영모비永慕碑가 세워졌다. 공은 남에게 말을 많이 하지 않았으나 말을 한번 하면 기질을 변화시키기도 했다. 베푼 것이 없더라도 다투어 덕을 그리워하여 공을 위해 죽고자 하는 마음을 가졌다. 대개 공이 사람을 감동시킬 만큼 훌륭한 천성을 가졌기 때문이었다.

공이 아직 약관의 나이가 되기 전 일이다. 선친 참판공은 늙고 병들어 몇 해 동안 고생하다 보니 입맛을 돋우는 음식이 없었다. 공은 눈보라 속에서도 경황없이 맨발로 나가 참새를 잡거나 웃통을 벗은 채 물고기를 구해다가 선친이 드시면 다행으로 여겼다. 부친상을 당하자 곡하며 우는 낯빛이 주변 사람의 슬픔까지 자아냈다. 모친 정부인貞夫人을 곁에서 모실 때는 온갖 장난과 우스갯소리로 한 번 웃으시도록 애썼다.

시골에 살 때는 몹시 가난하여 부모가 늙었음에도 벼슬하지 못하는 것을 걱정하였다. 큰형과 헤어지면서 "우리 둘이 따로 문과와 무과에 힘쓴다면 3년 안에 반드시 하나는 성취할 겁니다."라고 말하고는 활쏘기를 배웠다. 서울에서 객지 생활 하며 양식이 떨어져 온종일 끼니를 거르기도 했으나 활쏘기를 그만두지 않았다. 공이 등과한 뒤 계해년(1743)에 모친상을 당하였다. 벼슬자리를 옮길 때마다 번번이 눈물을 흘리면서, 객지를 다니느라 부모를 제대로 모시지 못한 슬픔을 이기지 못했다.

두 해가 지나 모친의 대상大祥을 치른 뒤에 벼슬을 구하는 내포 사람이 집에 들렀는데, 공에게 언제쯤 서울에 들어갈지를 물었다. 공은 구슬픈 표정으로 이렇게 답하였다.

"이슬 같은 고아의 삶이라 세상에는 뜻이 없네. 다만 주상께서 춘추가 높으시니 신하 된 도리로 감히 나가지 않을 수 없네. 나서서 벼슬을 꿰차는 일은 따질 겨를이 없네."

벼슬에 처음 뜻을 둔 것은 부모를 위해서였고, 예전에 관직을 사양하지 않은 것은 나라에 몸을 허락한 때문이었다.

이 무렵에는 안일만 추구하는 세상이라 무인도 서생과 다름없이 처신하였다. 공은 "이는 오락가락 배회하며 나랏일에 힘쓰지 않는 사람이다."라고 하면서 자신을 지키며 남에게 몸을 굽히지 않았고, 국사를 논하며 구차하게 구태만 묵수하지 않았다. 그렇기에 지위는 2품이라도 벼슬살이는 세상과 들어맞지 않는 때가 많았다. 그래도 큰일이 생기면 공을 버려두지 않았다.

공은 평상시 물질로 마음을 들볶은 적이 없었다. 옷이 있으면 입고, 밥이 있으면 먹으면서 "남자라면 마땅히 이렇게 해야지."라고 하였다. 친척 가운데 빈궁한 사람이 있으면 하소연하지 않아도 먼저 베풀어 소원대로 해 주었다. 때로는 데려다가 훈계를 하기도 했다. 혼인하거나 초상이 났을 때 부조한 액수가 몇천 금이 되는지 모른다. 해마다 받은 녹봉을 집 안에 쌓아 두지 않았고, 음식에 사치를 부리지도 않았다. 사용하는 물건은 소박한 것뿐이었다.

큰형을 잘 모셔서 나이가 들면 들수록 떨어져 지내지 않았다. 형을 모시고 영변에 부임하였다. 형이 병이 들었을 때 공은 잠도 자지 않고 사소한 약이라도 반드시 직접 점검하였다. 자제들이 대신하기를 청해도 허락하지 않고서 "마음에는 그래도 대수롭지 않은 일일 뿐이다."라고 하였다. 다들 공의 효성과 우애가 정사보다 더 낫다고 했다.

경인년(1770) 8월 19일 공이 관아에서 돌아가셨다. 아들 한주漢柱 등이 영구를 받들어 아무 땅에 장례를 모셨다. 함께 모신 부인 동래東萊 정씨鄭氏는 매우 어질고 총명한 분으로 공보다 5년 앞서서 돌아가셨다.

한주가 공의 행적을 가지고 나에게 글을 지으라고 맡기면서 "선친께서 자네를 몹시 사랑하셨으니 자네는 이 글을 사양해서는 안 되네."라고 하였다. 그 말에 나는 이렇게 답했다.

"공께서는 국사를 헤아리고 백성을 다스리는 재능을 갖추셨으나 다 발휘하지 못하셨고, 목숨을 바쳐 나라에 보답하려는 마음이 있었으나 사람들이 미처 다 알지 못했습니다. 마땅히 큰 인물이나 저명한 분의 말씀을 받으시어 후세에 신뢰를 얻도록 해야 합니다. 제가 감당할 수 없습니다."

그래도 한주가 강권하기를 그치지 않아 그제야 위와 같이 행장을 지었다. 나는 견문이 적고 세상사를 많이 겪지 않은 사람이니 어찌 공의 훌륭함을 드날릴 역량이 넉넉하랴? 그러나 붓을 잡아서는 의로움을 지켜 사사로이 글을 쓰지 못했다.

밀양 박제가가 삼가 행장을 짓는다.

「가선대부행용양위부호군겸오위도총부부총관이공행장
嘉善大夫行龍驤衛副護軍兼五衛都摠府副摠管李公行狀」(1772년, 23세)

※

## 절도사 이관상의 늠름한 기상과 행적

장인 이관상(1716~1770)의 행장行狀이다. 행장은 죽은 사람의 성명과 관향貫鄕, 세계世系 및 관직 생활, 행적, 자손 등의 내용을 자세하게 서술하여 밝힌 전기의 일종이다. 주로 문하생이나 가까운 친구, 친족이 써서 훗날 묘지명이나 다른 글을 쓰는 자료로 활용하였다. 처남 이한주의 부탁을 받고 사위 박제가가 1772년 무렵에 썼다. 23세 무렵의 예민한 감수성으로 쓴 빼어난 문장이다.

이관상이 사망한 이후에 작자는 모두 네 편의 글을 썼다. 이 행장 외에도 이한주에게 쓴 편지와 혼유석명, 그리고 제문이 있다. 편지는 행장과 혼유석명을 쓰는 과정을 밝히고 묘지명을 쓸 박지원을 추천하였다. 혼유석명은 일반 묘지명에 가까운 글이다. 제문과 행장은 관행에서 크게 벗어나 독특한 문체로 썼다. 관향과 세계, 그리고 관직 생활과 행적, 자손의 서술은 소략하고, 일화가 많다. 충무공 이순신의 현손임을 밝혔을 뿐 부친, 조부, 증조부와 자손을 밝히지 않았다.

전주영장으로 재직할 때 기이한 도적 박장각을 감복시켜 포도군관으로 삼고 23인의 도적을 잡은 일화, 기녀가 병구완한 사연, 위원에서 백성들이 곡식을 싣고 온 일 등은 소설이라고 할 만큼 흥미로워 이 행장의 백미이다. 그런 서술은 고문가의 관점에서는 이관상 같은 명사의 행장으로는 가볍기 그지없는 소품문 문체였다고 매도하기 쉽다. 실제로 박장각 이야기는 나중에 장지연張志淵(1864~1921)이 『일사유사逸士遺事』에 부안의 의적으로 각색하여 실었는데, 이 글을 그대로 가져다 썼다.

이관상의 묘지명은 박제가의 추천과는 달리 송덕상宋德相(1710~1783)이 지었다. 우암 송시열의 현손인 송덕상은 「경상좌병사이공묘지명慶尙左兵使李公墓誌銘」(『과암집果菴集』 권12)을 지었다. 박제가의 행장에서 줄거리만 점잖은 문체로 바꾸고 관향과 세계, 그리고 관직 생활과 행적, 자손 부분을 보완하여 썼다. 동일한 인물의 전기인 박제가의 행장과 송덕상의 묘지명은 생동감 넘치는 소품문과 생기가 없는 고문의 전형적 사례이다.

# 4부 하늘과 땅 사이의 모든 것이 시

## ― 예술론과 문학론

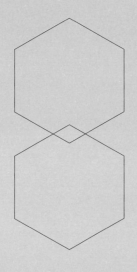

## 청장관 이덕무의

## 초상

몸은 허약해도 정신은 견고하여
안에 있는 마음을 잘 지키고,
겉모습은 차가워도 속마음은 따뜻하여
밖의 처신을 독실하게 한다.

현세에 살면서 숨어 산다고 하니
먼 옛날 고사高士의 풍모이다.
글을 보고 누구나 『세설신어世說新語』임은 알아도
뱃속 가득 「이소離騷」로 차 있음은 모르네.

「이무관상찬李懋官像贊」(집필 연도 미상)

## 평생지기 이덕무의 초상에 붙인 인물평

이덕무의 초상화를 보고 쓴 글이다. 문체는 찬贊으로 인물을 찬미한 내용을 담았다. 한평생 지기知己로 흠모했던 친구, 차라리 스승으로 모셨다고 고백한 이덕무의 초상에 글을 얹었다. 약한 듯 강인한 내면, 냉랭한 듯 따뜻한 가슴, 현세를 숨듯이 살아온 진정한 고사! 그의 초상이 뿜는 인상이다. 이덕무의 가치는 문필에 있고, 그 문필에서는 누구나 『세설신어』의 격조를 느낄 수 있다. 이 책은 위진魏晉 시대 고매한 인물들의 독특한 언행을 짤막하게 기록한 일화집이다.

박제가는 남들이 무심코 넘겨 버리는 한 가지 면을 초상에서 읽어 냈다. 문필의 이면에 굴원의 「이소」가 스며 있다는 것이다. 「이소」는 고결한 인품과 충성심에도 간신의 모략으로 쫓겨나 방랑하는 굴원의 슬픔을 노래한 서정적 장편시이다. 뛰어난 능력에도 서족이라는 굴레를 쓴 채 무시당하는 이덕무의 울분을 「이소」로 대변하고 있다. 이덕무의 울분은 박제가 자신의 울분이기도 하다.

# 진사 이소의

## 초상

웃음은 입에서 소리로 터져 나옵니다마는 눈썹으로 웃기도 하고, 광대뼈로 웃기도 하며, 수염으로 웃기도 합니다. 누군가의 초상을 그릴 때 웃는 표정을 꼭 그려야 하는 것은 아닙니다. 그러나 웃는 표정을 그려야 한다면 반드시 눈썹으로 웃는 표정을 그리거나 아니면 광대뼈로 웃는 표정을 그려야 하고, 그도 아니면 수염으로 웃는 표정을 그려야 인물의 정신을 표현하는 초상화의 본령을 제대로 발휘할 수 있습니다.

저는 십삼十三(이희경)이 부친인 하유재何有齋 어른을 그린 작은 초상화를 보았습니다. 침묵은 하실 말씀이 있는 듯했고, 시선에는 기쁜 일이 있는 듯했습니다. 웃는 표정으로 미루어 보면 마음이 응당 그랬을 것입니다. 여기에서 저는 어른이 종신토록 산수 사이에서 격앙된 심경으로 술 마시고 시 짓는 사이에 은연중 세상을 경멸하여 멀리 떠나 노닐려는 뜻을 드러냈음을 알아차렸습니다.

「이진사소소상찬李進士熽小像贊」(집필 연도 미상)

><

## 웃는 모습을 그리는 법

초상화의 주인공과 그림을 높이 평가한 글이다. 문체는 찬贊이고, 더 좁혀서는 초상화찬肖像畵贊이다. 그림의 주인공은 이소李熽(1728~1796)로 작자의 절친한 친구 이희경李喜經의 부친이다. 자는 치회穉晦, 호는 하유재何有齋로, 진사에 급제하였으나 한평생 향촌에 은거하였다. 박제가는 「이소 어른의 제문祭李公熽文」에서도 그의 삶과 내면을 정감을 담아 기록하였다.

초상화 이론이 펼쳐진 글이다. 웃음은 입에서 나오는 소리로 표현된다. 그러나 눈썹과 광대뼈, 수염에도 살짝 표현된다. 그림은 소리가 아닌 표정으로 웃음을 표현한다. 눈썹과 광대뼈, 수염의 표정 어딘가에 웃음이 표현된다.

이소의 초상화를 보니 그렇다. 침묵하고 있는 표정에서 말하고자 하는 말씀의 내용이 떠오르고, 눈꼬리에서는 웃음이 살짝 보인다. 세상을 경멸하는 심경이 불쑥 격앙된 말로 쏟아져 나올 것만 같다.

# 인보印譜를

## 읽는 법

눈이 감기고 귓구멍이 막힌 오늘날 사람은 옛사람의 글을 무덤덤하게 보는 병폐가 있다. 옛사람은 범상한 말을 절대 하지 않았으니 무덤덤한 글을 지었을 리가 있을까?

저 학산당學山堂 장씨張氏의 인보印譜를 한번 보지 않겠는가? 사람들은 저 책이 인보라는 것만 알고 있을 뿐 천하의 기이한 글임을 모른다. 인보의 글이라는 것만 알고 있을 뿐 옛사람의 말은 어떤 것이나 다 그런 줄을 전혀 모르고 있다.

장씨가 저 책을 만들 때는 명나라 말엽 붕당이 심한 시대였다. 음의 기운이 성하고 양의 기운이 쇠하는 세상을 만나 장씨는 충정에 불타고 가슴에 울분이 쌓였으나 외톨이로 벗도 없이 지내니 불평스러운 심경을 터트릴 데가 없었다.

그리하여 옛 경전·역사책·저작·문집과 제자백가의 운치 있는 말 가운데서 잡다하게 골라내어 인장의 숲을 만들었다. 풍자의 칼끝을 빌려다가 전각하는 사이에 한 자 한 자 새겨 넣었다. 뒤집어 한 말은 사람을 쉽게 격동시켰고, 기탄없이 한 말은 사람에게 깊이 스며들었다. 글은 짧으나 뜻은 유장하였고, 채집은 넓게 했고 의미는 묵직하였다. 이야말로 국풍國風[1]의 비유와 감흥이요, 「이소」의 원망과 그리움이며, 골목길 민요의 한숨과 비탄이었다.

웃음과 욕설의 번복이 갖가지로 일어나고, 은혜와 원망, 환대와 냉대의 세태가 서로 다르게 나타나도, 뼛골에 스며드는 목소리와 눈을 부시게 하는 낯빛은 천년 뒤에도 더욱 새로워져 끝내 사라질 수 없다. 상큼한 기세는 어리석은 이를 지혜롭게 만들고, 냉엄한 기세는 곱상한 자를 강인하게 만들 수 있다. 소인은 원망하는 마음을 가라앉히고, 군자는 바른 기상을 유지하기에 충분하다. 참으로 명예와 도리를 간직한 깊은 숲이고, 문장의 길로 이끄는 열쇠이며, 용렬한 자를 눈뜨게 할 황금 참빗[2]이고, 무너진 풍속을 지탱할 큰 기둥이다.

독자가 이 인보에 담긴 통곡하고 싶은 마음과 깜짝 놀랄 심정을 터득한다면, 천하의 기이한 문장도 실상은 이런 것에 불과하고, 옛사람의 천 마디 만 마디 말도 실상은 이런 것에 불과함을 알게 되리라. 말을 토해 내면 끝없이 이어져 들을 만하고, 시문을 지어 내면 필세가 나풀나풀 펼쳐져 즐길 만하니, 귓구멍이 뚫리고 눈이 번쩍 뜨여 깨달음이 찾아오고 이해가 빨라질 것이다. 또 어찌 오늘날의 인보에 그치

---

1 중국 고대의 시집『시경詩經』에 나오는 각 지방의 민요.
2 고대에 눈병을 치료하는 기구.

고 말겠는가?

내 친구 이덕무가『학산당인보』에서 글자를 풀어서 쓰고 내용을 뽑아 베껴 쓴 다음 내게 서문을 구했다. 아아! 압록강 동쪽 나라에서 이 책을 무덤덤하게 보아 넘기지 않는 사람이 몇이나 될까? 내 말을 신뢰할 사람이 없는 것이 당연하다. 아아!

「학산당인보초석문서學山堂印譜抄釋文序」(집필 연도 미상)

## 인장의 짧은 문장에 실린 깊은 의미

『학산당인보學山堂印譜』는 학산당學山堂 장호張灝가 명나라의 전각篆刻을 수집하여 편찬한 책으로 중국의 대표적인 옛 인보이다. 이 책은 짤막하고 시적인 경구를 새긴 한장인閒章印을 수집하였다. 다양한 서체로 새긴 인장은 세파를 헤쳐 나가는 좌우명, 숨어 사는 자의 즐거움, 세상을 향한 불평, 인생의 비애, 우수와 절망 등 다채로운 주제를 담고 있다.

역자가 좋아하는 글 하나를 보자. "앙면문천천역고仰面問天天亦苦."─ 얼굴 들어 하늘에게 물었더니 하늘 역시 괴롭다네! 인생의 괴로움을 만물의 주재자인 하늘에 하소연해 보지만 그 하늘도 "나 역시 괴롭다네!"라고 대답한다. 이런 간단한 문구는 깊이 음미하면 그것 자체가 의미심장한 문장이다.

이 인보를 접한 이덕무가 인보의 글자를 읽어 정자로 쓰고 그의 독특한 서체로 베꼈다. 한 권의 책으로 만드니 청언소품집淸言小品集이 따로 없다. 인장에 대한 이해가 깊은 박제가에게 서문을 청하자 박제가는 작심하고 날카로운 글을 썼다.

인보의 짤막한 문구에는 인생과 사회를 향한 진지한 고민과 감상이 엿보인다. 견문이 적고 문제의식이 사라진 사람들은 그저 유명한 문구의 나열로 무덤덤하게 보아 넘긴다. 전각가의 상투적이고 호사스러운 취미인 듯싶은 외피 속에 숨어 있는 고뇌와 울분의 깊이를 재어 보려는 진지하고 깊이 있는 독서가 필요하다. 그러나 "압록강 동쪽 나라에서 이 책을 무덤덤하게 보아 넘기지 않는 사람이 몇이나 될까?" 글을 읽는 자세부터 바뀌어야 한다는 박제가의 고민을 토로한 글이다.

# 〈음중팔선도〉

## 서문

예로부터 신선의 부류로 불리는 이들에게는 하늘을 가볍게 훨훨 날고, 매미처럼 허물을 벗고 날개가 돋친다는 이야기가 늘 따라다닙니다. 그렇다 보니 맑고 고상하며, 오묘하고 아름다우며, 아스라하고 괴기하며, 숨었다 나타났다 변화가 무쌍하여 비교할 거리가 없는 이들을 곧잘 신선이라 불렀습니다. 병선兵仙이니 시선詩仙이니 하는 부류가 여기에 해당합니다.

세상에서 전하는 〈음중팔선도飮中八仙圖〉라는 그림은 그 이름이 당나라 때부터 나옵니다. 두보杜甫가 「음중팔선가飮中八仙歌」라는 시를 짓자 호사가가 그 시의 詩意를 본떠서 마침내 그림으로 그렸습니다. 당나라 현종玄宗 천보天寶 연간은 지극히 번창하던 시절이라 술을 잘 마신 사람이 얼마나 많겠습니까마는, 유독 여덟 명만을 주선酒

仙이라 부른 이유가 있습니다. 주선이 살아온 행적의 과정과 크기는 제각기 다르나, 요컨대 맑고 고상하며, 오묘하고 아름다우며, 아스라하고 괴기한 술 마시는 정취만은 반드시 지니고 있었습니다. 보는 이들로 하여금 표연히 번잡한 세상을 버리고 떠나는 상상을 하게 만들었습니다.

그들이 죽계竹溪의 물가에서 술에 취해 마음껏 노닐고,¹ 장안長安의 시장에서 거드름을 피우며 놀 적에 담소는 좌중을 놀라게 하였고, 붓은 오악五嶽²을 뒤흔들었습니다. 세상의 구속을 깨부수고 악착같은 욕심을 녹여 버렸으며, 천지를 하찮게 보고 육신을 껍데기로 여겼습니다. 오로지 술에만 탐닉하여 거나하게 취하여 느긋하게 지내면서 곧 늙음이 닥치는 줄도 몰랐습니다. 저들은 세간의 이른바 부귀와 녹봉은 그 즐거움을 바꿀 거리가 전혀 아니라고 생각했을 터이므로 신선이라 부르는 것이 마땅합니다.

이제 이 그림을 보니 인물의 크기는 겨우 손가락 하나만 합니다. 하지만 술이 거나하여 눈을 게슴츠레 뜬 모습, 고주망태로 거꾸러진 모습, 술을 가져오라 하며 술잔을 잡고 있는 형상이 각양각색으로 펼쳐지고 있습니다. 그 밖에 누대와 계곡, 초목, 의상, 관冠, 신발, 평상, 안궤, 필묵, 골동품 등의 풍경과 사물도 모두 은연중 술기운에 젖어 있습니다. 법도나 잘 지키는 세상 저편에 살면서 불로 익힌 음식을 먹지 않는 선계의 천연스러운 분위기가 절로 담겨 있습니다. 또렷한 그

---

1　당나라 현종 대에 이백李白이 공소보孔巢父 등과 더불어 태안부泰安府 조래산徂徠山 아래에 있는 죽계에 살면서 날마다 술을 마음껏 마시며 즐겁게 노래를 불렀는데, 당시에 이들을 죽계육일竹溪六逸이라 불렀다.

2　중국의 5대 명산으로 중악인 숭산崇山, 동악인 태산泰山, 서악인 화산華山, 남악인 형산衡山 그리고 북악인 항산恒山을 말한다.

모습에서 손으로 잡으면 그들의 성명을 알 것만 같고, 냄새를 맡으면 그들의 성정을 알 것만 같습니다. 눈썹과 눈, 수염과 머리털, 늙은 이와 젊은이, 검은 얼굴과 흰 얼굴, 큰 키와 작은 키, 살진 사람과 마른 사람, 앉은 사람과 누운 사람, 움직이는 사람과 서 있는 사람, 담소를 나누는 사람과 말없이 있는 사람, 잠자는 사람과 깨어 있는 사람이 차이 나는 것만이 아닙니다.

세상의 화가가 그림을 모사하다가 진본眞本을 어지럽히는 일이 곧잘 일어나 아예 하나의 풍속을 이뤘습니다. 진부한 흉내 내기가 가소롭기만 한데 심지어는 서로 비슷해지는 것을 꺼려서 위치를 바꾸어 변화를 주기도 합니다. 어덟 사람의 면목이 다르기는 하지만 정신은 한 사람에 불과합니다.

새가 나무에 모여 앉아 있으면 서로 지극히 닮은 모습입니다. 그런데 천천히 하나씩 살펴보면 그 태도가 만 가지나 되어 서로 같지 않으니 하늘에서 얻은 특색이 있기 때문입니다. 재주 없는 화가가 갖가지 색을 써서 다르게 그리고, 갖가지 모양으로 구분하여 묘사합니다. 하지만 열 마리 새를 다 그리기도 전에 재주가 바닥을 보일 것입니다.

이 그림을 보는 사람이 제가 한 이야기를 염두에 두고 감상한다면, 진짜와 가짜, 고아함과 속됨, 옛것과 지금 것을 감별할 때 반드시 후련하게 속으로 깨쳐 호쾌하게 한바탕 웃음을 터뜨리고 말 것입니다.

이제부터 귀신, 날짐승과 들짐승, 벌레와 물고기, 꽃과 풀을 비롯하여 산과 물, 구름과 안개, 흐리고 갠 날씨, 아침저녁과 사계절의 변화에 이르기까지 그 단서와 특징을 각 종류에 따라 펼쳐 나간다면 필묵의 능력을 다 발휘하게 되고, 문장과 회화에 관한 감상도 충분할 것입니다. 청컨대 이 글을 써서 그림에 뛰어난 세상 사람에게 질정하고 싶습니다. 여덟 명의 성명과 벼슬, 출신지는 『당서唐書』와 『두보시집杜甫詩集』에 모두 실려 있으므로 여기에 갖춰 싣지 않습니다. 신은 삼가 서문을 씁니다.

「음중팔선도서飮中八仙圖序」(1790년, 41세)

✣

## 회화의 생동감과 독창성

1790년 정조 14년 3월 초사흘에 정조는 검서관들에게 〈음중팔선도〉에 붙이는 서문을 10일까지 지어 올리라고 한 다음 친히 그 문장을 읽어 성적을 매기고 차등을 두어 상을 하사하였다. 이 글은 그때 지어졌다. 군신 간의 풍류성사風流盛事에서 이덕무의 글이 1등을 차지하였다. 박제가의 글은 그림의 생동감과 독창성이라는 문제에 주목하였다. 8인의 인물 형상은 모두 개성이 다르므로 서로 다르게 그려야 하지만 속된 화가는 인물의 차이가 드러나지 않게 그린다고 하였다. 그러니 "태도가 만 가지나 되어 서로 같지 않은" 이른바 '태만부동態萬不同'의 타고난 개성과 특징을 화가가 실감나게 그려야 한다고 했다. 박제가가 평소에 생각하던 문예 미학을 이번에는 회화에 적용하여 풀어낸 셈이다. 그림을 보는 높은 안목을 보여 준 글이다.

# 그림을
## 읽는 법

글씨와 그림은 하찮은 기예의 하나에 불과하다. 그렇다고 하여 선비가 글씨와 그림을 내버려 둔 채 입에 담지 않는 것은 옳지 않다. 요사이 인물의 옆모습을 그린 그림을 보고 다른 쪽 귀 하나는 어디에 붙어 있나 찾는 사람이 심심찮게 보인다. 그런 사람에게는 특별한 안목이 없음을 잘 드러낸다.

주암鑄菴(이정재) 공은 선비이면서 기예에도 통달한 분이다. 소장한 문징명文徵明의 〈간정춘수도澗亭春水圖〉 한 폭과 화폭에 붙인 절구 한 수는 비록 진짜인지 가짜인지를 감별하기는 힘들어도 화가의 가슴속에 담긴 산천의 멋은 상상해 볼만하다.

가을볕이 방 안에 쏟아져 들어올 때 화폭을 펼치고 상상을 해 본다. 꽃과 나무의 그윽하고 깊은 정취, 안개가 피어 강물이 굽이굽이

박제가가 그린 〈목우도牧牛圖〉

흘러가는 풍경, 신록에 멋진 바위가 있는 아름다운 정경, 그리고 술동이를 꺼내 놓고 창문을 열어 놓은 사람이 보인다. 아! 그 사람과 더불어 그 즐거움을 함께 누릴 방법은 없을까?

경자년(1780) 한가위 좋은 아침에 위항도인은 발문을 쓴다.

「제문형산화첩후발題文衡山畫帖後跋」(1780년, 31세)

### 그림을 해석하는 안목의 깊이

문징명文徵明(1470~1559)은 심주沈周, 당인唐寅, 구영仇英과 함께 명나라 후반기의 저명한 화가이다. 징명은 자字이고, 호는 형산衡山이다.

묘사가 세밀한 산수화를 잘 그렸다. 주암鑄菴 이정재李定載가 문징명의 그림을 소장하고 있다가 빌문을 써 달라고 부탁하였다. 20대에 교유가 잦았던 바로 그 이정재이다.

박제가는 전문적 화가나 감상가만이 아니라 선비도 그림을 볼 줄 알아야 한다고 주장했다. 그림의 소장자인 주암을 위한 말이다. 그 그림을 펼쳐 놓고 산수 속에서 한가롭게 살아가는 은사의 정취 넘치는 삶을 읽어 내고 상상하고 있다. 그림의 여백에서 보이지 않는 멋진 세계를 상상하는 즐거움이 그림 감상의 묘미이다. 측면 인물을 그린 그림을 보고 다른 쪽 귀 하나가 어디에 붙어 있는지를 찾는 단순하고 무지한 속물과는 날라야 한다.

## 시선집

### 서문

시를 뽑는 방법은 온갖 맛을 다 갖추고 한 가지 맛으로만 채우지 않는데 있다. 뽑는다는 것은 무엇인가? 가려서 뽑되 뒤섞지 않는 것이다. 온통 한 가지 맛으로만 채우면 뽑았다가 다시 뒤섞은 것이니 뽑은 의미가 아예 없다.

맛이란 무엇인가? 저 노을 지는 구름과 비단 자수를 보지 못했는가? 순식간에도 마음과 눈이 함께 노을 지는 구름으로 옮아가고, 가까운 거리에서도 기분이 달라진다. 대충 보면 실정을 포착할 수 없지만 세심하게 음미하면 무궁한 맛이 있다.

무릇 사물이 변화하는 단서와 조짐에서 마음을 움직이게 하고 눈을 즐겁게 하는 모든 것이 다 맛이다. 혀로 맛보는 것만이 맛은 아니다. 시를 뽑으면서 어째서 맛을 말하는가? 짜고 시고 달고 쓰고 매운이 다섯 가지 맛은 혀가 느껴서 얼굴과 눈에까지 전달된다. 맛을 속일 수 없는 것이 이와 같다. 이와 같지 않으면 맛이 아니다. 맛을 느낄 수 없는 음식은 먹지 않는다. 그러니 시를 뽑는 방법과 무엇이 다른가?

온갖 맛을 다 갖추어야 한다는 말은 무슨 뜻인가? 한 가지 맛만 뽑지 말고 여러 가지 맛 중에서 각각 한 가지씩을 뽑으라는 말이다.

신맛은 알면서 단맛을 모른다면 맛을 아는 자가 아니다. 단맛과 신맛을 저울로 달아서 재고, 짠맛과 매운맛을 규격에 짜 맞추어 옹색하게 채워 넣는 자는 뽑는 법을 모르는 자이다. 신맛이 필요할 때는 극히 신 맛을 택하고, 단맛이 필요할 때는 극히 단 맛을 택해야 한다. 그렇게 한 뒤에야 맛에 대해 말할 자격이 있다.

공자께서는 "음식을 먹지 않는 사람은 없으나 맛을 잘 아는 자는 드물다."고 말씀하셨다.[1] 이 말을 통해 볼 때 성인은 마음이 세밀하여 혀로 느끼는 맛을 통하여 말로 표현할 수 없는 오묘한 이치를 터득한다. 반면에 속인은 한 가지 맛으로만 채우기에 날마다 맛을 보면서도 분간할 줄은 모른다.

어떤 사람이 "물은 어떤 맛인가?"라고 물었다. 나는 이렇게 대답하였다.

"물은 아무 맛이 없기는 하다. 그러나 목마를 때 마셔 보라! 그러면 천하의 어떤 맛도 이보다 더 나은 것이 없다. 지금 그대는 목마르지 않다. 그러니 저 물의 맛을 어떻게 알겠는가?"

「시선서詩選序」(집필 연도 미상)

---

1 『중용中庸』에 나오는 구절이다.

## 시의 맛과 시선집

시를 뽑아 선집을 만드는 방법을 논한 글이다. 문체는 서문이다. 어떤 시를 뽑았는지, 뽑은 이는 누구인지 분명하지 않다. 박제가는 선집에 시를 뽑아 넣는 기준으로 맛[味]을 제시하였다. 맛이라 하면 맛을 느끼는 사람의 주관적인 입맛이 있고, 또 신맛, 짠맛 등 객관적인 다섯 가지 맛이 있다. 선집이란 모름지기 다채로운 맛을 느낄 수 있도록 만들어야 한다. 박제가는 이 책에 수록된 「집집마다 울려 퍼지는 드문 소리의 송가」에서도 시문을 논하며 그 기준을 맛에 두었다. 그 글에서 남과 나는 서로 다른 취향을 가지고 있고, 그것은 입맛의 차이에 비유할 수 있다고 하였다. 이것을 박제가의 입맛론 비평이라고 할 수 있겠다.

입맛론은 획일주의를 극도로 혐오한 생각에 바탕을 두고 있다. 학문이고 문학이고 사상이고 사회고 다양한 가치를 존중하여야 한다는 다원주의에 기초한 박제가의 열린 관점을 찾아볼 수 있다.

# 시학론

우리나라에서는 송宋·금金·원元·명明 시대의 시를 모범으로 삼아 배운 자가 최상의 시인이고, 당시唐詩를 배운 자가 그다음 수준의 시인이며, 두보杜甫의 시를 배운 자가 최하 수준의 시인이다. 모범으로 삼아 배운 시의 수준이 높으면 높을수록 시인의 수준은 거꾸로 낮아진다. 그 이유가 대체 무엇일까?

두보를 배우는 자는 두보의 존재만 알 뿐 다른 시인은 쳐다보지도 않고 업신여긴다. 그래서 시를 쓰는 솜씨가 갈수록 졸렬해진다. 당시를 배우는 자의 폐단도 마찬가지이나 그래도 두보를 배우는 자보다는 조금 낫다. 두보 이외에 왕유王維, 맹호연孟浩然, 위응물韋應物, 유종원柳宗元 등 수십 명 시인의 이름이 가슴속에 도사리고 있기 때문이다. 그 덕분에 뛰어넘으려고 애쓰지 않아도 두보만 배우는 자를 저절로 뛰어넘을 수 있다.

이렇게 놓고 볼 때, 저 송·금·원·명 시대의 시를 모범으로 삼아 배운 자는 이들보다 시에 대한 식견이 한결 나을 것이다. 더구나 수많은 책을 널리 공부한 바탕 위에 진실한 성정性情으로 시적 재능을 발휘한 자의 식견이야 말할 나위가 있겠는가? 따라서 문학의 길은 시인의 마음과 지혜를 활짝 열고 견문을 넓히는 데 달려 있을 뿐, 모범으로 삼아 배운 시대에 얽매이지 않는다는 사실을 알 수 있다.

글씨에서도 사정은 마찬가지이다. 진晉의 서법書法을 배운 자가 가장 수준이 낮고, 당송唐宋 이후의 서첩書帖을 배운 자가 그보다는 조금 더 아름답고, 현재 중국의 서법을 배운 자가 가장 수준이 높다. 그렇다고 이 말이 진의 서법과 당송의 글씨가 현재 중국 사람의 글씨에 미치지 못한다는 뜻이겠는가?

시대가 멀어지면 멀어질수록 모방품조차 제대로 전해지지 않는다. 외국에 태어난 사람은 더욱이 글씨가 진품인지 감별하지 못한다. 오늘날의 중국 사람 글씨는 믿을 만하고 쉽게 접할 수 있으므로 차라리 그 글씨를 배우는 것이 낫다. 옛 글씨의 법은 오히려 오늘날 중국 글씨에서 찾아볼 수 있다. 그러나 사람들은 탑본搨本이 진짜인지 가짜인지를 분간하지 못하고, 육서六書와 금석金石[1]의 원류와 전개를 알지 못하며, 필묵의 변화와 움직임, 자연스러운 형태와 기운을 모른 채 우쭐대며 자신이 마치 진晉나라 서법가인 양, 왕희지 부자父子[2]인 양 행세한다. 천하의 시를 몽땅 내동댕이치고 두보가 지은 수십 편 글귀를 꼭 쥐고 앉아 자진해서 고루한 골방에 틀어박힌 시인과 똑같다.

군자라면 글을 쓸 때 시대를 파악하는 것이 중요하다. 내가 중국에 살고 있다면 이따위 주장을 할 필요가 없다. 우리나라에 살고 있어서 그렇게 주장하지 않을 수 없다. 주장이 바뀌어서가 아니라 형편이 그렇게 만든다.

"두보의 시와 진 시대의 서체는 사람에 비유하자면 성인聖人이다. 성인을 버리고 그보다 낮은 사람에게 배우란 말이냐?"고 반론을 제기하는 자가 있을 것이다. 그 반론에 나는 "경우가 서로 다르다. 거기에는 행위와 예술의 차이가 존재한다."고 대꾸할 것이다. 행위와 예술의 차이가 있어도 땅바닥에 금을 그어 집이라고 하고서는 "여기가 공자께서 거처하는 집이다."라고 하며 평생토록 눈을 감고 그 자리를 벗어나지 않는다면, 아무 쓸모없는 사람이 될 것이다. 수준 높았던 옛날의 문장이 지금은 수준이 낮아진 것이다. 과장과 풍속을 읊는 노래에 나오는 명칭이 같고 달라진 변화 따위는 깊이 공부한 자가 스스로 깨닫도록 맡겨 둘 일이지 한 사람 한 사람 데려다가 일일이 설명하기는 아무래도 어렵다.

신축년(1781) 겨울에 위항도인葦杭道人은 겸사兼司에서 당직하면서 쓴다.[3]

---

1  고대의 각종 청동기와 비석에 새겨 놓은 건국 내력이나 공적, 좌우명 등의 글.

2  왕희지王羲之(321~379)는 동진東晉의 서법가로서 서성書聖으로 불린다. 아들 왕헌지王獻之(344~388)와 함께 왕씨 부자로 불리는데, 이들은 행서와 초서의 전형을 완성했다.

3  박제가는 규장각 검서관으로 지내면서 1781년 가을부터 다음 해 봄까지 염서染署의 직책을 겸임하였다. 이해 가을에 「염서 겸사에 수직하며直染署兼司」를, 이듬해 봄에 「겸사에서 수직하며兼司直中」를 지었다. 박제가의 『정유각시집』 제2집에는 이 글의 내용과 밀접하게 관련된 시가 실려 있다.

## 우물 안 개구리가 되지 말라

이 글은 일부 『북학의』 사본에도 「북학변北學辨」의 하나로 수록되었다. 시 공부라는 주제로 논지를 펼치고 있으나 서예와 산문론, 나아가 학문과 사상론까지 주제가 확장된다. 박제가의 사상과 문학이 어디에 기조를 두고 있는지를 분명하게 드러내 보인다.

박제가는 귀고천금貴古賤今, 즉 옛것을 존중하고 현재 것을 무시하는 복고적 태도를 비판하였다. 박제가는 두보를 배운 시인이 가장 하등의 시인이고, 원명元明의 시를 배운 시인이 최상의 시인이라고 말한다. 그의 주장은 난센스다. 시성詩聖인 두보를 배운 자가 최고의 시인이어야 마땅하고, 수준이 떨어지는 원명의 시를 배운 자가 낮은 수준의 시인인 것이 순리이다. 사유의 혁신성은 여기에서 돋보인다. 두보를 배우는 자는 두보밖에 모르는 우물 안 개구리에 불과하고, 원명의 시를 배우는 자는 당시唐詩와 송시宋詩, 두보의 시까지 두루 배우기 때문이다. 두보의 시를 배우며 마치 자기가 두보가 된 양 우쭐대는 이야말로 좁은 세계에 안주하는 가장 못난 문인이라는 것이다.

남이 만들어 놓은 좁은 세계에 안주하지 않고 스스로의 세계를 확장하고 넓히려는 의지를 가지라고 박제가는 요구하였다. 그는 "문학의 길은 마음과 지혜를 활짝 열고, 견문을 넓히는 데 달려 있을 뿐이다."라고 말했다.

# 소리와 글자는
## 하나다

감정은 소리가 아니면 전달되지 않고, 소리는 글자가 아니면 소통되지 않는다. 감정, 소리, 글자 이 세 가지가 하나로 합치되어야 비로소 시가 된다. 그렇기는 하지만 글자는 각기 그 의미를 갖고 있는 반면 소리가 반드시 말을 이루는 것은 아니다. 그리하여 시의 길은 오로지 글자에만 속하게 되었고, 소리는 날이 갈수록 시로부터 멀어지게 되었다. 글자가 소리로부터 멀어지는 것은 물고기가 물을 벗어나고 아들이 어머니를 떠나는 것과 같다. 나는 시의 생생한 정취가 날이 갈수록 말라 가고 천지의 이치가 날마다 식어 가는 것을 염려하지 않을 수 없다.

저 옛날의 『시경』3백 편 역시 글자는 여전히 남아 있으나 그 소리는 얻어들을 수 없다. 내 생각으로는 옛날에는 말이 입 밖으로 나오면 바로 글자가 만들어졌다. 따라서 어조사나 허사虛詞도 모두 곡절이 있어 맛이 있었다.

지금은 그때의 예법과 음악, 정치와 형벌에 쓰인 기물이나 짐승과 초목의 명칭이 모두 파괴되어 흩어진 뒤라서 더는 실물을 고증할 수 없다. 설령 지금 사람이 옛 중국의 하夏·은殷·주周나라 선비와 갑작스레 대면한다고 해도 나라의 풍속이 다르고 방언의 차이가 커서 중국에 들어간 외국인보다 훨씬 더 차이가 심할 것이다. 그렇기는 해도 우리는 간절하게 그 말을 암송하고 감탄하여 읊조리면서 "이야말로 진정 「관저關雎」로다!", "이야말로 진정 아송雅頌이로다!"¹라고 말한다. 하지만 이것은 지금 사람의 글자 소리일 뿐 옛날의 본래 소리는 아니라고 나는 생각한다.

오늘날의 이른바 무당의 가사歌詞와 광대의 비웃고 욕하는 사설, 그리고 시장과 골목의 천박하고 가벼운 말도 선량한 마음을 불러일으키고 사악한 생각을 징계하는 힘을 갖고 있다. 옛날의 시가 지닌 힘을 여전히 지니고 있다고 할 수 있지 않을까? 그러나 붓을 들어 그 사설을 한문으로 옮겨 놓고 나면 말이 비슷하지 않은 것은 아니나 껄껄하고 따분하여 진실한 감정을 느낄 수 없다. 왜냐하면 소리와 글자가 서로 다른 길을 가고 있기 때문이다. 소리와 글자가 서로 다른 길을 가고 있어서 옛날의 문장과 지금의 문장이 서로 맞수가 아님을 여기에서 엿볼 수 있다.

아아! 일천 세대나 멀리 떨어져 있고, 일만 개나 많은 나라가 있었

---

1 「관저」는 『시경』 국풍國風의 첫 번째 편목인 주남周南에서 맨 처음에 나오는 작품명이고, 아송은 『시경』의 국풍 이후에 나오는 두 가지 형식을 가리킨다. 『시경』은 풍風과 아雅와 송頌으로 구성되었다.

으니 시는 얼마나 많이 변화하였는지 알 수 없다. 그 변화에 맞춰 소리를 낸다면 또한 제각기 자연스러운 율조를 얻을 수 있다.

나의 벗 유득공이 지은 시는 장점을 겸비하고 아름다움을 골고루 갖추고 있다고 할 만하다. 옛날의 글자를 빌려 와 오늘날의 소리와 융합하는 재능이 있다. 마음속에서 일어나고 외부 사물에 감동하여 나온 시는 마치 나무에서 꽃이 피고 새가 자연스레 우는 것과 같아서 어째서 그렇게 되는지 자신도 까닭을 모른다. 그렇다면 소리와 글자가 다르다는 사실은 또 굳이 따질 거리가 못 될 것이다.

그렇지만 소리와 글자는 하나다. 시를 잘하는 사람은 소리와 글자를 결합하고, 잘하지 못하는 사람은 소리와 글자를 떼어 놓는다. 왜 그런가? 글은 글자에서 시작하고, 소리는 글자 밖에서 완성되기 때문이다. 따라서 나는 이렇게 말한다.

"글자는 하학下學이고, 소리는 상달上達이다."

병신년(1776) 8월에 벗 박제가가 짓는다.

「유혜풍시집서柳惠風詩集序」(1776년, 27세)

✦

**소리와 글자를 융합하여 새로운 감정을 표현한 시의 창작**

절친한 벗이자 백탑시파 동인인 유득공의 젊은 시절 시집에 붙인 서문이다. 유득공의 숙부이자 박제가의 벗인 유금柳琴이 『한객건연집韓客巾衍集』을 중국 문단에 소개한 해에 유득공 또한 작은 시집을 엮었던 모양이다. 박제가는 이 서문에서 유득공 시의 특징을 포착해 냄과 동시에 자신의 시론을 전개하였다.

박제가는 시의 도구인 글자[字]와 시인의 감정[情], 소리[聲] 세 가지가 합일되어야 좋은 시가 된다고 하면서 시의 "소리와 글자는 하나다."라고 선언하고 있다. 그 관점에서 유득공의 시가 화석화된 옛 글자에 소리를 통하여 생명과 감정을 불어넣었다고 평가하였다. 무당의 가사, 판소리 사설 같은 민간의 시를 한문으로 옮겨 놓으면 진실한 감정을 느낄 수 없다고 한 것 또한 매우 가치 있는 논의이다.

박제가나 유득공은 우리 일상의 생활 감정과 언어 감각을 한시로 생생하게 구현하는 것을 시 창작의 목표로 삼았고, 유득공의 시가 그 한 가지 모델을 보여 주었음을 박제가는 인정하였다. 백탑시파의 핵심적 시론을 설파한 문장일 뿐만 아니라 일반 시론으로서도 참신성을 지닌 비평문이다.

# 시는

## 무엇을 쓰는가

나의 벗 형암炯庵 이덕무李德懋 선생의 시 약간 편을 내가 직접 뽑아 쓰고서 목욕하고 향불을 피우며 읽었다. 시를 읽고 나니 입에서는 저절로 감탄이 흘러나왔다. 곁에 있던 사람이 "시에서 무엇을 얻으셨나요?"라고 물었다. 나는 이렇게 대꾸하였다.

"저 산과 물을 바라보니

아득하여 끝이 없는데

고요한 물은 맑음을 머금고

외로운 구름은 깨끗하게 떠가네.

기러기는 새끼 데리고 남쪽으로 날아가고

매미는 쓸쓸하게 울음을 그치려 하네.

이런 정경이 바로 형암 선생의 시가 아니겠습니까?"

그 사람이 말했다.

"이것은 가을의 징후입니다. 시가 정녕 그 정경을 다 얻어서 포착할 수 있을까요?"

나는 이렇게 대답하였다.

"못 할 것이 뭐가 있겠습니까? 가을의 경계[際]를 말하면 됩니다. 그렇게 되려고 의도하지 않는데도 그렇게 되는 것이 자연[天]이요, 그런 줄을 알고서 그렇게 행하는 것이 인간입니다. 자연과 인간 사이에도 반드시 구분[分]이 있습니다. 경계란 것은 구분[分]이면서 안과 밖의 도道를 공유하고 있습니다. 따라서 그 경계를 얻어 내면 만물이 잘 자라고 귀신이 강림하지만, 그 경계를 얻어 내지 못하면 자기와 마소가 어떻게 다른지도 분간하지 못합니다. 더구나 시는 오죽하겠습니까?"

그 사람이 다시 따지고 들었다.

"시는 사람이 태어남과 동시에 생겨나는 것이지요. 갓난아이가 응애응애 울 적에 등을 도닥거리면서 자장가를 응얼응얼 불러 주면 그 소리가 울음소리와 박자가 맞아 아기는 어느새 잠이 들지요. 이것이 천하의 진정한 시랍니다. 제가 들은 바로는, 시는 인간의 본성에서 나오는 것이라 사악함과 올바름이 있으니, 사람들이 좋아하고 싫어하는 것을 살피면 세상 풍속이 좋아지고 나빠지는 것을 알 수 있지요. 따라서 곱게 꾸민 작품은 『시경』의 「국풍國風」에 실리지 못했고, 조급하고 거친 음악은 근엄한 종묘에서는 연주되지 않았답니다. 지금 그대는 담박한 맛을 버리니 자연히 다듬고 꾸며서 새롭고 공교로워진 시를 좋아하는군요. 예로부터 내려온 모범을 등지고 따르지 않으며, 심법心法의 법을 홀로 본받으려 하는구려."

그 비난에 나는 이렇게 답했다.

"황종黃鍾을 조율하는 데 쓰는 기장은 지극히 작은 물건이고, 짐승과 새의 발자국은 지극히 미미한 사물입니다. 하지만 율려律呂가 그 기장을 바탕으로 만들어졌고, 팔괘八卦가 그 발자국을 본떠 만들어졌습니다.[1] 시는 술수로 보자면『주역』에 해당하고, 소리로 보자면 음악에 해당합니다. 도를 알지 못하는 사람이 어찌 이것에 대해 말할 자격이 있겠습니까?"

그러자 그는 이렇게 반문하였다.

"그렇다면 시는 무엇을 스승으로 삼아야 할까요?"

그제야 나는 이렇게 답하였다.

"하늘과 땅 사이에 가득 찬 모든 것이 다 시입니다. 사계절은 변화하고, 온갖 소리는 웅성거리는데 그 몸짓과 빛깔, 소리와 가락은 제 스스로 존재합니다. 어리석은 자는 그것을 살피지 못하지만 지혜로운 자는 그것으로부터 말미암습니다. 따라서 다른 시인의 입술만 우러러보고, 케케묵은 종이쪽지에서 찌꺼기나 줍는 글쟁이는 근본에서 너무도 많이 벗어나 있습니다."

---

1  황종은 악률樂律 12율律의 시초로 소리의 표준이고, 복희씨伏犧氏는 새와 짐승의 발자국을 보고서 팔괘를 제정하였다.

그가 재차 물었다.

"그렇다면 이른바 한漢·당唐·송宋·명明의 시가 모두 본받을 가치가 없다는 말씀인가요?"

나는 다시 답하였다.

"어찌 그렇겠습니까? 내가 그렇게 말한 까닭은 지엽만을 좇다가 분파만 많이 만드느니 차라리 근본을 찾아가서 요점을 찾아내는 것이 낫다는 말입니다. 그런 다음에라야 천지의 진정한 소리와 옛사람의 은밀한 말이 분명 서리를 알리는 종이 저절로 울리고, 깊은 골짜기의 학이 서로 화답하는 것처럼² 호응해 올 것입니다. 그렇다면 형암의 시는 복희씨伏羲氏나 영윤伶倫³의 마음을 터득한 것이 틀림없습니다. 저 율격律格의 연혁과 자구字句의 연원에 대해서는 고전과 옛일을 잘 아는 분이 따로 있을 테니 그분을 찾아가 물어보십시오."

병신년(1776) 가을날 어리석은 아우 박제가가 글을 쓴다.

「형암선생시집서炯菴先生詩集序」(1776년, 27세)

---

2　서리 알리는 종은 『산해경』「중산경中山經」에 나온다. 중국 풍산豐山에 있는 아홉 개의 종 가운데 하나인 이 종이 울리면 서리가 내렸음을 알 수 있다고 하였다. 골짜기의 학은 『주역』「중부괘中孚卦」구이九二에 나오는 말로, "우는 학이 깊은 골짝에 있거늘, 그 새끼가 화답하도다. 나에게 좋은 벼슬이 있어, 내 너와 더불어 가지고자 한다."고 하였다.

3　복희씨는 새와 짐승의 발자국을 보고 팔괘八卦를 처음으로 그렸다고 전해지고, 영윤은 황제黃帝 때의 악관樂官으로 음악의 창시자로 알려졌다.

## 하늘과 땅에 가득 찬 모든 사물을 읊는 시

유득공의 시집에 서문을 쓸 때와 같은 시기에 이덕무의 시집에도 서문을 썼다. 백탑시파가 활발한 활동을 전개하던 이 당시 각 동인이 그간의 작품을 개별적으로 엮은 다음 이를 『한객건연집』으로 묶어 중국 문단에 소개하였다. 이 무렵 동인끼리 상대의 시문집에 서문을 써 주었다.

이 서문에서는 이덕무의 시가 가을의 정서를 많이 담고 있다는 것, 시는 자연과 시인의 경계[際]를 포착한다는 것, 그리고 소박한 데에서 치밀한 묘사로 가는 것이 시의 발전 과정이라는 점을 밝혔다.

하지만 핵심은 "하늘과 땅 사이에 가득 찬 모든 것이 다 시입니다."라는 주장에 있다. 시인이 직접 경험할 수 있는 현실과 자연에서 소재를 찾아 자기 개성대로 시를 쓰자는 이 주장은 18세기 시론의 핵심 주제를 담고 있다. 그러면서 "다른 시인의 입술만 우러러보고, 케케묵은 종이쪽지에서 찌꺼기나 줍는 글쟁이는 근본에서 너무도 많이 벗어나 있습니다."라고 말하여 복고적 창작 태도에 거부감을 표시하고 새로운 창작 노선을 취할 것을 주장하였다.

# 집집마다 울려 퍼지는

## 드문 소리의 송가頌歌

신은 지난해(1792) 11월 10일에 유신儒臣 이동직李東稷의 상소[1]에 대해 성상께서 내려보낸 비답批筅[2] 한 통을 엎드린 채 받들어 보았습니다. 하늘의 문장은 찬란하였고, 성상의 비평은 정중하였습니다. 지방 고을의 낮은 벼슬아치로서 신이 이런 특별한 예우를 받으니 황공하기도 하고 감격스럽기도 하여 몸을 어디에 둬야 할지 몰랐습니다. 또 올해(1793) 정월 초사흘에 내각內閣[3]에서 보내온 관련 공문을 엎드린 채 받들어 보았습니다. 여러 문신이 시나 문장을 지어 자신의 잘못을 뉘우친 사례에 의거하여[4] 신에게 시나 글을 지어 올리라고 특별히 하명하셨습니다.

　우리 성상께서는 문풍文風이 예스럽지 않은 점을 두고 조정에 나오셔서 자주 한탄하셨습니다. 신처럼 재주가 변변치 않은 자에게까지 하찮은 재능이라도 채택하는 은덕을 베푸셨고, 차근차근 이끌어서 크고 넓은 길을 보여 주셨습니다. 마치 손을 끌어 나아가게 하면 더불어 일을 같이할 만한 자로 보시는 듯하였습니다. 신이 비록 억세고 어리석으나 어찌 자신을 다잡고 분발하여 공을 이루도록 노력하지 않겠습니까?

신은 약관의 나이에 미약하나마 뜻한 바가 있어 쓸쓸한 처지에서 한두 명의 벗과 어울려 고문古文 창작에 앞장선 적이 있었습니다. 그때는 이웃에 사는 어떤 사람도 저를 찾아와 물어본 적이 없었습니다. 그 뒤에 헛된 명성으로 잘못 발탁되어 베옷 입은 선비에서 조정 관리로 등용되었습니다. 그 뒤로는 또 책을 베껴 쓰거나 글을 교정하는 일을 직무로 삼았습니다. 이때만 해도 글을 잘 짓는다는 평을 들은 적이 없습니다.

홀연히 근년에 이르러 외람되게도 특별한 은총을 입어 때로는 서적을 편찬하는 임무를 도맡아 하기도 했고, 어명을 받들어 글을 짓는

1 부교리副校理 이동직(1749~?)이 1792년 11월 6일에 올린 상소이다. 소론少論인 이동직은 이 상소문에서 당시 정권을 쥐고 있던 남인을 공격하되 특히 이가환李家煥 등이 패관소품의 문체를 사용한다면서 성균관 대사성에서 해임하라고 요구하였다. 정조는 이 상소에 비답을 내려 이가환과 남인의 문체에 머물지 않고 조정 대신과 서얼 신하들의 문체까지 거론하였다. 이로 인해 문체가 정치적 문제로 비화하였다.

2 신하가 올린 상소에 국왕이 내린 답서.

3 내각은 정조가 설치한 규장각奎章閣의 이문원摛文院과 봉모당奉謨堂으로 규장각의 다른 이름이기도 하다.

4 정조는 소품문 취향의 문장을 쓰던 김조순과 남공철, 이상황 등 젊은 노론 신하와 성균관에서 공부하던 문인 이옥李鈺에게 자신의 잘못을 반성하고 개선하겠다는 자송문自訟文을 지으라고 명하였다. 명령에 따라 이상황은 「힐패詰稗」를 지어 패관소품의 문체를 맹렬히 비난하였다. 동지사의 서장관이 되어 연경으로 향하던 김조순은 도중에 자송문을 지어 제출하였다. 『풍고집楓皐集』 권1에 수록된 「잘못을 뉘우치다」와 「서청에서 숙직하며 마음을 진술하여 동료에게 보이다」에서 반성의 내용을 볼 수 있다.

반열에 끼어들기도 하였습니다. 이따금 문예를 맡은 여러 신하들과 더불어 앞서거니 뒤서거니 이름을 드러내면서 당세 문인의 한자리를 버젓하게 차지하였습니다. 만에 하나도 신이 감히 감당할 자리가 아니기는 합니다만, 속으로 다행스럽게 여기는 점은 분명히 있었습니다.

저 공자의 제자 70명은 성인을 만나 스승으로 삼아서 종신토록 배우며 싫증을 내지 않았습니다. 그처럼 신 또한 하찮은 기예로 성군의 세상을 직접 만나서 10여 년 동안 올바른 길을 잃지 않았으니 성상께서 지으신 글을 교정한 힘입니다. 심지어 비답에서 저술가의 이름을 두루 열거하는 중에 신의 이름까지 거론하셨고, "나는 문단에서 맹주의 역할을 맡아 크게 하나로 통일하는[5] 권한을 다시 밝히는 것을 내 임무로 삼으리라."는 말씀도 있었습니다. 이것은 제왕이 천하의 조회를 받는 자리에서 먼 변방의 오랑캐도 토산품을 진상할 기회를 주듯이 신을 저술가의 자리 하나에 채울 만하다고 여기신 것입니다.

베옷 입은 선비일망정 문단에서 솟구쳐 일어나 한 지역에서 붉은 깃발을 세우고 천하를 호령하게 되면, 지체 높은 사대부까지 물결에 휩쓸려 그 뒤를 따르곤 합니다. 더구나 제왕의 존귀한 지위에 계시는 성인께서 평가의 권한을 직접 손아귀에 쥐고 친히 북과 나팔을 세워 호령하며, 바람과 구름을 휘젓고 해와 달을 뒤흔들며, 방패와 깃털의 춤으로 기운을 북돋고 순임금의 음악으로 바로잡으십니다. 그러니 만방의 멀고 먼 지역에 이르기까지 머리를 조아리고 신하임을 자처하면서 경건히 말씀을 받들지 않을 자가 어디에 있겠습니까?

『주역』에서는 "인간의 문장을 관찰하여 천하를 감화시켜 완성한다."고 하였고, 공자께서는 "문장이 찬란하도다!"라고 말씀하셨습니다.[6] 그 문장이 어찌 문예문의 문장이겠습니까? 신이 지난 수십 년 사이 문장을 잘 짓는다고 일컬어지는 자를 살펴보니 모두 과거 시험용 문장의 우두머리일 뿐이었습니다. 문예문의 문장을 잘 짓는다는 사람조차 들은 적이 없습니다. 몹시 두려워하고 조심하고 있는 처지라 신은 감히 드러내 놓고 그들을 배척하지는 못했습니다. 하지만 유행하는 속된 문체를 힘껏 배척하여 오염되지 않고 깨끗한 문장을 쓴다고 신은 자부하는 바입니다. 그 솜씨의 도움을 받아 임금님을 섬기고자 하였습니다.

신은 일찍이 남들에게 이렇게 말한 적이 있습니다.

"오늘날 학자들이 한유韓愈와 유종원柳宗元, 구양수歐陽脩, 소식蘇軾의 문장만을 배우려고 애쓸 필요가 있는가? 저보邸報[7]에 실린 성상의 말씀을 날마다 가져다가 엎드려 읽으면 충분하다."

신이 우러러 찬송하고 추종하여 따르는 길이 이와 같습니다. 비록 임금님의 덕을 널리 알리고 백성이 다가오도록 돕는 신하의 반열에는 감히 끼어들지는 못합니다만, 도를 배반하지는 않았다고 자부합니다.

세상에 떠도는 말에는 간혹 신의 문장을 헐뜯으며 명明나라 세상

5  원문은 '대일통大一統'으로 모든 세력을 하나로 모은다는 뜻이나, 실제로는 다양한 학설을 배척하고 유학만을 존중하는 것, 천하의 제후국이 중국의 문물과 제도를 따르는 것 등을 말한다.

6  인용한 글은 각각 『주역』 「분괘賁卦」와 『논어』 「팔일八佾」에 나온다.

7  조선 시대에 조정의 주요한 소식을 알리던 관보.

의 습관이 있다고 하기도 합니다. 이 말은 그저 시대를 좇아 견해를 세운 것에 지나지 않습니다. 문인의 글에는 시대의 특징이 있으나 지사志士의 글에는 시대의 특징이 없습니다. 신이 감히 문인으로 자처하지 못하기는 합니다만 문인이 되고 싶은 뜻만은 가지고 있습니다. 13경經을 날줄로 삼고 23사史를 씨줄로 삼아서[8] 종합하고 추론하며 근원을 탐구하여 실용으로 귀결하고자 힘쓰는 길을 신이 배우고 싶습니다. 그 수준에는 미처 도달하지 못했으나 마음은 진작 그곳에 가 있습니다. 체재를 구별하여 성당盛唐 시대의 시를 근본으로 삼거나 당송팔대가唐宋八大家를 일컬으면서 스스로 유능하다고 여기는 짓은 정말 여유가 없어 하지 못합니다. 그 단계를 지나서 섬세한 문인의 시문을 표절하거나 연극의 대본을 독실히 믿는 이들이 있으나 이것은 또 신이 매우 부끄럽게 여기는 짓입니다.

오늘날 신의 문집 원고를 절반이라도 본 사람은 아무도 없습니다. 무엇을 근거로 신의 문장에 대해 따지고 드는지요? 아마도 저번에 어명을 받들어 지은 작품 한두 편을 보고 적합하지 않다고 보겠지요. 그 작품은 모두 성상께서 직접 보시고 보배와 같은 어평御評을 가하여 찬란하게 돌려주시니 구정九鼎이나 대려大呂보다 더 무게가 나가게 되었습니다.[9] 그렇다면 그 작품을 근거로 신을 논하는 것은 이른바 노魯나라 술이 묽어서 조나라 한단邯鄲이 포위되었다는 말에 가깝지 않겠습니까?[10]

신이 삼가 살펴보니, 이전에 내린 비답 가운데 "그들이 천 리 멀리 떨어진 다른 나라의 풍속을 사모하여 그 세계에서 홀쩍 빠져나온 자가 거의 없거니와 이는 그들의 죄가 아니다."라는 말씀이 있었습니다. 이것은 성인께서 저희 처지를 미루어 용서해 주신 말씀입니다. 또 오늘 경연經筵에서 "허물을 뉘우치는 글이 없어서 되겠는가."라는 말씀이 있었습니다. 이것은 모든 자격을 갖추도록 요구한 『춘추春秋』의 법입니다.[11] 성인의 말씀은 다 까닭이 있습니다. 성상의 말씀은 시위를 당기기만 하고 쏘지는 않으신 격이니 신을 위해 곡진하게 해명해 주신 듯하였습니다. 한창 은혜를 되새기며 영예로움을 느끼고 감히 성상의 말씀을 실추하지 않겠노라고 다짐했습니다. 그때 내각 관련 공문에서 부연한 글을 삼가 엎드려 읽어 보니 "허물을 고쳐 스스로 새로워야 한다."는 대목이 있었습니다.

제 허물에는 두 가지가 있습니다. 학문이 높은 수준에 이르지 못한 것은 참으로 신의 허물입니다만, 천성이 같지 않은 것은 신의 허물이 아닙니다. 음식에 비유해 보겠습니다. 음식을 놓는 자리로 말하면, 기장밥은 앞자리에 놓고 국과 포는 뒷자리에 놓습니다. 맛으로 말하면, 짠맛은 소금에서 얻고, 신맛은 매실에서 취하며, 매운맛은 겨자에서

---

8  13경은 유가의 경서 13종, 23사는 『사기』 이하 중국의 정사 23종으로, 경학經學과 사학의 모범적인 저술을 가리킨다.

9  구정은 하夏나라 우왕禹王이 구주九州의 쇠를 거두어들여서 만들었다고 하는 무쇠솥이고, 대려는 주나라 종묘에 있던 큰 쇠북이다. 둘 다 매우 무거운 물건을 비유하는 말로 쓰였다.

10 『장자』「거협胠篋」에 "입술이 없어지면 이가 시리고, 노나라 술이 묽어서 한단이 포위되었다. 성인이 났기 때문에 대도가 일어났다."는 구절이 보인다. "노나라 술이 묽어서 조나라 한단이 포위되었다."는 말은 아무 관련이 없는데도 불똥이 엉뚱한 데로 튀어서 피해를 당한 상황을 비유한다.

11 『신당서新唐書』권2「태종 본기太宗本紀」에 "『춘추』의 법은 언제나 현자에게 모든 것을 갖추도록 요구한다."고 하였다. 현자에게는 작은 허물까지 고치게 하여 모든 것을 갖추도록 요구한다는 말이다.

가져오고, 쓴맛은 찻잎에서 얻어 옵니다. 이제 짜지 않고 시지 않고 맵지 않고 쓰지 않다고 소금과 매실과 겨자와 찻잎에 대해 죄를 묻는 것은 당연합니다. 그러나 소금과 매실과 겨자와 찻잎을 질책하여 "너는 어째서 기장밥을 닮지 않는 게냐?"고 기어코 따지거나, 국과 포를 질책하여 "너는 어째서 앞자리에 놓이지 않는 게냐?"고 기어코 따진다면, 뒤집어쓴 죄목이 실정과 다르고 그에 따라 천하에서 음식 맛을 내지 못할 것입니다.

그러므로 아가위, 배, 귤, 유자 같은 각종 과일과 개구리밥, 흰쑥, 붕어마름, 물풀 같은 각종 마름 종류와 상아, 가죽, 깃, 털을 가진 동물 고기는 어느 것이나 맞춰 쓰지 못할 것이 없습니다. 입으로 먹을 만한 맛이 있기 때문입니다. 따라서 선善에는 정해진 스승이 없다고 하는 것입니다. 비답에서 "하늘을 나는 새나 물에서 사는 물고기도 그 본성을 꺾지 않고, 둥근 장부구멍과 네모난 구멍이 각각 그릇 모양에 맞춘다."고 말씀하셨으니 성인의 문장을 논하신 말씀이 참으로 위대합니다.

「이소離騷」와 변풍變風은 천하의 지극한 문장입니다. 주周나라 왕실이 서울을 옮기지 않았다면 변풍인 「서리黍離」도 이남二南의 음악이 되었을 테고,[12] 굴원屈原이 쫓겨나지 않았다면 초楚나라도 군주와 신하가 주고받는 노래를 이어 갔을 것입니다.[13] 굴원의 몸뚱어리에 본디부터 구슬픈 창자가 있었거나 주나라 서울의 백성들이 남보다 앞서 한탄하는 노래를 불렀던 것은 아닙니다. 이것이 성상께서 인재를 양성하는 기틀에 조바심을 내시고, 하늘에 기도하여 국운을 영원히 이어 가는 것을 문치文治의 근본으로 삼은 까닭입니다.

저 문장의 길은 한 가지 기준으로 논할 수 없습니다. 다만 문장이 오래 전해지려면 반드시 학문에 깊이가 있어야 합니다. 그러므로 군자는 독서를 귀하게 여깁니다. 이것이 신이 날마다 부지런히 독서하기를 그만두지 못하는 까닭입니다. 신이 삼가 성상의 말씀을 취하여 「집집마다 울려 퍼지는 드문 소리의 송가」 한 편을 짓고서 두 번 절하고 머리를 조아리며 바칩니다. 송가는 아래와 같습니다.

해가 뜨는 동방의 나라는
예로부터 문명의 세계였네.
"벼와 기장 영글었다."는 노래가
우리나라 바른 소리의 시작이었네.[14]


상제가 청구 땅을 돌봐 주니
거룩하도다 우리 임금님!

---

12 「서리」는 『시경』 '왕풍王風'의 작품이다. 국풍은 정풍正風과 변풍變風으로 구분되는데, 정풍은 주남周南과 소남召南의 이남二南으로 서주西周 초기의 노래이고, 변풍은 패풍邶風과 왕풍 등 13국의 시로서 주나라 왕실이 서울을 옮겨 쇠퇴한 시대의 시이다.

13 굴원은 초나라의 대부로 참소를 당하여 쫓겨나 「이소」 등을 지었다.

14 주 무왕周武王이 은나라를 멸망시키자 기자箕子가 유민을 이끌고 조선에 들어와 기자조선을 세웠다. 이에 무왕이 기자를 조선에 봉하고 평양에 도읍하였다. 「맥수가麥秀歌」는 『사기』 권38 「송미자세가宋微子世家」에 실려 전하는 노래로 기자가 지었다고 알려졌다. 기자가 은나라 옛 도읍을 지날 때 폐허가 되어 보리밭으로 변한 것을 보고 부른 노래로 조선의 가장 오래된 한시 작품으로 간주되었다. "보리 이삭은 패어 치렁치렁하고, 벼와 기장은 영글었네. 저 교활한 아이는, 나와 사이가 좋지 않았네.(麥秀漸漸兮, 禾黍油油兮. 彼狡童兮, 不與我好兮.)"

대대손손 거듭 빛나서
온갖 복을 내리셨네.


대왕께서 백성을 보살피니
누구에겐 웃고 누구에겐 찡그리랴?
입혀 주고 먹여 주되
고르지 않은 일이 없네.


대왕께서 정치의 잘잘못을 살필 때는
백성의 소리를 들어 보시네.
백성에게 마음의 소리가 있으니
그것을 일러 '바람'이라 하네.


'바람'에 허물이 나타나면
백성이 병든 탓이거니
대왕께서 백성에게 물으시고
백성의 병을 구하려 하셨네.


엄숙한 명당은
성인이 계시는 곳이니
성인께서 어찌 잊으리오

구들장 위에 살던 먼 옛날 일을.


산과 용을 수놓은 옷

성인께서 입으셨으니[15]

어찌 옷이 없으랴마는

이 큰 베옷을 좋아하시네.

꾸밈이 질박함을 압도하니

이는 몹시 위태로운 조짐이라

저 소리는 음탕하건마는

뉘우칠 줄 왜 모를까?


옛날에 악기가 하나 있어서

그 이름을 슬瑟이라 했네.

한 사람이 선창하면 세 사람이 화답하니

붉은 줄에 소리가 느렸네.


신호용 종은 기교를 없앴고

대나무 악기는 현란함을 싫어했네.

그랬던 세대는 벌써 멀어졌으나

그 시절 곡조는 여전히 남아 있네.

---

15  순임금이 우임금에게 "내가 옛사람의 형상을 관찰하여 해와 달과 별과 산과 용과 꿩을 그림으로 그리며, 범과 원숭이, 마름과 불과 흰쌀과 보불을 수놓아 다섯 가지 색깔로 오색 비단에 찬란히 베풀어 옷을 만들거든 네가 밝혀 주어라."라고 한 글에서 인용하였다. 『서경』「익직益稷」.

꾸밈없는 통나무와도 같고
맹물이란 술과도 같아서
각박한 이는 후덕하게 만들고
모진 사람은 화평하게 만드네.

평화로워라 그 소리는
오로지 덕망만을 본받으니
대왕께서 즐거워하시며
우리 큰 법을 세웠다고 하셨네.

발을 저는 이는 내달리고
눈이 먼 봉사는 눈을 뜨니
꿈을 꾸다 일어난 듯하고
술에 취했다 깬 듯하네.

기쁘고 즐거워 덩실덩실 춤을 추니
귀에 가득 넘실넘실 울리도다.
이렇게 하면 덕을 기르고
이렇게 하면 상서로움 불러오리라.
때맞춰 단비가 내려
싹이 솟아나듯 하리니

믿지 않는 자가 있다면
너에게 벌을 내리리라.


남쪽에서 북쪽에서
서쪽에서 동쪽에서
누가 말하는가? 풍속이 경박하여
함께 어울리지 못하겠다고.


백성들은 장수하여
긴긴 세월 살아가며
사치한 옷을 물리치고
화려한 그림을 없애리라.


집집마다 질장구 치고
문문마다 질항아리 치면서
태평성대 만만세를
우리 임금께 바치리라.

「비옥희음송[병인]比屋希音頌[幷引]」[16] (1793년, 44세)

---

16 '비옥희음송比屋希音頌'은 '집집마다 울려 퍼지는 드문 소리의 송가'란 뜻이다. '비옥'은
한漢나라 육가陸賈의 『신어新語』 「무위無爲」에 나오는 "요순의 백성은 집집마다 봉해
줄 만하고, 걸주의 백성은 집집마다 죽일 만하니, 교화가 그렇게 만들었다.(堯舜之民, 可比
屋而封; 桀紂之民, 可比屋而誅者, 敎化使然也.)"는 말에서 가져왔고, '희음'은 『노자老子』 41
장에 있는 "지극히 큰 소리는 들리지 않는다.(大音希聲.)"에서 가져왔다. 정조는 1792년
11월 6일에 "나는 근일에 치세의 희음을 듣고 싶었다.(予於近日, 欲聞治世之希音.)"(『정시
문정正始文程』 권1)고 하였으니 '비옥희음'은 곧 '집집마다 울려 퍼지는 치세의 드문 소리'
라는 의미로 썼다.

## 문체를 보는 박제가의 생각

이 글은 국왕에게 올리는 송가이다. 두 부분으로 구성된 글로 앞부분은 산문으로 된 인引이고, 뒷부분은 운문으로 된 송頌이다. 인引은 서序와 비슷한 문체의 이름이다. 인에서는 글을 쓰게 된 동기와 과정, 그리고 자신의 견해를 밝혔고, 송에서는 국왕의 문체 정책을 찬송하는 내용을 펼쳤다.

서얼 계층의 신분 철폐 문제를 다룬 『통색촬요通塞撮要』 권4에는 부여현감 박제가가 교지를 받들어 지어 올린 「송건문訟愆文」이란 제목으로 전문을 수록하였다. 이 제목은 허물을 자책하는 반성문이란 의미이다. 또 박지원의 문장을 모은 사본에도 이 글의 전문이 수록되어 있다. 글자가 조금씩 다르나 큰 차이는 없다.

이 글을 쓰게 된 동기와 과정은 서문에서 밝히고 있다. 정조는 그동안 문장을 순정하게 쓰지 않은 잘못을 반성하고 앞으로는 순정한 문장을 쓰겠다는 다짐을 요구하였다. 정조의 어명을 받들어 이상황과 김조순 등은 과오를 반성하고, 소품문의 좋지 못한 점을 비판함으로써 반성하는 태도를 보였다. 그렇다면 박제가의 반성문은 어땠을까?

이 글은 겉으로는 정조의 문체론에 적극 찬동한다는 뜻을 드러내고 있다. 그러나 사실은 그렇지 않다. 자신은 반성할 잘못을 저지르지 않았다고 항변하였다. 본디 문체에 관한 생각이 정조와 다름이 없기에 무엇을 반성하라는 것이냐고 반문하였다.

게다가 자신의 문체를 거론한 자는 자신의 문장을 읽어 보지도 않았고, 기껏 읽어 본 글이래야 왕명에 의해 쓴 글이었다. 그 글은 국왕의 칭찬을 받았으므로 비판의 대상이 되지도 않는다. 그러므로 나는 반성하고 싶어도 반성할 건덕지가 없다고 했다.

박제가가 자신의 잘못으로 인정한 것은 두 가지였다. 하나는 학문이 깊지 못한 것인데 앞으로 더욱 독서를 열심히 하여 채워 나가겠다고 했다. 다른 하나는 천성이 남들과 같지 않은 것인데 이것은 자신의 잘못이 아니라고 했다. 천성 또는 개성을 그는 음식의 비유를 들어 해명하였다. 음식을 조리하려면 짠맛, 신맛 등이 필요하고 그 맛은 소금과 매실에서 얻는다. 그런데 소금에게 너는 왜 맹물이 아니고 하필이면 짜냐고 추궁할 수는 없다고 했다. 소금은 짜야지 맛이 없거나 시거나 달아서는 안 된다. 문학도 마찬가지이다. 짜고 시고 단 온갖 맛의 개성이 모여 한 사회, 한 국가의 문학이 펼쳐지므로 국왕은 소금처럼 짠 문학을 하는 박제가에게 너는 맹물 같은 문학을 하라고 요구하면 옳지 않다고 말했다. 반성하라는 정조의 지시에 대해 자신은 반성할 잘못이 본디 없었고, 신하의 개성을 탓하는 것은 옳은 지시가 아니라고 거부하였다.

이동직의 상소에 내린 비답의 문장을 인용하면서 정조의 생각에 공감을 표하고 있으나 실상은 반성이 아닌 자기 해명이다. 여기서 자신만의 문체를 지키려는 당당한 의지를 볼 수 있다. 사실 노론과 남인 사이에 벌어진 권력 다툼의 부수물로 문체 문제가 불거졌고, 문체반정文體

反正의 직접적인 대상은 고위직 관료와 앞으로 출세가 보장된 명문가 사대부들이었다. 정조는 그때 검서관의 문체까지 함께 거론한 것이었다. 당시 비답 가운데 한 대목은 다음과 같다.

이 밖에 따로 생각이 미치는 자들이 있다. 재주를 가지고 있어도 재주가 없는 것과 같고, 뜻을 품고 있어도 과시할 기회가 없어 풀이나 나무처럼 썩는 신세를 달게 여기는 자가 있는데 세상에서 일명一名(서족의 별칭)이라 부르는 자들이다. 떳떳하고 대등한 인류을 인정받고 싶어 도리어 천 리 멀리 떨어진 다른 나라의 풍속을 사모하기도 하고, 인재 등용의 자리에 끼이지 못함을 알고서 17명의 악당이 발분하는 이야기를 즐겨 보기도 한다. 시문을 짓고 붓을 휘두르는 말단의 기예에 이르러 걸핏하면 서로 본떠서 조화롭지 못한 경박한 소리를 드러낸다. 그 세계에서 훌쩍 빠져나온 자가 거의 없는데 이것은 조정의 책임이지 그들의 죄가 아니다.(『정시문정』 권1 장2~3)

국가와 사회가 서족庶族 문인의 문체를 그렇게 만들었다는 취지의 글이다. 이 글을 보면, 정조는 본디 검서관의 문체를 문제시할 생각이 없었다.

박제가는 이 글을 유가 경전의 어휘를 대폭 사용하고 시경체의 운문과 격식을 갖춰서 장중하게 썼다. 기회만 준다면 얼마든지 유가 경전에 뿌리를 둔 장엄한 글을 짓는다는 실력을 보여 주었다. 그렇다고 반성하는 마음을 밝힌 글로 볼 수는 없다.

# 5부 이 땅에 수레를 보급하라
## ─ 현실 진단과 개혁안

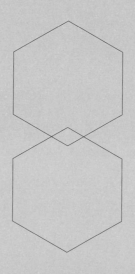

# 궁핍한 날의

## 벗

천하에서 가장 친밀한 벗으로는 곤궁할 때 사귄 벗을 말하고, 우정의 깊이를 가장 잘 말한 것으로는 가난을 상의한 일을 꼽습니다. 아! 청운青雲에 높이 오른 선비가 가난한 선비 집을 수레 타고 찾은 일도 있고, 베옷 입은 선비가 고관대작의 집을 소맷자락 끌며 드나든 일도 있습니다. 하지만 그렇게 절실하게 벗을 찾아다녀도 마음에 맞는 친구를 얻기는 어려우니 그 이유가 무엇일까요?

벗이란 술잔을 잡고 은근한 정을 나누며, 손을 부여잡고 무릎을 바짝 대고 앉는 자를 의미하는 것만은 아닙니다. 말하고 싶은 것이 있어도 입 밖으로 꺼내지 않는 벗이 있고, 말하고 싶지 않은 것이 있어도 저도 모르게 저절로 입 밖으로 튀어나오는 벗이 있습니다. 이 두 부류의 벗에서 우정의 깊이를 짐작할 수 있습니다.

아끼는 것이 없는 사람은 없으므로 누구나 사유私有하고 싶어 하고, 사유의 대상에는 재물보다 심한 것이 없습니다. 또 사람은 남에게 부탁할 일이 생기지 않을 수 없는데 누구나 그런 부탁을 꺼리고, 꺼리는 대상에는 재물보다 심한 것이 없습니다. 그러니 사유한 재물을 논하는 것도 꺼리지 않는 친구라면 다른 것은 오죽하겠습니까!

『시경』에는 "옹색하고 가난한 내 처지! 힘든 줄 아는 자 하나도 없네!"라는 구절이 있습니다. 내가 아무리 가난하게 살아가도 남들은 털끝만큼도 자기 것을 덜어 보태 주지 않습니다. 그러니 남이 베푼 은혜에 감동하거나 원한에 사무쳐 하는 세상사가 일어납니다.

가난한 사정을 감추고 말을 꺼내기 싫어하는 사람이 있다고 합시다. 그 사람이 남에게 부탁할 말이 하나도 없을까요? 문밖을 나서서는 억지로라도 웃는 얼굴을 하고 만나는 사람과 정담을 나눕니다만 차마 오늘 먹어야 할 밥이나 죽에 대해서 몇 번이나 운을 뗄 수 있을까요?

평소에 하던 이야기를 이것저것 두루 꺼내면서도 정작 지척에 놓여 있는 쌀궤의 자물쇠를 여는 일에 대해서는 감히 묻지 못합니다. 하지만 머뭇머뭇하는 사이에 대단히 꺼내기 힘든 말이 숨어 있습니다. 정말 부득이하기에 조금 운을 떼기 시작하여 잘 끌어 가다 쌀이나 돈을 꾸어 달라는 본론으로 화제를 돌릴 찰나 상대방의 미간에서 마뜩지 않은 반응이 은근히 나타나는 낌새를 눈치챕니다. 그러면 앞에서 말했던, 하고 싶어도 입 밖으로 꺼내지 못하는 말을 설령 꺼낸다 해도 실상은 꺼내지 않은 것과 똑같아집니다.

그러므로 재물이 많은 사람은 남이 자기에게 무엇을 바라는 말을 듣기 싫으면 지레 자기가 재물 없음을 말해 버리고, 남의 기대를 아예 끊어 버리고 싶으면 일부러 아무 말도 꺼내지 않습니다.

그렇게 하면 이른바 술잔을 잡고 은근한 정을 나누며 손을 부여잡고 무릎을 바짝 대고 앉는 벗이라 해도, 대개는 서글픔으로 인해 떨어지지 않는 발걸음을 떼어 실의와 비감에 차서 제집으로 돌아갑니다. 그러지 않을 사람이 드물 것입니다.

나는 이 일을 통하여 알았습니다. 우정의 척도로 가난을 상의한다고 한 말이 쉽게 얻어진 것이 아니고, 무언가에 격분하여 그렇게 한 것임을……

곤궁할 때의 벗을 가장 좋은 벗이라고 말하는 까닭이 허물없고 시시콜콜한 관계라고 경시해서 그런 것이겠습니까! 또 요행으로 얻을 수 있다고 해서 그런 것이겠습니까! 처한 사정이 같은 고로 지위나 신분에 얽매일 필요가 없고, 근심하는 바가 같은 고로 서로의 딱한 처지를 잘 이해한 것뿐이지요.

손을 맞잡고 노고를 위로할 때는 반드시 친구가 끼니라도 제대로 잇고 있는지, 또 탈 없이 잘 지내는지를 먼저 묻고 그 뒤로 살아가는 형편을 묻습니다. 그러면 꺼내고 싶지 않았던 말이 저절로 입 밖으로 튀어나옵니다. 친구의 처지를 안쓰러워하는 진실한 마음과 또 친구가 마음 써 준 데 대한 감격이 그렇게 시킨 거지요.

다른 사람에게는 꺼내기가 지극히 어려웠던 말이 이제는 망설임 없이 입에서 술술 쏟아져 나와 막을 길이 없습니다. 어떤 때는 친구집 문을 벌컥 열고 들어가 안부를 묻곤 하루 종일 아무 말 없이 베개를 청하여 한잠 늘어지게 자고 떠나기도 합니다. 그래도 다른 사람과 10년간 사귀며 나눈 대화보다 낫지 않습니까?

그 이유는 다른 데 있지 않습니다. 벗을 사귐에 마음이 맞지 않으면 무슨 말을 나누어도 말을 꺼내지 않은 것과 똑같기 때문입니다. 벗을 사귐에 간격이 없다면 비록 서로가 묵묵히 할 말을 잊고 있다 해도 좋습니다. 옛말에 "머리가 세도록 오래 사귄 친구라도 처음 만난 것처럼 서먹서먹하고, 길거리에서 우연히 만나 사귄 친구라도 옛 친구와 다름없다!"[1]고 한 것이 바로 이런 경우를 두고 한 말이 아니겠습니까?

저의 벗 백영숙白永叔은 재기才氣를 자부하며 세상에서 살아온 지 30년이로되 여태껏 곤궁하게 지내며 세상에서 인정을 받지 못하였습니다. 그분이 이제 양친을 모시고 깊은 골짜기에 들어가 생계를 꾸려 가려 합니다. 오호라! 그와의 사귐은 곤궁함으로 맺어졌고, 그와의 사귐은 가난함으로 채워졌습니다. 저는 그것이 못내 슬픕니다.

비록 그러하나 저와 영숙의 사귐이 어찌 곤궁한 자의 우정에나 그치겠습니까? 영숙은 집 안에 이틀 양식을 갖춰 놓은 처지도 아닐 텐데 저를 만나면 오히려 차고 있던 칼을 끌러서 술을 받아 마셨습니다. 마신 술로 거나해지면 소리 높여 노래 부르며 남을 깔보듯 꾸짖고는

1 추양鄒陽의 「옥중에서 양왕에게 올리는 글獄中上梁王書」에 나오는 말이다.

껄껄 웃어 버립니다. 천지간의 애환, 염량세태의 변화, 인생의 단맛 신맛이 그 속에 모두 담겨 있습니다. 아아! 영숙이 곤궁할 때의 벗에 불과했다면 그렇게 자주 저를 주저 없이 따랐겠습니까?

영숙은 일찍부터 세상에 이름이 알려졌습니다. 그와 우정을 맺은 사람은 나라 안에 두루 퍼져 있습니다. 위로는 정승·판서와 목사·관찰사가 그의 벗이고, 다음으로 현인顯人·명사名士 또한 그분을 인정하고 추켜세웠습니다. 그 밖에도 친척과 마을 사람들, 그리고 혼인의 정을 맺은 사람까지 한둘이 아닙니다.

게다가 말을 달리고 활을 쏘며, 검을 쓰고 주먹을 뽐내는 부류와 서화, 인장, 바둑, 금슬琴瑟, 의술, 지리, 방술의 무리로부터 시정의 가마꾼, 농부, 어부, 푸줏간 주인, 장사꾼 같은 비천한 사람에 이르기까지 길거리에서 만나서 누구하고나 날마다 도타운 정을 나눕니다. 또 줄을 이어 문을 디밀고 찾아오는 이들을 상대할 적에는 영숙은 누구나에 따라 낯빛을 바꾸어 대우하여 그들의 환심을 얻었습니다.

또 여러 지방의 산천과 풍속, 명물과 고적뿐만 아니라 수령의 치적과 백성의 숨은 불평, 군정軍政과 수리의 일에 이르기까지 모두 훤히 꿰뚫고 있습니다. 그런 장기를 가지고 사귀고 있는 많은 이들 사이에서 노닐고 있으니 마음껏 질탕하게 즐길 만한 뜻에 맞는 친구 하나쯤 어찌 없겠습니까? 그런데 때때로 제 집 문을 두드립니다. 이유를 물으면 달리 갈 곳이 없다고 말합니다.

영숙은 저보다 나이가 일곱이 위입니다. 저와 더불어 같은 마을에 살던 때를 회고해 보니 그때는 동자였던 제가 벌써 수염이 나 있습니다. 10년을 헤아리는 사이에 낯빛의 성쇠가 이와 같은데도 우리 두 사람은 하루와 같이 생각되니 그 사귐이 어떤지를 알 수 있습니다.

오호라! 영숙은 평생 의기意氣를 소중히 여겼습니다. 천금을 손수 풀어 남을 도운 적이 여러 번이었습니다. 그러나 끝내 인정받지 못하여 사방 어디에서도 입에 풀칠조차 할 수 없습니다. 활을 잘 쏘아 과거에 급제하기는 했으나 녹록하게 세상의 비위를 맞추어 공명을 얻는 데 뜻을 두지 않았습니다.

이제 영숙이 또 집안 식구를 거느리고 기린협基麟峽(인제麟蹄)으로 들어갑니다. 제가 듣기로는 기린협은 옛날에는 예맥獩貊의 땅이었는데 험준하기가 동해 부근에서 제일이라 합니다. 수백 리나 되는 땅이 모두 큰 산봉우리와 깊은 골짜기로서 나뭇가지를 부여잡고서야 들어갈 수 있다 합니다. 주민들은 화전으로 곡식을 가꾸며 판자로 집을 짓고 살 뿐이요 사대부는 살지 않는다고 합니다. 소식은 겨우 일 년에 한 번 서울에 이를 것입니다. 낮이 되어 문밖을 나서면 열 손가락에 못이 박인 나무꾼과 봉두난발의 광부만이 화로를 앞에 두고 빙 둘러 앉아 있고, 밤이 되면 솔바람이 쏴르르 일어 집을 돌아 스쳐 가고, 외로운 산새, 슬픈 짐승이 울부짖어 그 소리가 골짜기에 울려 퍼집니다. 옷을 떨쳐입고 일어나 사방을 휘둘러 볼 때 눈물이 흘러 옷깃을 적시며 서글프게 서울을 그리워하지 않을 수 있을까요?

오호라! 영숙이여! 거기서는 또 무슨 일을 하렵니까? 한 해가 저물어 가면 싸라기눈이 흩뿌리고, 산중이 깊은지라 여우, 토끼가 살져 있으리니 활을 당기고 말을 달려 한 발에 맞혀 잡고, 안장에 비스듬히 앉아 한바탕 웃음을 터뜨린다면, 악착같던 의지도 속 시원히 풀리고, 고독한 처지도 잊히지 않을까요? 어찌 또 거취의 갈림길에 연연해하고 이별의 순간에 미련을 가져야 할까요? 어찌 또 서울 안에서 먹다 남긴 밥이나 찾아다니고, 남들의 싸늘한 눈치를 보아 가면서 말 못 할 처지의 남에게 하고 싶은 말을 꺼내지 못하는 꼬락서니를 하며 지내야 할까요?

영숙이여! 떠나십시오! 저는 지난날 궁핍 속에서 벗의 도리를 깨달았습니다. 그렇지만 영숙과 제 사이가 어찌 궁핍한 날의 벗에 불과하겠습니까?

「송백영숙기린협서送白永叔基麟峽序」(1774년경, 25세경)

## 궁핍한 시절에 드러나는 우정의 깊이

인제로 낙향하는 백동수白東脩(1743~1816)를 보내며 써 준 송서送序이다. 영숙永叔은 백동수의 자이고, 호는 인재靷齋 또는 야뇌당野餒堂, 점재漸齋이다. 이덕무의 처남으로, 무과에 급제한 무인이고, 의협심이 대단했으며, 사람 사귀기를 좋아한 쾌남아였다. 이덕무가 그를 위해 지어 준 「야뇌당기野餒堂記」에서 호협豪俠한 기질을 엿볼 수 있다. 박제가를 박지원, 이덕무에게 처음 소개한 사람도 바로 백동수였다. 그 역시 서족 인물로 후에 장용영의 장관將官을 지냈고, 『무예도보통지』를 편찬하였다.

그런 그가 현실 세상에 발을 못 붙이고 기린협, 곧 지금의 인제로 들어 간다. 그의 좌절이 박제가는 남의 일 같지가 않다. 서울이라는 금전만 능의 세속적 도회지에서 정의를 지키는 궁핍한 선비는 위의를 지키며 살아가기 힘들다. 당시 서족 출신 인텔리의 고뇌와 울분을 궁핍한 선 비가 겪는 염량세태炎凉世態를 통해 잘 표현하고 있다. 이 글에서 독자 의 폐부를 찌르는 세 대목을 눈여겨보라! 가난뱅이의 청을 거절하는 부자의 처신과 마음 맞는 가난뱅이 친구들의 격의 없는 행동, 그리고 기린협에서 백동수가 겪을 정경! 미묘한 인간 심리의 세치細緻를 가슴 절절하게 묘사한 일품逸品의 글이다.

원문을 보면, 실의한 백동수의 처지에 대한 동정이 네 번의 '오호라[嗟 乎]'에 실려 있고, 문장 전체에서 숱하게 쓰인 조어인 '호乎'에서는 받아 들이고 싶지 않은 현실에 대한 원망을 표출하고 있다.

백동수가 기린협으로 낙향할 때 박지원도 송서送序를 써서 배웅하 였다.

# 공주로 떠나는
## 이정재를 보내며

추성관秋聲館 이정재李定載 선생이 식솔을 다 데리고 한양을 떠나 머나먼 남쪽 충청도 고을로 낙향하려 한다. 나는 약산정約山亭[1] 초당으로 가서 선생과 이별하였다. 산세를 이용하여 정원을 만든 초당은 풍경을 멀리까지 굽어보는 빼어난 경관을 자랑하였다.

드디어 선생과 함께 초당 앞 멧부리에 앉아 아득히 날아가는 기러기를 부럽게 바라보기도 하고, 이별을 아쉬워하는 시도 읊었다. 마침 들국화가 곱게 피기 시작하였고, 가을바람이 불어와 나뭇잎을 흔드는 때였다. 북녘 하늘을 바라보니 도봉산은 하늘에 꽂힌 채 달리듯이 뻗었고, 백악은 밝고 아름다우며 힘찬 산세가 서로 어우러져 있었다. 높고 수려한 궁궐, 저잣거리를 왕래하는 인파, 북한산과 필운대의 구름과 안개, 성곽이 손가락으로 가리키는 끝에서 보일락 말락 숨었다

---

1  약산정은 이규위의 아들이자 심노숭과 이종사촌 간인 이정재가 남산 자락에 소유한 정자로 한양 전경이 내려다보였다.

나타났다.

나는 부채를 들고 감탄을 토해 냈다.

"아름답도다! 이 얼마나 훌륭한가요! 내가 일찍이 나라 안을 두루 노닐어 신라와 고려, 그리고 기자箕子의 옛 도읍지를 차례로 여행했고, 태백산(묘향산)과 금강산의 무인처無人處도 두루 여행하였지요. 산수의 웅장함과 화려함, 문명의 수준이 한양을 능가하는 곳은 없더군요. 숲과 계곡과 샘과 바위가 경관을 자랑한다고 해도 어떻게 이곳을 버리고 다른 곳을 찾아갈 수 있을까요? 더구나 한양은 정치와 교화가 나오는 도회지이고, 사방에서 사람과 물자가 모여드는 곳이 아닌가요? 관직과 국권을 쥔 집안이 있고, 인물과 누대와 선박과 수레와 재물이 번성하며, 친척과 친구와 문헌이 많아서 모든 것이 이곳에 모여 있지요. 더구나 선생과 내가 나서 자란 곳이라, 발걸음은 거리거리에 익숙하고, 풍경은 꿈속에서도 또렷하니 차마 하루아침에 버리고 떠나갈 수 있을까요? 머뭇머뭇 망설이며 자꾸만 뒤를 돌아보며 떨어지지 않는 발걸음을 뗄 수 있을까요?"

이 선생은 진재眞齋 김종후金鍾厚[2] 선생의 문인이다. 기이한 기상을 지니고 옛 도리를 실천하는 분이다. 틀림없이 세상에 나가고 들어가는 군자의 큰 의리와 나아가고 물러가며 줄어들고 성장하는 음양陰陽의 기미를 들었고, 세상의 도를 만회하고 나라 백성을 다스리는 일에 뜻을 두었다. 어째서 무리를 떠나 외롭게 살 곳을 찾고, 제 고집만 내세우며 세상 밖에서 홀로 지내는 처신을 하려는 것일까?

옛사람 중에도 바위동굴에 거처하며 흐르는 물을 구경하거나, 풀로 옷을 해 입고 나무 열매를 따 먹으면서 번화한 곳을 싫어하여 척박한 땅을 찾아든 사람이 있었다. 그들이 정말 과감하게 세상을 잊고서 제 한 몸 잘 처신하려 한 사람이었을까? 아니면 현세에서 뜻을 펴지 못해 시름하고 답답해하며 강호에 몸을 붙여 심회를 풀려고 한 사람이었을까? 도대체 이 선생은 무엇 때문에 여기를 버리고 멀리 떠나려 할까? 연잎옷을 입고 떠나는 자[3]를 붙잡지 못함을 안타까워하며, 오늘이 훌쩍 가 버림을 슬퍼한다.

어느덧 술도 바닥을 보였다. 숲이 어둑어둑해지며 저녁 해가 숨어 버렸고, 산이 높아 보이며 멀리 안개가 자욱해졌다. 앞서 보았던 천문만호千門萬戶는 강물같이 아득하여 분간되지 않았다. 웅성거리는 소리는 아직 그치지 않아 모기떼가 앵앵거리는 것만 같다. 그때 이 선생이 말했다.

"아! 사람이 이곳에서 태어나 죽고, 나왔다가 사라지건마는 아무도 그런 줄을 깨닫지 못하고 있네. 우리 두 사람이 높은 곳에 올라 아래를 굽어보고 비웃네. 그래, 그대는 어떤 생각이 드는가? 또 더구나 이곳을 떠나 멀리 가는 사람이 보면 어떻겠나?"

이날 해가 져서 어둠이 짙어지고 흰옷도 분간되지 않을 무렵이 돼서야 헤어졌다.

---

2  김종후(1721~1780)는 젊어서부터 동생인 김종수金鍾秀와 더불어 문장과 학문에 뛰어나다는 평을 들었다. 노론청류老論淸流 계열의 학자로 배타적이고 보수적인 정치관을 가지고 정치에 큰 영향을 끼쳤다. 이정재와 그 아버지도 같은 정치 계열에 속해 홍봉한을 공격하다가 갑자기 낙향하였다. 저서에 『본암집本庵集』이 있다.

3  원문은 '하의荷衣'로 은자가 입은 깨끗한 옷이라는 의미이다. 여기서는 공주로 떠나는 이정재를 가리킨다.

## 서울을 떠나는 서울내기의 슬픔

"남에게 말을 주는 것이 금석이나 주옥을 주는 것보다 낫다."는 말이
있다. 박제가는 서울 생활을 청산하고 떠나는 벗을 배웅하며 간곡하게
아쉬워하는 말로 이별을 대신하였다. 떠나는 이는 이정재李定載로 자
는 지경止卿, 호는 주암鑄菴, 본관은 한산韓山이다. 그의 아버지는 이규
위李奎緯(1731~1788)로 『병세재언록幷世才彦錄』의 저자 이규상李奎象
의 아우이다. 이규위는 김귀주, 심환지 등과 어울려 노론 남당 계열의
정치적 행보를 하였다. 영조 말엽인 1774년 이규위는 임육任焴을 시
켜 북당의 영수 홍봉한洪鳳漢을 규탄하는 상소를 올렸다가 위기를 느
껴 이해 가을 온 가족을 이끌고 고향인 공주로 내려갔다. 자세한 과정
이 이규상의 외손자로 육촌 사이인 심노숭의 『자저실기』에 보인다.
이정재와 친하게 지내던 박제가는 갑작스러운 낙향 소식을 듣고 그의
집을 찾아 서울이 저 아래 보이는 남산에 올라 이별주를 기울였다. 서
울에 마지막 인사라도 하듯 왕성王城의 수려한 산천, 화려한 도회지를
눈에 담았다. 왜 서울 토박이가 저 좋은 서울을 버리고 낙향할까? 박제
가는 서울을 떠나는 이정재의 처신이 도대체 이해가 되지 않아서 낙향
의 이유를 물었으나 돌아오는 대답은 서울 바닥에서 아웅다웅 사는 삶
에 대한 비웃음이었다. 박제가는 그의 말에 동의하지 않는 듯하다.

# 낙향하는
## 원중거를 보내며

오늘날 사대부는 과거科擧에 붙지 않으면 벼슬자리에 들어갈 수 없고, 문벌이 높지 않으면 청요직淸要職을 차지할 수 없습니다. 과거에 꼭 붙고자 하면 선비가 자신을 파는 행실을 해야 하므로 입신하기도 전에 염치가 땅에 떨어집니다. 문벌을 숭상하다 보니 관직의 적임자를 선택하는 실무가 사라져 태어나기 전부터 사람의 귀천이 판가름 납니다. 세상 도리가 쇠퇴하게 된 연유가 오로지 여기에 있지 않습니까!

그러니 관직과 품계가 높은 관료 한 사람 우연히 배출했을 뿐이거늘 친인척이 관직을 그대로 이어받는 것을 막을 수 있을까요? 방정方正[1]한 선비를 한 사람 발탁할 뿐이거늘 벼슬자리에 혈안이 된 시정잡배들이 진출하는 것을 제지하기 어렵습니다. 이것은 국가가 선비를

---

1 중국 과거 제도에서 인재를 선발하는 과목의 하나. 보통 선발자의 덕행을 선발의 기준으로 삼았다. 여기서는 산림山林을 의미하는 것으로 보인다.

양성하여 발탁해 쓰는 정책이 요행수와 혼탁하고 모호한 상황에 내 맡겨졌음을 의미합니다. 명분을 따져 벼슬과 녹봉을 정하는 제왕의 큰 도구를 대대로 사적인 집안에 빌려주고 천하와 더불어 공평하게 운영하지 않는 것입니다.

그러나 청요직으로 가는 길은 하나로되 벌열 집안은 나날이 번성해 가고, 벼슬자리는 수가 늘지 않건만 과거의 명목은 나날이 불어납니다. 나날이 번성하고 나날이 불어나는 벌열 집안과 과거 합격자가, 하나뿐인 청요직의 길과 늘지 않는 벼슬자리를 차지하려고 몰려듭니다.

게다가 저들은 대개 들떠서 벼슬에 진출하려는 시정잡배이거나 또 지체가 비슷하고 덕망이 고만고만한 자들입니다. 그러니 저들 밑에서 오래 억눌려 지내려 하지 않으므로 형세가 과격해져 변란이 발생하지 않을 수 없습니다. 그리하여 붕당이란 것이 생기고, 붕당이 나뉘어 둘이 되었다가 다시 쪼개져 넷이 되었습니다. 좋은 기회를 잡아 상대편을 물리치면서 일진일퇴를 하다가 서로 살육을 저지르는 데까지 이릅니다. 의관이 변하여 무기가 되고, 논쟁이 원수를 상대함보다 심해져서 세상 도리가 크게 무너졌습니다.

그 뒤로는 부득이 서로를 견제하고 회유하는 술책을 써서 얼음과 숯, 향초香草와 악초惡草를 한데 섞어 자리를 함께 나눠 갖는 방법을 선보입니다. 언제나 정해진 수대로 관직을 차지하여 세력을 골고루 나누어 가지기로 합의합니다. 하지만 정해진 관직의 수가 부족해지면 사냥을 해서 빼앗고, 사냥해서 빼앗아도 부족해지면 무슨 짓인들 하지 않겠습니까? 이것이 또 조정론調停論이 대두한 이유입니다. 그래도 붕당의 폐해는 여전히 사라지지 않았습니다.

아아! 오늘날의 사대부는 모두 때만 잘 얻고 지체만 잘 타고나면 저절로 굴러드는 관직을 마치 방 안에 놓인 물건인 양 움켜쥡니다. 또 제각기 자제들에게 허겁지겁 공령문功令文이나 익히고 장구章句나 공부하여 나머지 이익을 다투도록 가르칩니다. 또 제각기 사사롭게 자기편 사람을 거느리고 명분과 당색을 제한하여 남들과 오가지 못하게 막고 조정에서 세력을 뽐냅니다.

이 정도는 아니라도 증조부, 고조부가 남겨 놓은 음덕을 팔아 한 지방에서 호령하며 비옥한 땅을 차지하여 재산을 불리고 편안히 앉아서 놀고먹습니다. 몇만 명이나 되는 많은 수의 사람이 수백 년을 그렇게 지내 왔습니다. 그러다 보니 토지와 인민은 국가의 소유가 아니요, 관리의 임용과 파직, 벼슬과 녹봉의 수여는 국가의 권리가 아닙니다.

이런 시대인지라 과거와 벌열과 붕당을 논하는 말이 나라 안을 가득 채워 천하의 형세가 이편으로 귀결되지 않으면 저편으로 귀결되었습니다. 이런 사정이 오래되자 풍습으로 굳어졌습니다. 그래서 항상 성명과 의리조차도 이런 문제를 벗어나 존재하는 것이 아니라고 생각하는 듯합니다. 옛것을 옳게 여겨 현재의 풍습을 비난하는 자는 신뢰를 얻지 못하고, 도리를 지켜서 외로이 자기의 길을 가는 사람은 의심을 받습니다. 어리석은 자는 남아돌지만 지혜로운 자는 부족하기가 이 시대 같은 때가 없습니다.

과거가 불어나므로 벼슬자리에 혈안이 된 자들이 생겼고, 문벌이 기승을 부리므로 어질고 재능 가진 사람이 침체되었으며, 붕당이 성행하므로 살육이 자행됩니다. 놀고먹는 자가 많아지니 백성이 가난해지고, 조정론이 득세하므로 옳고 그름이 혼동됩니다. 국가의 원기는 어둠 속에서 날로 사그라들고, 필부필부는 아무 까닭도 없이 싱숭생숭하여 인생을 즐길 욕망을 잃어버렸습니다.

옛날 세상 도리의 폐단이 두 가지일 때는 그 말폐가 세 가지였고, 옛날 세상 도리의 폐단이 세 가지일 때는 그 말폐가 다섯 가지였습니다. 그 밖에 『예기』에 실리지 않은 예법은 선왕의 법이 아니었습니다. 그런데 가혹하게 살펴서 구별해 놓은 예법이 또 몇 가지 항목이나 될지 모릅니다. 아아! 오늘날의 사대부에게는 어쩌면 그렇게 어수선하게 지킬 예법의 항목이 많습니까?

현천玄川 원중거元重擧 어른께서는 진사가 되어 집안을 일으키셨습니다. 낭관직에서 20여 년간 부침하다가 늦게야 역참의 찰방 직책을 받았으나 곧 파직되어 자리를 떴습니다. 가난과 굶주림, 곤궁과 실패 속에서 세상 사람과 어울려 살되 그 물결에 휘말리지 않았고, 분수를 지키며 시세를 이해하였습니다. 그사이에 통신사 서기書記[2] 직책에 충원되어 바다 건너 일본에 간 적이 있었습니다. 일본 인사들은 입

---

2 일본 통신사에 참여하는 인원의 하나이다. 정사와 부사, 종사관에게 각각 한 명씩의 서기를 두었는데 문학에 재능이 있는 진사 출신 가운데 선임하여 일본 문사와 시문을 주고받는 일을 전담시켰다. 대개 서족 출신의 문사가 충원되었다. 원중거는 1764년 통신사행에서 서기가 되어 일본에 가서 활약하고 돌아왔다.

을 모아 현천 선생을 칭송하였습니다.

현천 선생은 문학에 뛰어난 분이요 덕이 있는 이른입니다. 사람들도 점차로 선생의 어짊을 칭송하였으나 조정에 천거한 이는 끝내 없었습니다. 그러자 도성 남쪽의 외진 땅을 얻어서 나무를 심어 생활하였습니다. 나무가 울창하게 자라자 다시 그것을 팔아서 지평砥平의 산중에 전답을 사서 부자와 부부가 함께 힘을 합해 농사를 짓기로 하였습니다. 선생이 오래전부터 세운 뜻입니다마는 벌써 머리 허연 노인이 되셨습니다. 때는 가을철 9월이라 여울물은 아직 빠지지 않았고 황포돛배도 벌써 준비되었으니 순식간이면 동쪽으로 갈 것입니다!

아아! 대장부라면 때를 잘 만나 조정에서 활약한다 해서 영화롭게 여기지 아니하고, 뜻을 펴지 못하여 바위굴에 숨어 산다 해서 욕되게 생각하지 않는 법입니다. 세상에서 이른바 부귀와 빈천, 관리의 임용과 파직, 벼슬과 녹봉 같은 외적인 문제는 어느 것도 선생의 마음을 성가시게 하지 않았습니다. 또 무엇이 선생의 가는 길을 붙잡겠습니까?

선생께서는 풍속이 다른 만리타국에서 명성이 떠들썩하였습니다만 그렇다고 운수가 더 잘 풀리지 못했고, 낭관직에서 20여 년간 부침하였습니다만 그렇다고 인생길이 더 순탄하지 않았습니다. 시세 변화의 갈림길에서 홀로 깨끗한 몸가짐을 간직하셨고, 혼탁한 세상 건너편에 마음을 두었습니다. 좌절했다 하여 뜻을 자주 바꾸지 않으셨고, 인생 말로라 하여 지조를 굽히지 않으셨습니다. 벼슬하기 이전의 베옷으로 갈아입고, 평소 좋아하던 뜻을 이루셨습니다. 어찌 행하기 어려운 일이 아니겠습니까?

아아! 오늘날의 사대부는 과거가 아니고 문벌이 아니고 붕당이 아니면, 위로는 벼슬자리에 오르지도 못하고, 아래로는 상공업에 종사하지도 못한 채 마치 부용附庸의 나라[3]처럼 사람 틈에 묻혀 살아갑니다. 굶주려 죽을 처지일망정 저 사대부라는 이름을 뒤집어쓰고서 농부가 되려는 노력조차 하지 않습니다. 저들은 또 무엇 하는 사람일까요?

「송원현천중거서送元玄川重擧序」(1775년, 26세)

❦

### 인재를 배척하는 사회를 향한 비분

경기도 지평, 지금의 양평군 물천勿川에 전답을 마련하여 낙향하는 현천玄川 원중거元重擧(1719~1790)를 배웅하며 써 준 송서送序이다. 원중거는 서족으로 무관 집안 출신이다. 세태에 휘둘리지 않는 특립독행特立獨行으로 당시 서족 지식인에게 존경을 받았다. 홀대받는 서족 출신의 비운을 그도 감내하였거니와, 1763년 통신사 서기로 일본에 가서 문명을 떨친 뒤에 국내서도 명성이 나기 시작하였다. 1770년 종6품의 송라도찰방松羅道察訪에 임명되었으나 60일 만에 교체되었고, 1776년 이후 장원서주부掌苑署主簿로 15년간 봉직하였다.

이 글은 1775년 가을에 지은 것으로 보인다. 글의 서두는 과거 제도와

---

3 큰 나라에 딸려서 그 지배를 받는 작은 나라.

벌열, 붕당의 악습에 젖은 채 편을 갈라 권력을 독점하는 조선 지배층의 폐해를 폭로하고, 진정한 인재를 배척하는 사회를 비분에 차서 공박하였다. 이 대목은 지배 체제의 썩은 부위를 예리하게 분석한 분세질속憤世嫉俗의 명문이다.

낡은 지배 체제의 폐해를 바로 원중거가 고스란히 받았고, 그것은 서족 인재의 공통된 운명이었다. 이를 비통해하는 울분을 비장하게 서술하여 정서적 감염력이 강한 글로 만들었다.

이덕무는 1776년 3월 25일에 박제가를 포함하여 원중거의 아들 등과 함께 뚝섬에서 배를 타고 선릉참봉으로 근무하는 원중거를 방문하였다. 이때 박제가가 배 안에서 이 글을 낭송하였는데 "그 글이 대단히 비장하고 격렬하였다."고 「협주기峽舟記」에 기록하고 있다. 지금 읽어도 그 비장하고 격렬한 느낌이 전해 온다.

## 적성현감 이덕무를
## 배웅하며

근래에는 각 고을의 좋고 나쁨을 대체로 녹봉과 수입을 기준으로 판가름하고 있습니다. 고을 수령이 된 사람이 그 기준으로 기뻐하거나 슬퍼하고, 전형을 맡은 이조에서 지방관을 파견할 때도 그 기준으로 고을의 우열을 재는 듯합니다. 그러나 똑같은 외직이고, 똑같은 품계이며, 똑같이 백성이 있고 사직이 있습니다. 고을을 구별하는 것이 군주의 걱정을 나눠 받아서 고을을 함께 다스린다는 수령의 본래 취지에 부합하겠습니까?

제가 예전에 관료들이 모인 자리에서 동정을 살펴본 적이 있었습니다. 온갖 관아의 벼슬아치가 다 모여서 무릎을 맞대고 앉아 서로 묻고 대답하며 줄줄이 대화가 이어졌습니다. 나누는 대화는 매달 초하루에 받는 촛불과 횃불의 수량이 얼마이고, 미곡과 금전의 총계는 어떻고, 젓국, 해산물, 채소, 기름, 땔나무, 제수용품이 몇 되 남고 몇 말 남았는지 아주 작은 수량까지 따지는 것이었습니다. 아아! 오늘날 사람이 저런 재능을 명물名物과 도수度數의 학문에 발휘한다면 군주의 자문에 응할 만한 인재가 될 것이고, 저런 학문을 도덕과 문장에 옮겨 쏟는다면 태평성대를 일구고도 남을 것입니다.

청장관 이덕무 선생은 검서관의 직책에서 적성積城현감에 발탁되셨습니다. 내직 외직을 드나든 지 6년 동안 여태 한 번도 벼슬자리가 좋으니 나쁘니 말하는 소리를 들어 보지 못했습니다. 단지 저술하기를 좋아하여 이르는 고을마다 지은 책이 수북하였습니다. 고을의 고적과 명승, 풍속, 토산물, 관리의 치적, 백성의 숨은 고통을 질문하면 메아리가 되돌아오듯 답변하여 끝없이 술술 나옵니다. 이른바 재능을 명물과 도수의 학문에 발휘하고, 학문을 도덕과 문장에 옮겨 쏟은 사람이 아니겠습니까?

제가 들은 바로는, 적성 고을은 지역이 50리를 넘지 않고 호구는 겨우 1300호에 지나지 않으나 사대부가 많아서 분묘와 군정軍丁, 벌목과 관련한 소송이 뻔질나게 발생한다고 합니다. 관아의 건물은 기울고 무너져 버팀목을 대어 유지하고, 고을 문에는 북과 나팔을 갖추지 못해 입으로 나팔 불고 발로 뛰어다니며, 한 사람이 두 가지 사무를 겸하고 있다고 합니다. 그런 까닭에 척박한 고을을 헤아릴 때 적성은 반드시 그중 하나에 꼽힙니다.

그렇지만 이 선생이 만약 저술을 짓는 재능으로 정사를 베풀면, 백성과 사직에 대한 책임을 부끄러움 없이 수행할 것입니다. 녹봉과 수입을 묻지 않는 마음으로 관직 생활을 한다면 고을의 크고 작기가 자신과 무슨 관계가 있겠습니까?

한편 저 감악산의 옛 절에 오르고, 임진강 상류에 배를 띄우며, 칠중성七重城¹ 유적지를 더듬어 찾아가 휘파람 불거나 노래 부르게 되면 반드시 시편과 문장에 수북하게 나타나겠지요. 저는 그때 가서 손을 씻고 읊조릴 것입니다.

「송이무관출재적성현서送李懋官出宰積城縣序」(1784년, 35세)

✕

### 척박한 고을의 원님이 된 이덕무

이덕무는 44세 되던 1784년 6월 29일에 경기도 적성현감에 임명되어 49세까지 6년간 봉직하였다. 검서관을 겸직하면서 내내 적성과 서울을 왕래하였다. 박제가는 지방관으로 부임하는 벗을 위해 적성현이 아무리 척박한 고을이라도 재간을 잘 발휘하리라는 소망을 피력하였다. 서두에 당시 외직에 나가는 수령이 선치善治보다도 녹봉과 수입에 더 관심을 두어 제사보다 젯밥에 더 관심이 많은 세태를 꼬집었다. 이는 이덕무의 처신과 또렷하게 대비되었다.

이덕무는 6년을 봉직하는 동안 10차례의 고과에서 모두 최고 등수를

---

1 칠중성은 경기도 파주시 적성면 지역에 있었던 삼국 시대의 성곽으로 사적 제437호에 지정되어 있다. 해발 147미터의 중성산 정상부와 그 남서쪽에 위치한 해발 142미터의 봉우리를 연결하여 축조한 산성으로 적성의 옛 이름으로 쓰기도 한다. 실제로 이덕무는 다음 해 1월 5일에 칠중성에 올라가 호랑이 사냥을 구경하였다. 이덕무의 연보에는 "이 성은 적성현 서쪽에 있는데 신라 때 필부匹夫가 거란병과 싸우다 전사한 곳이다."라고 설명하였다.

받았다. 사후에 박지원이 지은 행장의 한 대목을 본다.

적성현감에 제수되자 "고을이 형편없고 녹봉이 박하다." 말하니 청장관이
정색하며 대답했다. "내 본래 서생으로 극히 두터운 성상의 은혜를 입어 고
을을 맡아 늙으신 부모를 봉양할 수 있게 되었다. 은총이 지극하니 어찌 감
히 다른 것을 말하랴?" 도임하자마자 바로 녹봉을 털어 관아를 수리하였다.
청학동靑鶴洞에 작은 정자를 지으니 노송과 흰 바위가 호젓하고 깨끗하여
사랑스러웠다. 편액을 달아 우취옹又醉翁이라 하고 작은 수레를 타고 한가
한 날에는 홀로 가서 소요하였다.

이 글만 보아도 고결한 운치가 엿보인다. 박제가가 기대한 것처럼『적
성현지積城縣志』를 편찬하여 읍지의 모범을 보여 주기도 했다.

# 조선인의
## 편견

오늘날 사람들은 아교로 붙이고 옻칠을 한 속된 눈꺼풀을 달고 있어 아무리 애써도 떼어 낼 도리가 없다. 학문에는 학문의 눈꺼풀이, 문장에는 문장의 눈꺼풀이 단단하게 붙어 있다. 큰 문제는 제쳐 두고 수레부터 말을 꺼내 보자. 수레를 사용하자고 하면 우리나라는 산이 험하고 물이 가로막아 사용하지 못한다고 말한다. 산해관山海關에 걸린 편액은 이사李斯[1]의 글씨로 10리 밖에서도 보인다고 우긴다.[2] 서양인은 초상화를 그릴 때 사람의 검은 눈동자를 즙으로 내어 눈동자를 찍기 때문에 서로 다른 방향에서 봐도 눈이 마치 살아 있는 듯하다고 떠벌린다. 되놈은 부모의 생존 여부에 따라 한 개 또는 두 개로 변발을 땋는데, 옛날의 머리 땋는 방법과 동일하다고 고집한다.

이것만이 아니다. 백성의 성씨를 황제가 낙점하고, 책을 진흙판으로 찍는다는 낭설도 떠돈다. 이따위 소문이 난무하여 낱낱이 들어 말할 수 없다. 아주 친해서 나를 신뢰하는 사람일지라도 이 안건만은 나를 믿지 않고 저들의 말을 믿는다. 심지어 나를 잘 안다고 하고 나를 존경한다고 늘 말하는 이들조차 그렇다. 이치에 닿지 않는 허황한 말을 풍문으로 접하고 나서는 마침내 내가 평소 말한 모든 것에 큰 의심을 품고 홀연히 나를 비방하는 자의 말을 믿어 버린다.

그들이 나를 믿지 못하고 다른 사람의 말을 믿는 까닭을 나는 명확하게 안다. 지금 우리나라 사람들은 오랑캐[胡]라는 말 하나로 천하의 모든 것을 말살하고 있다. 반면에 나만은 "중국의 풍속은 이래서 너무나 좋다."고 말한다. 내 말은 그들이 기대하는 말과 너무 다르다. 그래서 그들은 나를 믿지 않는다.

내 판단을 무엇으로 입증해 보일까? "중국 학자 중에도 퇴계退溪(이황李滉) 선생 같은 자가 있고, 문장가에는 간이簡易[3] 선생 같은 자가 있으며, 명필에는 한석봉韓石峯(한호韓濩)보다 뛰어난 자가 있다."고 시험 삼아 말해 보라! 그들은 반드시 발끈 성을 내고 낯빛을 바꾸며 대뜸 "어찌 그럴 리가 있겠소?"라고 말하리라. 심한 경우에는 그런 말을 내뱉은 사람에게 죄를 물으려 들 것이다.

이번에는 이렇게 말해 보라!

---

1 이사(?~기원전 208)는 진秦나라의 장군이자 승상으로 천하를 통일하고 문자를 대전大篆에서 소전小篆으로 간략하게 만들어 통일시켰다. 서법사에서 매우 중요한 위상을 지니는 인물이다.

2 산해관의 성루 서쪽 위층 처마 밑에 실제로 '천하제일관天下第一關'이라 적힌 대형 현판이 걸려 있다. 현판은 길이 5.9미터, 글씨의 높이가 1.6미터인데 '일一' 자의 길이가 1.09미터에 이른다. 이 글씨는 명나라 헌종憲宗 때인 1471년 이곳 태생인 소현蕭顯이 썼다.

3 최립崔岦(1539~1612)의 호이다. 조선 선조 연간의 저명한 문장가이다. 최립의 문장과 차천로車天輅의 시, 한호韓濩의 글씨를 송도삼절松都三絶이라 일컬었다.

"만주 사람은 말하는 것이 개 짖는 소리와 같고, 먹는 음식은 냄새가 나서 가까이하지 못한다. 심지어 뱀을 시루에 쪄서 씹어 먹고, 황제의 누이가 역졸과 바람을 피워 가남풍賈南風[4]이 했던 추잡한 음행을 곧잘 행한다."

그들은 틀림없이 크게 기뻐하여 내가 한 말을 여기저기 전달하느라 바쁠 것이다. 내가 예전에 사람들에게 "내 눈으로 직접 확인하고 왔는데 그런 일이 전혀 없다."고 힘주어 말한 적이 있었다. 사람들은 끝내 개운치 않은 표정을 지으며 "아무개 역관이 그렇게 말했다."고 했다. 내가 "자네가 아무개 역관과 친분이 깊다고 하지만 나보다 더 친한가?"라고 물었다. 그 사람은 "그 역관과 친분이 깊지는 않으나 거짓말할 사람은 아닐세."라고 답했다. 나는 이렇게 대꾸하고 말았다. "그렇다면 내가 거짓말을 했구려."

어짊을 추구하는 자는 모든 것을 어짊의 관점에서 보고, 지혜를 추구하는 자는 모든 것을 지혜의 기준으로 잰다고 한다. 정말 맞는 말이다. 내가 여러 번 남들과 논쟁을 벌였는데 나를 비방하는 자가 제법 많았다. 그래서 이 글을 써서 나 자신을 경계하고자 한다.

「만필謾筆」(1778년경, 29세경)

🦎

### 편견과 고루함에 사로잡힌 조선 지식인들

원제목 만필謾筆은 특별한 주제 없이 소회를 자유롭게 쓰는 형식이다.

---

4　진晉 혜제惠帝(290~306)의 황후로 질투가 심하고 음탕했다. 민간의 미남자들을 몰래 궁궐로 끌어들여 사통한 후 죽이거나 내쫓는 짓을 자행했다.

제목의 뜻과 달리 담긴 주제가 신변잡담에 머물지 않고 심층적 사유를 담는 경우가 많다. 이 글 역시 그렇다.

이 글은 당시 조선 지식인을 비좁은 소견에 빠져 있고, 극심한 편견에 사로잡혀 있다고 비판하고 있다. 몇 가지 구체적 사례를 들어 편견의 실정을 드러냈는데 설득력이 있어 그 주장에 공감하게 만든다.

오랑캐라는 편견을 버리고 청나라와 일본, 서양의 발전상과 문화를 직시하자는 것이 박제가의 주장이었고, 그 주장을 수용하지 못하겠다는 것이 당시 다수 지식인의 생각이었다. 조선 지식인의 고루한 편견과 반대에 맞서는 박제가의 고군분투를 보여 주는 글이다. 지식인의 인식 전환을 기대한 이 글의 가치는 시대를 불문하고 유효하다. 북경에 다녀온 뒤 얼마 지나지 않은 시기에 지은 글로 추정한다. 이 글은 『북학의』에도 「북학변」이라는 제목으로 실려 있다.

# 상상의
# 편지 쓰기

외사씨外史氏 [1]는 말한다.

천하만사가 뜻대로 되지 않는 법이다. 그렇지만 내가 일찍이 들은 말을 해 보련다. '옛사람을 벗으로 삼는다'는 상우尙友라는 말이 있거니와, 옛사람을 벗으로 삼은 자는 반드시 옛사람의 수염과 눈썹을 머리에 그려 보며 아무개라고 생각할 것이다. 또 '누워서 여행한다'는 와유臥遊라는 말이 있거니와, 누워서 여행하는 자는 반드시 여행하는 곳을 머리에 그려 보면서 내가 여행한다고 생각할 것이다.

그러나 진짜로 친구를 사귀고, 진짜로 여행하는 사람은 천 명 백 명 가운데 한 사람에 불과하다. 이렇듯이 만사가 뜻대로 되지 않는다. 이제 내가 한번 상상의 날개를 펴고 여행하고 벗을 사귄다고 한다면 누가 그것을 금하리오?

---

1  정식 사관이 아닌 역사가.

그렇다면 벗을 사귀고 여행하는 것에만 이런 상상이 가능할까? 공명功名을 상상하면 뜻대로 이루어지고, 부귀를 상상하면 역시 뜻대로 이루어진다. 차와 향, 미인, 골동품과 서화를 상상하면 갖춰지지 않을 것이 없다. 좋은 날씨, 아름다운 경치에 꽃과 버들은 흐드러지게 피고 그 속에서 담소를 주고받는 상상 또한 때맞춰 이루어지지 않을 것이 없다. 혹은 멀리 떠난 나그네를 대신하여 고향으로 돌아가게도 하고, 가난한 사람에게는 돈과 비단을 많이 얻게도 만든다.

속된 사람을 만나서는 그들의 마음과 안목을 씻게도 한다. 질병도 없게 만들고, 이별도 없게 하며, 백 년 천년 만년까지 장수하게도 한다. 다른 세상에 달리 태어날 때는 인물과 짐승, 형제와 부부를 미리 정하게도 한다. 요순과 하夏·은殷·주周 시대의 성인이 다스린 정치를 시원스럽게 회복하게도 하고, 멀고 멀어 이중 통역을 거쳐 접하는 사해 만국 사람과 편지를 왕래하게도 한다.

아주 먼 옛날은 과거의 일만 리 떨어진 지역이요, 일만 리 떨어진 지역은 현재의 아주 먼 옛날이다. 저 절강浙江 사람 반정균潘庭筠과 육비陸飛는 나에게 현재의 아주 먼 옛날이 아니겠는가? 그러나 나는 망상을 하며 이런 상상을 해 보았다. 내가 이미 절강 사람을 보았다고 말해도 틀림없이 나를 어찌지 못할 것이다. 편지를 한 통 써서 반정균이 날마다 나에게 부쳐 준다고 말해도 또한 나를 어찌지 못할 것이다. 털끝만치라도 뜻대로 되지 않을 것이 있겠는가?

설령 중국에서 태어나 이 사람과 더불어 한 마을 한 골목에서 무릎을 마주하고 손을 맞잡는 사이라고 해도 한평생 교유하고 풍류를 즐기고 서로 모여 지낸 흔적이란 짧은 편지와 한두 편의 시문이 세상에 떠돌아다니는 것에 지나지 않으리라.

「기서폭후記書幅後」(1766년경, 17세기)

✄

### 일만 리 멀리 떨어진 절강 선비와 주고받는 상상의 편지

원제목은 「편지 뒤에 쓴다記書幅後」이다. 아마도 반정균이나 육비의 편지를 필사한 편지 뒷면에 썼을 것이다. 1766년 홍대용을 찾아가 청나라 지식인 반정균, 육비 등과 주고받은 필담을 보고 난 뒤 그들과 사귀고 싶은 열망을 이렇게 쓴 것으로 추정한다.

일만 리 멀리 떨어진 중국 절강의 선비를 박제가는 사귀고 싶었다. 하지만 그것이 가능한 일인가? 박제가는 묘안을 떠올렸다. 상상을 하자는 것이었다. 상우尙友라는 말도 있고, 와유臥遊라는 말도 있다. 둘 다 현실로 경험하지 못한 것을 상상 속에서 경험하는 행위이다. 그렇듯이 박제가는 벌써 절강 사람을 만나 보았고, 반정균이 날마다 자기에게 편지를 쓴다고 상상을 해 보았다. 상상만 해도 얼마나 가슴 벅찬 일인가? 진정한 친구를 오매불망 그리워한 박제가의 열망을 표현하고 있다.

## 『발해고』서문

나는 일찍이 중국으로 들어가기 위하여 압록강을 건너서 애양靉陽[1] 길을 경유하여 요양遼陽에 이른 적이 있었다. 그 사이 5, 6백여 리가 되는 길이 대체로 모두 큰 산과 깊은 계곡으로 이루어져 있었다. 낭자산狼子山[2]을 벗어나자 비로소 끝없이 펼쳐진 평원이 보였다. 평원은 까마득하고 망망하여 해고 달이고 나는 새고 간에 모든 것이 벌판의 허공에서 떠올랐다 사라졌다.

머리를 돌려 동북쪽 여러 산을 바라보았더니 산맥은 하늘을 둥그렇게 감싸고 대지를 가로막고 버텨 선 채 마치 선을 하나 그어 놓은

---

1 애양은 조선 사신이 압록강을 건너서 바로 도착하는 중국 요동 구련성九連城의 다른 이름이다. 이덕무는 『입연기入燕記』에서 "구련성은 옛날의 애양성靉陽城이다. 명나라에서 진강보鎭江堡를 설치했었는데, 성터가 남아 있어 분별할 수 있었다."고 밝혔다.

2 낭자산은 요동에 있는 산으로 조선 사신의 사행길에 위치하였다. 당태종이 고구려를 칠 때 군대가 패하여 밤에 도망가다가 문득 닭 울음소리를 듣고 작은 집에 이르렀는데, 한 여자가 반갑게 영접하였다. 날이 밝아 살펴보니 집과 여자는 간데없었다. 이에 그 산을 낭자산娘子山이라 하고, 계명사鷄鳴寺를 세웠다. 이곳부터 요동벌판이 펼쳐진다.

듯이 뻗어 있었다. 앞에서 말한 큰 산과 깊은 계곡은 모두 요동 천 리의 바깥담이었다.

이에 나는 탄식을 토하며 말했다. 이것이 하늘이 만든 경계선이로다! 저 요동은 천하의 한 모퉁이이다. 영웅과 제왕이 흥성한 곳으로 여기보다 융성한 데가 없다. 땅이 연燕나라·제齊나라와 인접해 있어 중국의 형세를 엿보기가 쉽다.

따라서 발해渤海의 대씨大氏가 보잘것없이 뿔뿔이 흩어진 고구려 유민을 불러 모아 낭자산을 경계로 바깥 지역을 포기하고서도 한 지역에서 영웅으로 군림하고 천하에 대항할 수 있었다. 고려의 왕씨王氏는 삼한三韓을 통합하고 고려가 망할 때까지 압록강을 감히 한 발자국도 나서지 못했다. 여기서 산천을 할거하여 얻는 득실의 발자취를 대략 알 수 있다.

무릇 아낙네의 견해는 자기 집 지붕 밖을 넘어서지 못하고, 어린아이의 놀이는 겨우 문지방을 넘나드니 담장 밖의 일에는 말할 자격이 없다. 옛 신라 땅에서 태어난 선비는 중국 안에서 벌어진 일에는 눈을 꽉 감고 귀를 틀어막고 있다. 한당漢唐과 송명宋明의 흥망과 전쟁의 역사도 알 턱이 없으니, 더구나 발해의 옛일에 대해서는 말할 것도 없다.

나의 벗 혜풍 유득공 선생은 박학하고 시를 잘한다. 옛 문물제도에 조예가 깊다. 이미 『이십일도회고시주二十一都懷古詩註』를 편찬하여 나라 안의 탐방할 만한 곳을 상세하게 밝혔다.[3] 또 관심을 확대하여

『발해고渤海考』한 권을 지었는데, 발해의 인물, 군현, 세계, 연혁을 조목조목 빠짐없이 서술하되 체계를 잘 잡아서 내용이 볼만하다.

이 책에서는 왕씨의 고려가 고구려의 옛 강토를 회복하지 못하였고, 왕씨가 옛 강토를 회복하지 못한 결과 계림과 낙랑 지역이 마침내 천하와 관계를 스스로 끊어 버려 미개하게 되었다고 주장하였다. 나는 이 주장이 내가 전부터 가지고 있던 견해와 서로 맞아떨어짐을 알아차렸고, 선생의 재능이 천하의 형세를 잘 파악하고 제왕과 패자의 지략을 엿보고 있음에 감탄하였다. 그러니 이 책이 어찌 겨우 한 나라의 문헌을 갖추어서 섭륭례葉隆禮와 왕즙汪楫[4]의 저술과 우열을 다투는 정도에 그치고 말겠는가? 그러므로 서문을 지어 위와 같이 논한다.

「발해고서渤海考序」(1785년, 36세)

❧

### 발해를 한국의 역사로 편입한 탁월한 안목

이 글은 막역한 친구 유득공이 편찬한 『발해고』에 붙인 서문으로 1785년 가을에 지었다. 『발해고』는 발해를 우리의 역사로 확고하게 편입시켜 통일신라와 발해가 대치한 시기를 남북국南北國 시기로 해석한 탁

---

3  이 책은 유득공이 단군의 왕검성에서 고려의 송도에 이르기까지 한때 수도였던 21개의 왕도를 읊은 작품으로 모두 43수로 구성되었다. 1778년에 처음 지었고, 1785년에는 직접 주석을 달아 단행본으로 만들기도 했다.

4  섭륭례는 남송 가흥嘉興 사람으로, 황제의 명으로 『거란국지契丹國志』를 지었다. 다만 이 책을 위서로 보는 이도 있다. 왕즙은 강소성 강도江都 사람으로, 왕사정王士禎의 제자로 시를 잘 지었다. 1683년 유구琉球에 사신으로 가서 『사유구잡록使琉球雜錄』 5권, 『중산연혁지中山沿革志』 2권, 『중산시문中山詩文』 1권을 편찬하여 유구의 문화를 정리하였다.

월한 저서이다. 박제가의 서문뿐만 아니라 유득공의 자서와 성해응成
海應의 서문도 있다. 성해응의 서문은 이 책이 지리학과 경세학經世學
에 이바지한다는 점을 밝혔다.

박제가의 서문은 요동을 누차 왕복하며 갖게 된 견해를 만강滿腔의 비
장미를 가지고 서술하였다. 발해 옛 영토를 조선의 잃어버린 고토故土
로 간주하였고, 고토를 잃어버림으로써 조선이 문명의 미개지로 낙후
한 현실을 개탄하였다. 발해의 역사와 요동 지역을 보는 그만의 독특
한 시각을 잘 드러낸 글이다.

박제가는 연경에 갈 때 요동을 거치며 지은 시에서 "땅은 주몽의 옛 강
역이고, 문헌으로도 발해를 징험할 수 있다."(「연산관連山關에서」)고 하
여 고구려와 발해의 고토 회복을 꿈꾸었고, 또 "변방의 개척을 군주께
서 허락하시면, 집안을 이끌고서 이 땅에서 농사를 지으련만"(「구련성
에서 자면서」)이라고 하여 아예 압록강을 넘어 이주할 생각까지 밝혔다.

# 『북학의』

## 자서自序

나는 어릴 적부터 고운孤雲 최치원崔致遠과 중봉重峯 조헌趙憲의 사람됨을 사모하여 감개한 기분으로 비록 사는 시대는 다르나 말을 끄는 마부가 되어 그분들을 모시고 싶다는 소망을 가졌었다. 당나라에 유학하여 진사進士가 된 최치원은 고국에 돌아온 뒤로 신라의 풍속을 혁신하여 중국의 수준으로 진보시킬 방법을 모색하였다. 그러나 쇠퇴한 시대를 만난 까닭에 가야산에 은거하여 어떻게 인생을 마쳤는지도 알 수가 없다.[1]

조헌은 질정관質正官[2]의 자격으로 연경에 들어갔다가 돌아와서는

---

[1] 최치원(857~?)은 당나라에 유학하여 과거에 급제하고 벼슬하다 28세에 귀국했다. 이때는 혼란한 신라 말엽이라 뜻을 펼칠 수 없었다. 진성왕 7년 2월에 시무時務 10여 조를 올려 조정의 개혁을 주장했으나 실현되지 못했다. 이후 벼슬에 뜻을 잃고 소요자적하다 생을 마쳤다.

[2] 북경에 가는 사신의 수행원으로 특별히 문관 한 명을 차출하여 이문吏文이나 방언方言 등의 의문점을 물어서 바로잡는 일을 맡아 보게 했다. 이를 조천관朝天官이라고 했는데 나중에 질정관으로 명칭이 바뀌었다.

임금님께 「동환봉사東還封事」를 올렸다. 이 상소문에는 중국의 문물을 보고서 우리 조선의 처지가 어떤지를 깨닫고, 남의 좋은 점을 보고서 자신도 그와 같이 되려고 애쓰는, 적극적이고도 간절한 정성을 담았다.[3] 중국의 문화를 받아들여 조선의 현실을 변화시키고자 애쓰는 정성 아닌 것이 없었다. 압록강 동쪽의 우리나라가 천여 년을 지내 오면서, 규모가 작고 외진 곳에 있는 이 나라를 한번 개혁하여 중국의 수준으로 높이 올려놓고자 노력한 사람은 오로지 이 두 분밖에 없었다.

올해 여름 진주사陳奏使[4]가 중국에 들어갈 때 나는 청장관 이덕무와 함께 수행원으로 따라가게 되었다. 연경과 계주薊州[5] 사이의 광야를 실컷 돌아보고, 오吳와 촉蜀 지방의 선비들과 교유를 맺었다. 몇 개월 동안 머물면서 평소에 듣지 못한 사실을 새롭게 들었다. 중국의 오랜 풍속이 여전히 남아 옛사람이 나를 속이지 않았음을 확인하고 감탄을 금치 못했다.

그래서 그들의 풍속 가운데 본국에서 시행하여 일상생활을 편리하게 할 만한 것이 있으면 발견하는 대로 기록했다. 아울러 그것을 시행하여 얻을 수 있는 이익과 시행하지 않아서 발생하는 폐단까지 덧붙여서 주장을 펼쳤다. 그러고는 『맹자』에 나오는 진량陳良의 말을 가져다가 책의 이름을 『북학의北學議』라고 지었다.[6]

이 책에서 주장한 내용 가운데 시시콜콜한 것은 소홀히 여기기 쉽고, 번잡한 것은 시행하기 어려울 것이다. 그렇지만 과거의 제왕은 백성을 교화할 때 집집마다 찾아다니며 일일이 가르치고 깨우치지 않았다. 성인이 절구를 한번 만들어 내자 천하에는 껍질을 벗기지 않은 낟알을 먹는 사람이 사라졌고, 신발을 한번 만들어 내자 천하 사람들이 맨발로 다니지 않게 되었으며, 또 배와 수레를 한번 만들어 내자 아무리 험준한 곳이라도 운반하여 유통시키지 못하는 물건이 없어졌다.[7] 그와 같은 방법이 얼마나 간소하면서도 쉬운가!

이용利用과 후생厚生은 둘 중 하나라도 갖추어지지 않으면 위로 정덕正德을 해친다.[8] 따라서 공자께서 "인구를 불리고 풍족하게 해주며 그다음에 백성에게 교화를 베풀어라!"[9]라고 말씀하셨고, 관중

---

3  조헌(1544~1592)은 선조 때의 명신으로 1574년 5월에 질정관의 신분으로 연경에 가서 그해 11월에 귀국했다. 명나라 문물제도의 번성함을 관찰하고 조선에 적용하기에 알맞은 여덟 가지를 먼저 아뢰고 다음에 16개 조항을 간추려 『동환봉사』라는 이름으로 선조에게 바쳤다.

4  정례 사절단인 동지사冬至使 외에 외교적으로 처리할 일이 있을 때 임시로 보낸 사절단.

5  계주는 지금의 천진시天津市 북쪽에 있는 계현薊縣이다. 심양에서 북경으로 가는 조선 사신의 연행로燕行路에 있었던 유서 깊은 지역이다.

6  『맹자』「등문공상滕文公上」에 "나는 중화中華가 오랑캐를 변화시켰다는 말은 들었지만 중화가 오랑캐에 의해 변화되었다는 이야기는 듣지 못했다. 진량陳良은 초楚나라 출신이다. 주공周公과 공자의 도를 좋아하여 북쪽의 중국에 가서 공부했다. 그 결과 북방의 학자들 가운데 진량보다 나은 자가 없었다."는 내용이 나온다. 곧, 문명은 높은 수준에서 낮은 수준으로 내려가는 것이지 그 역은 성립하지 않는다는 맹자의 주장을 담았다.

7  『주역』「계사하繫辭下」에서 "(황제와 요순 임금이) 나무를 깎아 절굿공이를 만들고 땅을 파서 절구를 만들었다. 절구와 공이의 이로움으로 만백성이 큰 도움을 받았다."고 했다.

8  『서경書經』「대우모大禹謨」에 나오는 구절로 우禹가 순舜임금에게 아뢴 내용이다. "덕은 선정을 베푸는 것에 있고, 정치는 백성을 잘 기르는 데 있습니다. 물과 불과 쇠와 나무와 흙과 곡식을 잘 가꾸시고, 정덕과 이용과 후생을 조화롭게 성취하십시오." 여기서 정덕은 백성의 덕을 바로잡는 것을, 이용은 백성의 생활을 편리하게 하는 것을, 후생은 백성의 삶을 풍요롭게 하는 것을 말한다.

9  이 말은 『논어』「자로子路」에 나오는 "공자께서 위나라를 가셨을 때 염유가 말을 몰았다. 공자께서 '백성들이 많구나!'라고 말씀하시자 염유가 '백성들이 많아진 다음에는 무엇을 더 해야 하는지요?'라고 물었다. 공자께서 '그들을 부유하게 만들고 …… 교육을 시켜라!'라고 말씀하셨다."는 대목을 일컫는다.

管仲은 "의식衣食이 풍족해진 다음에 예절을 차리는 법이다."라고 말했다.

현재 백성의 생활은 날이 갈수록 곤궁해지고, 국가의 재정은 날이 갈수록 궁핍해지고 있다. 상황이 이런데도 사대부가 팔짱을 낀 채 바라만 보고 구제하지 않을 것인가? 아니면 과거의 습속에 젖어 편안히 안락을 누리면서 실정을 모른 체할 것인가?

주자朱子가 학문을 논하면서 "이와 같이 해서 병이 된다면, 이와 같이 하지 않으면 약이 될 것이다."[10]라고 말씀하셨다. 병이 무엇인지를 안다면 처방약은 손쉽게 찾아진다. 따라서 이 책에서는 오늘날의 폐단이 발생한 근원에 대해 특별히 정성을 기울였다. 비록 이 책에서 말한 것을 당장 시행하지는 못한다고 할지라도 이 일에 쏟은 정성은 후세 사람들이 인정해 주리라. 고운과 중봉 두 분의 뜻도 그러했을 것이다.

금상今上(정조) 2년 무술년(1778) 9월 그믐 전날 위항도인葦杭道人은 비 내리는 통진通津의 농가에서 쓴다.

「북학의자서北學議自序」(1778년, 29세)

---

10　주자의 「아무개에게 답하는 편지答或人書」(『주자대전朱子大全』권64) 서두에서 따온 말이다. "이와 같이 해서 병이 됨을 안다면, 이와 같이 하지 않으면 약이 될 것이다. 만약 다시 어떻게 하여 이와 같이 될 수 있느냐고 묻는다면 그것은 나귀를 타고 나서 다시 나귀를 찾는 격으로 쓸데없는 이야기를 한바탕 늘어놓는 데 지나지 않을 것이다."

## 선진 문물의 도입과 이용후생의 방안

자신의 명저 『북학의』에 붙인 서문으로 책을 저술하게 된 동기와 과정, 취지를 설명하였다. 박제가는 1778년(정조 2년) 그의 나이 29세 때 채제공의 후의로 이덕무와 함께 연경에 가서 전성기 청나라의 문물을 체험하고 돌아왔다. 연경 체험은 피폐한 조선을 근본적으로 개혁해야 한다는 경세학자經世學者의 의식을 뒤흔든 사건이었다. 이 서문에서 그는 사회 혁신에 대한 격정을 토로하였다. 표면적으로는 청나라의 발달한 문물 중에서 우리의 일상생활을 편리하게 할 기술과 제도를 소개한다는 취지이지만, 근본적으로는 의식 자체를 개혁하고자 하였다.

『북학의』를 탈고하던 가을에 지은 시 「농가에서 고민을 풀려고」에서 "앉은 채 왕패王覇를 말하긴 쉬워도, 쌀과 소금 마련하긴 어렵구나!"라고 읊었고, 「새벽에 앉아 감회를 쓴다」에서는 "의식이나 마련하기 고민하지 않아, 멀리 천지를 걱정하는 근심이다. …… 천 마디로 숨은 회포 풀어내려니, 내 한 몸 보살필 겨를 있으랴!"라고 읊었다. 귀국 뒤에 체험을 저서로 남기려는 충정과 의지를 이 서문과 함께 보여 준다.

# 『북학의』를
## 임금님께 올리며

엎드려 올립니다. 신은 지난해 12월에 반포된, 농사를 장려하고 농서農書를 구한다는 윤음綸音을 엎드린 채로 받아 보았습니다.[1] 신은 고을의 노인 및 인사들과 함께 두 손을 모아 받들어 읽고서 차례로 전해 가며 읽어 보도록 했습니다. 글을 모르는 자들이 있어서 윤음의 뜻을 풀이해 주자 서로들 기쁨에 차서 임금님을 찬미하느라 손과 발이 저절로 움직여 덩실덩실 춤이 나오는 것조차 모를 지경이었습니다. 그 뒤를 이어 한숨이 자연스럽게 흘러나왔습니다. 두렵게도 평소에 쌓아 둔 지식이 전혀 없어 농서를 바치라는 훌륭한 명령을 받들어 완수할 능력이 없기 때문입니다.

그러나 신이 엎드려 생각해 보니 인간 만사와 만물에는 심오한 의리가 담겨 있지 않은 것이 없었습니다. 더구나 하늘이 좋은 곡식을 내

---

1  정조는 1798년 11월 30일에 「농사행정을 권하고 농서를 구하는 윤음勸農政求農書綸音」을 한문과 한글로 반포하고, 이를 통해 『농서대전農書大全』을 편찬할 구상을 하였다.

려 주어 우리 백성들을 먹게 하는 농사야말로 그 일이 대단히 중요하고, 그 이치가 대단히 깊습니다. 따라서 남에게 부림을 당하는 사람이나 어리석기 짝이 없는 무리에게 완전히 맡겨 두고 그들이 거둔 엉성하고 형편없는 결과를 무턱대고 받아먹기만 해서야 되겠습니까? 아무래도 적임자를 찾아서 농사에 관한 정책을 맡겨야 한다고 생각하였습니다.

지금 우리 성상께서는 농사에 가진 힘을 다한 위대한 우禹임금의 행적을 사모하시고, 농업을 분명히 밝힌 주공周公의 옛일을 본받으셔서 굶주리거나 추위에 떠는 우리 백성이 없도록 하는 것을 가장 앞세워야 할 제왕의 정책으로 삼고 계십니다. 수만에서 수십만에 이르는 많은 백성들이 그 혜택과 복록을 다 함께 누리는 일은 시간이 지나면 찾아올 일에 불과합니다.

신이 주제넘게 수령의 직책을 맡은 지 어느새 3년이 흘렀습니다. 신이 맡은 지방에서도 치적을 거두지 못한 처지이기는 합니다만, 나라를 걱정하는 충정만은 천하의 그 누구보다도 앞선다고 자부합니다. 신이 산골 백성들이 사는 모습을 보면 화전을 일구고 나무를 하느라 열 손가락 모두 뭉툭하게 못이 박여 있습니다. 그럼에도 입고 있는 옷이라곤 10년 묵은 해진 솜옷에 불과하고, 집이라곤 허리를 구부정하게 구부리고서야 들어갈 수 있는 움막에 지나지 않습니다. 방 안에는 불 땐 연기가 가득하고 벽은 벽지를 바르지도 않았습니다. 먹는 음식이라곤 깨진 주발에 담긴 밥과 간도 하지 않은 나물뿐입니다. 부엌에는 나무젓가락만 달랑 놓여 있고, 아궁이 앞에는 질항아리 하나가 놓여 있을 뿐입니다.

그렇게 사는 까닭을 물어보았습니다. 무쇠솥과 놋수저는 이정里正에게 몇 번이나 뺏겨 벌써 꿔다 먹은 곡식 대금으로 납부되었다고 했습니다. 어떤 부역을 지는지 물었더니 남의 집 노비가 아니라서 군보軍保[2]의 신역을 지기 때문에 250전錢에서 260전을 관아에 납부한다고 했습니다. 국가의 경비가 바로 그들로부터 나옵니다. 그 말을 듣고서 참담한 마음을 금하지 못하고, 베 짜기는 걱정하지 않고 주제넘게 나라를 걱정한 먼 옛날의 과부마냥[3] 탄식이 흘러나왔습니다. 현재의 법을 바꾸지 않는다면 현재의 풍속하에서 하루아침도 살 수 없다고 생각하게 되었습니다.

제가 맡은 고을 하나만 그런 실정이 아니라 모든 고을이 다 마찬가지이고, 나아가 온 나라가 모두 그 모양입니다. 이것이 바로 성상께서 분개하고 분발하여 한번 개혁할 것을 시도하여 이렇듯이 열성적이고 진지하게 책문策問을 내려 조언을 구하시는 이유입니다.

나라를 다스리는 것은 말을 기르는 것과 같아서 말에게 해가 되는 것을 제거하면 된다[4]고 신은 들었습니다. 이제 농업을 장려하고자 하신다면 반드시 농업에 해를 끼치는 것을 먼저 제거하고 그다음 다른

---

2 정규군을 지원하기 위해 세금을 내는 장정.

3 『춘추좌전』「소공昭公」 2년 조에 자대숙子大叔이 "홀어미가 자기 베를 짜는 것을 걱정하지 않고 주周나라가 쓰러지는 것을 걱정한 이유는 화가 자기에게도 미치기 때문입니다."라고 한 말이 보인다.

4 『장자』「잡편」「서무귀徐無鬼」에서 황제黃帝가 말을 키우던 목동을 만나 천하를 다스리는 방법을 물었을 때 목동이 한 말이다. "황제가 또 천하를 다스리는 방법을 묻자 어린 동자가 말했다. '천하를 다스리는 것이 말을 기르는 것과 다를 게 뭐가 있겠습니까? 말에게 해가 되는 것을 제거하면 될 뿐입니다.'"

조치를 논의해야 할 것입니다.

첫 번째는 선비를 도태시키는 일입니다. 현재 상황으로 따져 보면, 식년시式年試가 실시되는 해에는 소과小科와 대과大科를 치르느라 시험장에 나오는 자가 거의 10만 명을 넘깁니다. 그렇다고 선비의 숫자가 10만 명 수준에 머무는 것은 아닙니다. 이들 무리의 부자父子와 형제들은 과거 시험에 응시하지 않았을 뿐이지 그들 또한 농업에 종사하지 않습니다. 농업에 종사하지 않는 데 그치지 않고 하나같이 농민을 머슴으로 부리는 자들입니다.

똑같은 백성이기는 하지만 부림을 받는 자와 부리는 자 사이에는 강자와 약자의 형세가 형성됩니다. 강자와 약자의 형세가 형성되고 나면 농업은 날로 경시되고 과거 시험은 날로 중시되게 마련입니다. 조금이라도 자신의 능력을 자부하는 자라면 다들 과거 시험에 매달리고, 그렇게 되면 어쩔 도리 없이 농사는 어리석기 짝이 없는 무리와 남에게 부림을 받는 머슴에게 맡겨질 뿐입니다.

사정이 이렇게 되자 처자식을 몰아다가 들판에서 농사를 짓게 합니다. 소 먹이고 밭을 경작하는 일은 태반이 규중 아낙네 몫이고, 풀을 베고 방아 찧는 일도 모조리 아녀자의 책임입니다. 여자들이 농사에 매이다 보니 외진 고을의 작은 마을에서는 다듬이 소리가 거의 들리지 않아 온 나라 사람들은 입을 옷이 없어 몸을 가리지도 못할 지경입니다.

학자와 벼슬아치들이 지금 상황을 으레 그러려니 여기고 옛날부

터 그랬던 줄로 알고 있습니다. 제가 당나라 시인이 쓴 「밭에서 일하
는 여인女耕田行」이란 시를 살펴보니 안녹산安祿山의 난리가 난 뒤의
상황을 탄식한 내용이었습니다.[5] 지금은 평화 시대가 백 년을 이어
왔으니 아낙네가 밭에서 일하는 상황은 참으로 이웃 나라에 소문나
게 해서는 안 될 일입니다.

선비가 농사에 해가 된다고 해서 이렇게 말하겠습니까? 실상은 선
비는 가장 심각하게 농사를 망치는 존재입니다. 이 무리들이 나라 인
구의 과반수를 차지한 지 지금 백 년이 되었습니다. 이제 날마다 불어
나는 선비를 도태시키지는 않고 반대로 날마다 힘을 잃어 가는 농부
만을 꾸짖어 "어째서 너희들은 힘을 다 쏟지 않느냐?"라 닦달하고 있
습니다. 조정에서 날마다 천 가지 공문을 띄우고 고을 관리들이 날마
다 만 마디 말로 권장해 봤자 한 바가지의 물로 수레 가득한 땔감의
불을 끄는 꼴입니다. 제아무리 노력한다고 한들 아무런 보탬도 주지
못할 것입니다.

두 번째는 수레를 통행시키는 일입니다. 작고한 정승 김육金堉은
한평생 오로지 수레와 화폐 두 가지 문제를 해결하는 것을 고민하였
습니다.[6] 화폐를 처음 통용시키고자 할 때 여러 갈래로 논의가 나뉘
어 하마터면 중지될 뻔하다 겨우 시행되었습니다. 신의 종고조從高祖
신 박수진朴守眞이 그 업무를 실제로 주관했습니다.[7] 만약 지금 수레
를 통행시킨다면 10년 안에 백성들이 수레를 좋아함이 화폐를 선호
하는 수준에서 그치지 않을 것입니다. 이야말로 "백성이 일을 하도록

하는 것은 좋지만 그들이 잘 알도록 이해시키는 것은 안 된다."[8]는 격이고, "이뤄 놓은 것을 함께 즐길 수는 있어도 처음부터 고민을 함께 할 수는 없다."[9]는 격입니다.

농사는 비유하자면 물과 곡식이고, 수레는 비유하자면 혈맥血脈입니다. 혈맥이 통하지 않으면 살지고 윤기가 흐를 도리가 없습니다. 『의서도인醫書導引』에 따르면, 하거河車[10]란 이름의 약재가 있는데 이런 뜻을 담고 있습니다. 수레와 화폐는 농사에 직접 관련되지는 않지만 농사에 도움을 주므로 나라를 경영하는 사람이라면 반드시 급선무로 삼아야 합니다.

우리나라의 경우 아무 쓸모 없는 유생은 옛날에는 없었는데 지금은 넘쳐나고, 쓸모 있는 수레가 옛날에는 있었으나 지금은 없습니다. 이렇게 극단적으로 이해가 상반되기에 이르렀으니 백성들의 초췌한 꼴이 조금도 이상하지 않습니다.

---

5  당나라의 시인 대숙륜戴叔倫(732~789)이 지은 시이다. 안녹산의 난이 발생한 이후 민간인의 비참한 생활을 목도하고 이 시를 써서 사회를 고발했다.

6  김육(1580~1658)은 조선 후기의 실학자로 본관은 청풍, 자는 백후伯厚, 호는 잠곡潛谷이다. 세 차례 중국에 가서 『조천록朝天錄』과 『조천일록朝天日錄』을 남겨 중국 문물의 번성함을 묘사하였다. 영의정을 지냈고, 대동법大同法을 실행하고 화폐와 수레의 사용을 추진하는 등 혁신적인 정책을 시행하는 데 큰 역할을 하였다.

7  박수진(1600~1656)은 자는 군실君實, 호는 사천斜川이다. 서울 사람으로 가난하게 살았고 과거에 급제하지 못했으나 재능이 있는 사람이란 평을 받았고 경륜으로 세상에 유명하였다. 평소 "나를 등용하면 화폐를 유통시킬 수 있다."는 말을 했고, 1653년 효종에게 만언소萬言疏를 올리는 등 화폐의 유통에 적극적이었다. 효종 6년(1655) 김육이 화폐의 유통을 강력하게 추진할 때 그를 추천하여, 평시서직장平市署直長에 임명되어 실무를 보았다.

8  『논어論語』에 나오는 말이다.

9  『사기史記』에 상앙商鞅이 한 말로 나온다.

10  자하거紫河車이다. 탯줄로서 보음보양補陰補陽에 효과가 있는 약재다.

사람들은 풍속을 갑자기 바꾸지 못하므로 현재의 농업에 바탕을 두어 개선하자고 말할 것이 분명합니다. 쓸데없는 말만 늘어놓을 필요 없이 시험해 보면 그만입니다. 먼저 중국의 요양遼陽에서 각종 농기구를 사 와서 서울에 대장간을 개설하고 법식法式에 맞추어 농기구를 단련하여 만듭니다. 쇠가 생산되는 먼 고을에 속관을 파견하여 나누어 만들게 합니다. 그렇게 하여 이익을 거두고 농기구 제조 방법을 확산시킵니다.

농사법을 시험할 경작지는 면적을 따질 것 없이 서울 근처에 마련합니다. 적게는 백 묘畝[11]에서 많게는 백 경頃[12] 정도의 면적으로 둔전屯田을 설치합니다. 농사를 잘 아는 전문가 한 명을 한대漢代의 수속도위搜粟都尉[13]처럼 선발하여 주관하게 합니다. 따로 농사꾼 수십명을 뽑아서 후한 녹봉을 주어 전문가 한 명의 지휘를 따르게 합니다. 가을이 되어 곡식을 수확하여 한 해 농사의 잘잘못을 비교해 봅니다. 한 해 두 해 시험해 보면 반드시 효과가 나타날 것입니다.

그다음 여러 도에 훈련을 거친 농사꾼을 나누어 파견하여 한 명이 열 명에게 기술을 전파하게 하고, 열 명이 백 명의 농사꾼에게 전파하게 합니다. 10년이 넘지 않아서 풍속을 변화시킬 것입니다. 이 계획을 시행하는 초기에는 비용의 지출 또한 만만치 않을 것입니다만, 몇 년 안에 그 비용을 충분히 보상받을 것입니다. 게다가 성과가 멀리까지 파급된다면 그 정도 비용쯤이야 굳이 따질 필요조차 없습니다.

---

11  1묘는 30평 내외이다.

12  1경은 1백 묘에 해당한다.

13  한나라 시대에 농경과 둔전을 담당하던 비상임 관리. 외편 목록에 수속도위론搜粟都尉論이 들어 있어 박제가가 이 관직의 성격에 깊은 관심을 두었음을 보여 준다.

신은 일찍이 선정신先正臣 이이李珥가 10만 명의 군사를 미리 양성하자고 한 유지遺志를 되살려 경성에 30만 섬의 쌀을 비축함으로써 나라의 근본을 튼튼하게 할 계획을 짜 본 적이 있습니다. 그 대강을 말씀드리면, 선박을 개선하여 조운漕運을 강화하는 것, 수레를 통행시켜 육로의 수송을 강화하는 것, 둔전을 시행하여 농업 기술을 교육하는 것으로 요약할 수 있습니다.

생각해 보면, 경성의 민호民戶 4, 5만이 먹을 식량과 만조백관 및 군사의 녹봉에 충당할 곡식은 모두 삼남三南에서 해운으로 공급되는 10여 만 섬의 곡식에 기대고 있습니다. 사사로이 자기들이 먹으려고 저장해 놓는 곡식을 제외한다 해도 반드시 20만 명의 사람이 여러 달 동안 먹을 양식을 비축해야만 위급한 사태가 발생하더라도 지탱할 수가 있습니다.

우리나라는 배를 건조하는 기술이 엉성하고 서툴러서 실은 물건이 상하는 경우가 많습니다. 그러니 바다에 출항하는 배를 잘 만드는 중국의 제도를 반드시 배워야 합니다. 그런 뒤에 연해의 곡식을 조운으로 수송하여 한강까지 도달하도록 합니다.

조운 수송을 늘린다 해도 충분하지 못하므로 또 반드시 육로로도 수송해야 합니다. 육로로 수송할 때는 인부가 어깨로 짐을 져 나르거나 말 등에 실어서 운반할 수는 없습니다. 수레를 통행시키는 것 외에는 방법이 없습니다.

수레가 통행된다 하더라도 사적 용도의 곡식까지 다 수송할 수는 없습니다. 그러므로 모름지기 둔전을 설치해야 합니다. 둔전을 설치하여 옛 제도에 따라 운용한다면 들이는 노력은 절반에 불과하지만 효과는 곱절이 될 것이니 30만 섬의 곡식은 굳이 가져오려고 애쓰지 않아도 저절로 이를 것입니다.

옛날 송나라에는 심태평암心太平菴[14]이란 호를 가진 사람이 있었고, 명나라에는 「장취원기將就園記」[15]라는 글을 쓴 사람이 있었습니다. 이 둘의 호와 글은 모두 그렇게 되기를 바라는 뜻에서 쓴 것이지 실제 그렇다는 것은 아닙니다. 저들은 모두 낮은 자리에 처하여 뜻을 펴지 못했기 때문에 그런 호와 글을 지음으로써 그렇게 되기를 바랐던 것입니다.

그러나 우리 전하께서는 제왕의 지위에 오르셔서 백성들을 흡족하게 통치하고 계십니다. 정사를 바르고 곧게 하며, 높은 지위에 있는 자나 낮은 백성들에게 모두 마음을 쓰시니 어찌 말로만 하고 마는 분이겠습니까?

신은 농사를 맡은 관리입니다. 제가 드린 말씀은 모두 농사에 직접 종사한 바탕 위에서 논의했습니다. 그 밖의 무예의 연마, 문치文治의 정비, 교화의 시행, 예악의 강구와 같은 사항은 감히 제가 다루지 못했습니다.

제가 원하는 바는 이 고을의 백성이 편안히 살면서 자기 생업에 즐겁게 종사하고, 봇도랑과 밭도랑을 제도에 맞게 수리하며, 가옥을 깨끗하게 정비하고, 백성들의 용모가 단정하며, 말에 신의가 있고, 기물과 의복이 견고하고 단정하며, 수목이 무성하게 자라고, 가축이 잘 번식하는 것에 불과합니다.

남녀가 나태하지 않아 제각기 자기 일에 열심히 종사하고, 공인과 상인이 모여들며, 도적이 사라지고, 교량과 객사客舍 및 변소에 이르기까지 깨끗하게 짓고 수리하며, 산과 강에서 사냥하고, 배와 수레를 통행시키며, 어린아이는 병들지 않고, 늙은이는 태평을 구가하는 것들은 모두 근본을 다지고 농업에 힘쓴 효과로서 집집마다 넉넉하고 사람마다 풍족한 이후에야 가능합니다. 모든 것이 중도를 얻고 화합하며 천지가 제자리를 찾고 만물이 잘 번식하는 일[16] 역시 이런 정도를 벗어나지 않을 것입니다.

한 개의 현이 이와 같이 되면 자연스럽게 온 나라가 이와 같이 되어 풀이 바람에 쏠려 쓰러지고 역말이 소식을 전하듯이 그 효과가 빠를 것입니다. 신은 아침에 이런 결과를 보고서 저녁에 죽는다 해도 아무 유감이 없습니다.

---

14  육유陸游(1125~1209)의 시 「심태평암시心太平庵詩」와 「독학獨學」에 "몸은 한가하고 마음은 태평하다.(身閑心太平.)"는 구절이 나오는데, 육유는 이를 가지고 그의 서재 이름으로 삼았다.

15  황주성黃周星(1611~1680)이 지은 글이다. 명明나라 시대에 진사에 급제하고 호부주사 戶部主事를 지낸 그는 명이 망한 뒤 호주湖州에 은거했다. 그러다가 삼번三藩의 난이 평정되어 청淸을 무너뜨릴 희망이 사라지자 물에 투신하여 자살했다. 그는 적응하지 못하는 현실에서 남과 타협하기를 거부하고 자신만의 이상적인 삶의 공간으로 장취원將就園을 상상하여 설계했다. 상상의 공간인 장취원은 장원將園과 취원就園의 두 권역으로 구분되어 웅장한 공간으로 계획되었다. 이 글은 장조張潮가 편집한 『소대총서昭代叢書』에 수록되어 수입되었고, 18세기 이후 지식인들에게 널리 읽혔다.

16  이것은 정치의 궁극적인 목표로 설정하여 말한 것이다. 『중용中庸』 제1장에 "희로애락 喜怒哀樂이 아직 발동하지 않은 것을 중中이라 하고, 발동한 것이 모두 절도에 맞는 것을 화和라 한다. 중이란 것은 천하의 큰 근본이고, 화라는 것은 천하의 큰 도이다. 이러한 중과 화를 극에 도달하게 하면 천지가 제자리를 찾고 만물이 잘 번식한다."고 했다.

신은 젊어서 연경에 여행한 이래로 중국의 일에 대하여 즐겨 말해 왔습니다. 우리나라 인사들은 오늘날의 중국은 과거의 중국이 아니라고 생각하면서 서로 모여서 비난하고 비웃기를 너무 심하게 합니다. 이제 제가 올린 진언進言은 전부터 저들이 비난하고 비웃는 한두 가지에서 벗어나는 것이 아닙니다. 또다시 신이 망발하고 있다는 비난을 자초하고 있습니다만 이것을 제외하곤 제가 드릴 말씀이 없습니다.

보잘것없는 자의 의견이라도 채택하겠다는 참으로 분에 넘치는 성상의 은혜를 입고 보니 천박한 식견의 사견이나마 감히 숨길 수가 없었습니다. 삼가 제가 지은 논설과 차기箚記를 기록하여 27개 항목에 49개 조를 얻고는 『북학의』라고 이름을 지었습니다. 숭고하고 지엄한 성상을 모독한 일이오나 살펴 채택하시기를 바라옵니다.

신은 두목杜牧과 같은 재주가 없으므로 칭찬받을 만한 「죄언罪言」 같은 글도 짓지 못했고,[17] 왕통王通에 비하면 부끄러울 정도의 학문이라 그에 비길 만한 책략을 감히 올리기 어렵습니다.[18] 신은 황공하고 두려운 마음을 이기지 못하오며 삼가 죽음을 무릅쓰고 글을 올립니다.

「응지진북학의소應旨進北學議疏」(1799년, 50세)

---

17 두목(803~852)은 당나라의 시인이자 정치가이다. 834년 회남절도사淮南節度使 우승유牛僧孺의 서기書記로 근무할 때 국가의 실책을 따진 「죄언」을 지었다. 국가의 중대사를 직책도 맡지 않은 하급 관료가 말하는 것 자체가 죄가 된다 하여 글의 이름을 「죄언」이라 했다. 두목의 대표적인 경세문자經世文字이다.

18 수隋나라 때의 학자 왕통은 대궐에 나아가 태평성대를 이룰 12개의 책략을 바쳤으나 황제가 받아들이지 않았다. 그래서 분음汾陰에 은거하여 학생을 가르쳤는데 제자들이 사방에서 몰려왔다.

## 농업 생산력 확대와 조선 사회 개혁의 방안

1798년 정조는 여러 해 계속된 가뭄의 영향으로 농업 생산력이 떨어지자 이를 획기적으로 개선할 방법을 마련하기 위하여 농서農書를 구한다는 윤음綸音을 반포하였다. 이때 수많은 농서가 정조에게 바쳐졌는데, 박제가도 기왕의『북학의』에서 농업과 관련한 내용을 간추려 제출하였다.

영평永平현령으로 재직하고 있던 박제가는 농서를 바치면서 농업 진흥의 핵심을 상소문에 따로 서술하였다. 농법의 개량 그 자체보다 우선하여 해결해야 할 것이 있다고 하면서, 현실의 상황을 점검한 결과 "현재의 법을 바꾸지 않는다면 현재의 풍속하에서 하루아침도 살 수 없다."는 위기의식을 드러내고 변법變法이 우선되어야 한다고 주장하였다. 위기를 타개하기 위한 근본 대책을 요구한 것이다.

이에 박제가는 두 가지 큰 요구 사항을 내세웠다. 첫째가 지배층인 유생儒生을 도태시키는 것이고, 두 번째가 수레를 유통시키는 것이었다. 농업 발달의 기반을 조성하기 위하여 인력의 구조와 직업을 바라보는 인식을 뿌리째 바꾸고, 유통의 질서를 근본적으로 혁신하자는 의견을 개진하였다. 현실 정치의 벽에 부딪혀 그의 주장은 실현되지 못했으나, 이 서문에서 제시한 이상적 사회는 의식주의 충족을 넘어서 선진적 문명사회를 지향하고 있다는 점에서 주목된다.

# 병오년 정월에 올린

## 소회

신은 이번 달 17일에 비변사備邊司의 통지문을 엎드려 읽어 보았습니다. 위로는 정승 판서로부터 아래로는 대궐을 지키는 군사까지 국사를 맡은 모든 신하들이 제각기 품고 있는 생각을 다 드러내어 과감히 진언進言하라는 지시였습니다. 통지문을 읽고서 신은 가만히 생각해 보았습니다. 우리 조선이 국가를 창업하여 왕통을 이어 온 4백 년 동안 정치와 교화教化가 융성하고 빛나서 그 아름다운 치적을 하夏·은殷·주周 삼대三代에 견줄 만합니다. 또 성상께서 나라를 다스린 지 이제 10년으로 그동안 많은 제도를 정비하였습니다. 그 사이에 논쟁거리가 될 만하거나 제언할 만한 일이 있으면 성상께서 반드시 먼저 실행에 옮기셨으므로 드려야 할 말씀이 실제로는 있을 수 없습니다. 말씀 올리기를 꺼리거나 두려워 피하려고 진언을 올리지 못하는 것은 결코 아닙니다.

사정이 그러함에도 불구하고 성상께서는 성인으로 자처하지 않으십니다. 재앙이라도 만나면 더욱 근면하게 정사를 돌보시어 나무꾼 같은 비천한 자에게도 의견을 구하십니다. 그러므로 신은 미치광이 장님 같은 당돌한 행위도 피하지 않고 대략 한두 가지 말씀을 올리고자 합니다.

현재 국가의 큰 폐단은 한마디로 가난입니다. 그렇다면 이 가난을 어떻게 구제하겠습니까? 중국과 통상하는 길밖에 없습니다. 이제 조정에서 사신 한 사람을 파견하여 중국 예부禮部에 이런 자문咨文을 보내십시오.

"내가 가진 물건을 다른 데로 옮겨서 없는 물건을 얻고자 무역하는 것은 천하의 공통된 법입니다. 일본과 유구琉球, 안남安南, 서양의 무리가 모두 복건福建, 절강浙江, 교주交州, 광주廣州 등지에서 교역하고 있습니다. 외국의 여러 나라와 마찬가지로 우리도 뱃길을 통하여 상인들이 통상할 수 있도록 허가해 주십시오."

저들은 아침에 요청하면 저녁에는 반드시 허가를 내줄 것입니다. 그러면 황당선荒唐船[1]을 꾀어 불러들여 안내자로 이용합니다. 황당선이란 모두가 광녕廣寧 각화도覺化島[2] 백성의 배입니다. 법을 어기고 몰래 바다로 나오는데 항상 4월에 방풍防風을 채취하러 왔다가 8월에 되돌아갑니다. 저들을 금하지 못할 바에야 아예 교역하는 시장을 만들어 주고 후한 뇌물을 주어 친교를 맺는 편이 나을 것입니다.

---

1   조선 시대에 우리나라 연해에 출몰하던 소속 불명의 외국 선박으로 대체로 중국 산동성에서 온 배였다.

2   중국 요령성遼寧省 흥성시興盛市에 있는 섬.

이것은 그리 어려운 일이 아닙니다.

또 연해의 섬에 거주하며 물에 익숙한 백성들을 모집하여 관원의 인솔 아래 곡식과 돈을 소지하고 시장으로 갑니다. 등주登州와 내주萊州에서 온 배들을 장연長淵에 정박시키고, 금주金州, 복주復州, 해주海州, 개주蓋州[3]의 물건을 선천宣川에서 교역하게 하고, 장강長江, 절강浙江, 천주泉州, 장주漳州의 재화는 은진恩津과 여산礪山 사이의 강경江景에 모여들게 하십시오. 그러면 영남의 면화와 호서의 모시, 서북 지역의 실과 삼베를 비단과 담요로 바꿀 수 있고, 대나무화살, 백추지白硾紙(백면지白綿紙), 족제비털붓, 다시마, 전복 같은 산물은 금과 은, 물소뿔, 병기, 약재 같은 쓸모 있는 물건으로 교환할 수 있습니다.

또 배와 수레, 가옥, 집기 따위의 이로운 기계를 그들로부터 배울 수 있습니다. 천하의 도서圖書를 국내로 들여오므로 융통성 없고 속된 조선 선비의 편벽되고 꽉 막히고 고루하며 좁디좁은 견해가 굳이 깨뜨리려고 애쓰지 않아도 저절로 부서질 것입니다. 다만 논자들은 반드시 이렇게 반론을 제기할 것입니다.

"우리나라는 나름의 예법과 정치 제도를 갖추고 있다. 청나라 정삭正朔을 억지로 받들기는 하지만 우리 본래의 뜻은 아니다. 문자文字나 제도에 저들에게 저촉되는 것이 많으므로 우리가 가서 누설하거나 저들이 우리에게 와서 엿보게 해서는 결코 안 된다."

그러나 그 반론은 잘못된 생각이라고 신은 말하고 싶습니다. 옛날

---

3  금주는 현재의 요령성 다롄시大連市, 복주는 요령성 와팡뎬시瓦房店市, 해주는 미상, 개주는 요령성 가이저우시蓋州市로서 당시 요동반도의 산업과 해운, 군사상 주요 도시였다. 이들은 금복해개金福海蓋 또는 금복해개金復海蓋 등으로 불리며 임진왜란 때부터 조선과의 관계에서 군사적으로나 외교적으로나 매우 중요한 위치를 점하였다.

월越나라 왕 구천句踐이 오吳나라의 회계會稽에 억류되어 있을 때 밤낮으로 나라 안 사람과 더불어 모의한 내용은 바로 오나라를 없애는 것이었습니다. 그것은 급박한 기밀이라 하지 않을 수 없습니다. 그렇지만 모의가 누설되지 않은 것은 더불어 국사를 모의한 자가 제대로 된 사람이었기 때문입니다.

더구나 신이 들은 바로는, 큰일을 성취하고자 하는 사람은 작은 혐의를 피하지 않는다고 합니다. 여우처럼 의심하여 앞뒤 좌우를 두리번거리며 살피기나 한다면 무슨 일을 할 수 있겠습니까? 일만 금이 나가는 박옥璞玉을 가공하고자 하여 이웃 나라에서 옥공玉工을 초빙하면서 "그가 나를 해칠까 두렵다."고 말한다면 되겠습니까?

중국의 흠천감欽天監에서 역서曆書를 만드는 서양 사람들은 모두 기하학에 밝고 이용利用과 후생厚生의 학문과 기술에 정통하다고 들었습니다. 국가에서 관상감觀象監 한 부서의 비용으로 그들을 초빙하여 관상감에 근무하게 하고, 나라의 우수한 인재를 그들에게 보내 천문天文과 그 운행, 종률鐘律과 천문 관측기구의 도수度數를 비롯하여, 농상農桑과 의약, 가뭄과 홍수, 건조하고 습한 기후에 유용한 법을 배우게 합니다. 그리고 벽돌의 제조, 가옥과 성곽·교량의 건축, 구리와 옥의 채광, 유리를 굽는 방법, 수비용 화포를 설치하는 법, 관개하는 법, 수레를 통행시키고 배를 건조하는 방법, 벌목하고 바위를 운반하는 법, 무거운 것을 멀리 운반하는 방법을 배우도록 조치하십시오. 몇 년이 지나지 않아서 나라를 다스리는 데 알맞게 쓸 인재가 배출될 것입니다. 논자들은 또 이렇게 말할 것입니다.

"한나라 명제明帝가 불교를 수용한 것도 오히려 천고千古에 해를 끼쳤다. 저 구라파는 중국으로부터 9만 리 떨어진 곳으로 천주교라는 이교異敎를 숭상한다. 또 인종이 우리와는 정말 다르다. 더구나 그들은 해외의 여러 야만족과도 외교를 맺고 있으므로 그 속마음을 측량할 수 없다."

신의 판단으로는, 그들 무리 수십 명을 가옥 한 채에 거처하게 하면 분명히 난을 일으키지 못할 것입니다. 더구나 그들은 결혼도 벼슬도 하지 않고 금욕 생활을 하면서 먼 나라를 여행하여 포교하는 것을 목표로 하고 있습니다. 저들 종교가 천당과 지옥을 독실하게 믿어 불교와 다름이 없기는 합니다. 그러나 저들이 소유한 후생에 필요한 도구는 불교에는 없습니다. 저들이 소유한 도구에서 열 가지를 취하고 나머지 한 가지를 금지하는 것이 좋은 계책입니다. 다만 저들을 적절하게 대우하지 않으면 불러도 오지 않을까 염려될 뿐입니다.

저 놀고먹는 자들은 나라의 큰 좀벌레입니다. 놀고먹는 자가 날이 갈수록 불어나는 이유는 사대부가 날로 번성하는 데 있습니다. 이 무리들이 나라에 온통 깔려 있어서 한 가닥 벼슬로는 모두 옭아맬 방법이 없습니다. 그들을 처리할 방법이 따로 마련되어야 합니다. 그런 뒤에야 근거 없는 소문을 날조하는 무리가 사라지고 국가의 통치가 제대로 시행될 것입니다.

신은 수륙의 교통 요지에서 장사하고 무역하는 일을 사대부에게 허락하여 상인 명단에 올릴 것을 요청합니다. 밑천을 마련하여 빌려 주기도 하고, 점포를 설치하여 장사하게 하며, 그중에서 인재를 발탁하여 상업을 권장합니다. 그들로 하여금 날마다 이익을 추구하게 하여 점차로 놀고먹는 추세를 줄입니다. 생업을 즐기는 마음을 갖도록 유도하며, 그들이 가진 지나치게 강력한 권한을 축소합니다. 이것이 현재의 사태를 바꾸는 데 일조할 것입니다.

신이 들은 바로는, 현명한 사람은 자기를 기만하지 않고 지혜로운 사람은 자기를 피폐케 하지 않는다고 합니다. 인재가 아주 드문데도 인재를 양성할 방도를 강구하지 않고, 재용財用이 날이 갈수록 고갈 되는데도 소통시킬 방법을 생각하지 않으며, "세상이 말세로 가니 백성이 가난하다."는 평계를 대니 이것은 국가가 자기를 기만하는 행위입니다.

지위가 높으면 높을수록 처리할 사무가 간소해집니다. 관직에 있을 때에는 하급 관료에게 모든 것을 맡기고, 국경 밖으로 사신을 갈 때에는 모든 것을 역관에게 위임합니다. 좌우에서 자기를 옹위하게 하면서 "체모를 허술하게 할 수 없다."고 하니 이것은 사대부가 자기를 기만하는 행위입니다.

의疑와 의義라는 과거 시험[4]의 숲에 갇혀 옴짝달싹하지 못하고 변려문騈儷文의 길에서 기운을 다 소진하고 나서는 천하의 책을 몽땅 묶어 놓고는 "볼만한 것이 없다."고 말하니 이것은 공령문功令文 짓는 자들이 자기를 기만하는 행위입니다.

---

4  과거 시험의 문제 유형으로 의疑는 사서四書 가운데 의심을 일으킬 만한 대목의 글 뜻을 설명하고, 의義는 오경五經의 글 뜻을 해석한다. 곧 사서의四書疑와 오경의五經義다.

아버지를 아버지라 부르지 못하는 자가 있고, 형을 형이라 부르지 못하는 자가 있습니다. 또 사촌 간의 친지를 종으로 부리는 자가 있고, 머리가 허옇고 검버섯이 돋은 노인이 머리 땋은 아이들의 아랫자리에 끼어 있는 풍속도 있습니다. 할아버지나 아버지 항렬의 어른에게 절을 하기는커녕 손자뻘 조카뻘 되는 어린 자가 어른을 꾸짖는 일도 있습니다. 그럼에도 불구하고 오히려 우쭐대며 천하를 야만족이라 무시하며 자기야말로 예의를 지켜 중화中華의 문화를 간직하고 있다고 자부합니다. 이것은 우리 풍속이 자기를 기만하는 행위입니다.

사대부는 국가에서 만든 신분입니다. 그러나 국법이 사대부에게는 적용되지 않으니 자기를 피폐케 하는 것이 아닙니까? 과거科擧란 인재를 취하는 도구입니다. 그런데 인재의 선택이 과거로 인해 망가지니 자기를 피폐케 하는 것이 아닙니까? 서원을 설립하여 선현先賢의 제사를 받드는 제도는 선비를 숭상하기 위한 의도에서 나왔습니다. 그런데 부역에서 도망하는 장정과 금주禁酒를 빚는 자들이 숨어 지내는 소굴이 되고 있으니 자기를 피폐케 하는 것이 아닙니까?

국가가 나서서 위에서 말씀드린 네 가지 기만[四欺]과 세 가지 폐단[三弊]을 유형에 따라 분석하여 잘못된 관행을 척결하고 무지한 자들을 가르쳐 깨우치도록 하십시오. 그렇게 한다면 나라를 다스리는 일이 절반은 성공한 셈입니다.

오늘날 나라에서는 아전의 견해만을 채택하고, 선비들이 광대 짓거리를 행하며, 남자들이 아낙네 풍속을 따라 하고 있는데 그 관습이 여전히 고쳐지지 않고 있습니다. 저속한 자가 현명한 자보다 수가 많으면 저속한 자가 승리를 거두고, 아전이 관장官長보다 수가 많으면 아전이 이기는 법입니다. 그래서 나라에서 아전의 견해만을 채택한다고 말했습니다. 과거에 급제한 첫날부터 얼굴에 먹칠을 하고 펄쩍펄쩍 뛰며 춤추는 짓거리를 행하는데 이것이 광대짓이 아니겠습니까?[5] 아낙네가 몽골 복장을 입고서 의젓한 체 집 안에서 음식을 장만하는데도 무엇이 잘못인지조차 깨닫지 못하니 이것이 아낙네 풍속이 아니겠습니까?

세 가지 일이 시급하게 해결할 시무時務는 아닙니다. 그러나 서로 깊이 연관된 일로써 나라의 기풍이 진작되지 못한 현실을 보여 줍니다. 풍속에 얽매이지 않은 기이하고 훌륭한 선비를 거둬서 아전들의 기운을 싹 씻어 버리고, 광대 노릇을 하는 풍속을 혁신하기를 진심으로 바랍니다. 겸손하게 읍을 하는 예절로 바꾸고, 아낙네의 몽골 복장을 버리고 대신 예법에 맞는 의복을 입게 하기를 진심으로 바랍니다. 이것이 나라의 기풍을 진작시키는 하나의 방법일 것입니다.

국가를 잘 다스리는 사람은 근본을 맑게 하는 데 힘쓸 뿐 지엽적인 것을 건드리지 않습니다. 그 결과 행한 일이 간단해도 거둔 성과는 거창합니다. 현재 국사를 논하는 사람들 중에는 사치가 날로 심해진다고 말하지 않는 자가 없습니다. 신의 관점으로는 그들은 근본을 모르는 자들입니다. 다른 나라는 정말 사치로 인해 망한다고 해야겠지만 우리나라는 반드시 검소함으로 인해 쇠퇴하게 될 것입니다. 왜 그렇

---

5 조선 시대에는 과거에 새로 합격했거나 벼슬에 새로 임명된 신래新來, 곧 신참자에게 혹독한 신고식을 치르게 하는 관습을 면신례免新禮 또는 창신래唱新來라 했는데 이 폐단을 지적한 것이다.

겠습니까?

화려한 비단옷을 입지 않으므로 나라에는 비단을 짜는 베틀이 존재하지 않습니다. 그렇다 보니 여인의 기능이 피폐해졌습니다. 노래하고 악기 연주하는 것을 숭상하지 않기 때문에 오음五音과 육률六律이 화음을 이루지 못합니다. 부서져 물이 새는 배를 타고, 목욕을 시키지 않은 말을 타며, 이지러진 그릇에 밥을 담아 먹고, 진흙을 바른 방에 그대로 살기 때문에 공장工匠과 목축꾼과 도공의 기술이 끊어졌습니다.

더 나아가 농업은 황폐해져 농사짓는 방법이 형편없고, 상업을 박대하므로 상업 자체가 실종되었습니다. 사농공상士農工商 네 부류의 백성이 누구 할 것 없이 다 곤궁하게 살기 때문에 서로를 구제할 방도가 없습니다. 저 가난한 백성들은 아무리 날마다 채찍질을 해 대며 사치하라고 몰아쳐도 아마 그렇게 못 할 것입니다.

현재 나라의 의식을 거행하는 대궐의 큰 뜰에서 바닥에 거적때기를 깔고 있고, 동궐東闕(창덕궁)과 서궐西闕(경희궁)의 대궐에서 궁문을 지키는 수비병은 무명옷을 입고 새끼줄 허리띠를 띠고서 서 있습니다. 신은 정말 그런 꼴을 부끄럽게 생각합니다.

그런 꼴은 생각하지 않고 도리어 여항閭巷의 백성들이 높여 세운 대문이나 부수고, 시장에서 가죽신과 적삼을 착용한 백성이나 잡으려 하고, 마졸馬卒이 귀덮개를 하는 행위나 걱정하고 있습니다. 어찌 지엽말단의 일이 아니겠습니까?

군왕의 어제御製를 받들어 쓰는 사자관寫字官에게 육서六書를 한 달 가르치면 글씨를 잘못 쓰는 일이 많이 줄이들 것입니다. 그렇게 하지 않고 잘못된 글자의 획을 따로 바로잡으려 한다면, 글씨를 잘못 쓴 사자관은 종신토록 자기가 무엇을 잘못 쓰는지 모르고, 교정을 맡은 신하는 잘못 쓴 글씨를 일일이 바로잡을 겨를이 없습니다. 이 사례로 미루어 볼 때 우리나라에는 점검할 일이 매우 많다고 하겠습니다.

동이루東二樓[6]를 건축할 당시 호조戶曹에서 날마다 인부를 3백 명 쓰고 인부당 임금을 30전을 주었습니다. 능력도 없으면서 끼어 들어 간 인부가 있어 그늘을 찾아다니며 낮잠이나 자고 있었습니다. 계사計士[7]가 열 번에 걸쳐 종이에 써서 고발했더니 호조의 낭관郎官이 비용의 절반을 삭감하고 그 뒤에 수결手決을 쓰기를 "비용이 새는 것을 막을 수 있었다."고 했습니다. 이것은 다섯 장의 종이를 살피기는 했지만 이미 9천 전錢의 국고를 잃어버린 것입니다. 이 사례로 미루어 볼 때 국가 재용財用의 근원이 어떠한지를 따져 볼 만합니다.

의정부에서 호령할 때는 20~30명의 노비가 손을 맞잡고 발을 구르며 소리 높이 외쳐서 그 소리가 몇 리 너머까지 들립니다. 이렇게 하지 않으면 백관百官에게 위엄을 세울 수 없다고 여깁니다. 반면 병조에서는 낭관이 채찍을 잡고서 소리치는 것을 금지합니다. 이 사례로 미루어 볼 때 국가 법령이 서로 모순되는 것을 일일이 세어 볼 수 있습니다.

---

6 동이루는 규장각 이문원摛文院의 부속 건물로서 1785년 8월에 대유재大酉齋 동쪽에 서고書庫용으로 건축되었다. 규장각 서고 중에서 국왕의 저술이나 친필을 비롯하여 왕실에 직접 관련되는 서적을 보관하였는데 검서관의 주요한 업무 공간이었다.

7 호조에서 회계 실무를 맡아보던 종8품 벼슬.

나라 전체의 일을 어떻게 일일이 다 말할 수 있겠습니까? 하지만 작은 일을 가지고 큰일을 인식할 수 있습니다. 바라건대 전하께서 천근淺近한 말을 잘 살피는 순舜임금 같은 총명을 발휘하시어[8] 순서에 따라 국사를 처리하시고, 아무리 작은 재물이라도 절약하시며, 상호 모순되는 정치와 법령을 융화시켜 주십시오. 그렇게 한다면 "국가의 근본을 맑게 하자 거둔 성과는 크다."는 제 말씀을 확인할 수 있을 것입니다.

지금 신이 말씀드린 것은 모두가 세상 사람이 해괴하다고 여길 일뿐입니다. 그렇지만 이를 10년 동안 행한다면 온 나라의 세금을 감면할 수 있고, 만조백관의 녹봉을 증액할 수 있을 것입니다. 또 초가집과 거적때기를 친 대문이 붉은 다락에 화려한 문으로 바뀌고, 도보로 걷고 물을 건너기를 걱정하는 자들이 가볍고 튼튼한 말이 끄는 수레를 탈 수 있을 것입니다. 예전에는 나라의 안녕을 해치던 일이 이제는 나라에 상서로움을 불러들이고, 예전에는 자기를 기만하고 스스로를 피폐케 하던 것이 씻은 듯 얼음 녹듯 풀릴 것입니다.

그렇게 된 다음에 경복궁을 다시 짓고, 경회루를 신축하며, 의정부와 육조를 예전의 규모로 회복하십시오. 뿐만 아니라 나라 안의 사대부와 더불어 치소徵招, 각소角招 같은 음악을 즐기십시오. 잠시 고생을 하겠지만 영원토록 안락을 누릴 것입니다. 그럼으로써 우리나라 선왕先王의 법도와 문화를 밝히고, 우리 세자世子에게 억만년토록 무궁할 터전을 마련해 주십시오. 이것이 어찌 아름다운 일이 아니겠습니까?

만나기 어려운 것은 성인다운 군주이고, 놓쳐서 안 될 것은 좋은 시절입니다. 현재 천하는 동쪽으로는 일본으로부터, 서쪽으로는 서장西藏(티베트), 남쪽으로는 조와爪哇(자바섬),[9] 북쪽으로는 할하喀爾喀[10]에 이르기까지 전쟁 먼지가 일지 않은 지 거의 2백 년입니다. 지난 역사에는 없었던 일입니다. 이 천재일우의 기회에 온 힘을 다하여 우리의 국력을 닦지 않는다면 다른 나라에 변고라도 발생할 때 우리도 함께 우환이 발생할 것입니다. 그렇게 된다면 직책을 맡은 신하가 태평성대를 아름답게 꾸밀 겨를이 없을 것입니다. 신은 그것을 염려합니다.

지금 전하께서는 천지를 경륜할 위대하고도 놀라운 학문을 소유하셨고, 예악을 제정하는 재능을 겸비하셨습니다. 강건한 제왕의 위엄을 떨쳐 발휘하신다면 세우지 못할 공이 무엇이 있겠으며, 구하여 얻지 못할 것이 무엇이 있겠습니까? 그런데 도리어 조회하시는 중에 탄식을 토하시고 뜻대로 다스려지지 않는다고 한숨을 쉬시며, 두려워하면서 할까 말까 망설이신 지 10년이라는 긴 세월이 흘렀습니다. 현재의 풍속을 따라 나라를 다스려 미봉책으로 메꿔 나가면서 조금 평안한 상태에 만족하여 안주하시렵니까?

한나라의 신공申公은 "정치를 행하는 자의 능력은 말을 많이 하는

---

8  『중용』에 "순임금께서는 질문하기를 좋아하시고 천근한 말을 살피기를 좋아하셨다."는 구절이 있다.

9  인도네시아의 섬으로 1598년 네덜란드 식민주의자들이 이 섬을 점령한 이래 동남아·중국과의 통상通商·호시互市의 전진 기지로 삼아 상당 기간 명나라와 갈등을 빚었다.

10  몽골족 주요 부족의 하나인 할하족이 관할한 지역으로 현재 외몽골 지역의 중심부에 위치한다. 할하족은 북원北元 이래 청나라 초기에 이르기까지 몽골족의 주도 세력이었으나 청나라 황제가 친정하여 복속시켰다.

데 달려 있지 않다. 힘써 행하느냐의 여부에 달려 있을 뿐이다."라고 했습니다.[11] 실천에 옮긴다면 근일의 상소문이 지당한 말 아닌 것이 없을 테지만, 실천에 옮기지 않는다면 오늘날 조정 뜰을 가득 메운 진언進言이, 나오면 나올수록 새로운 내용이 많음에도 불구하고 겉치레가 번드르르한 글에 불과할 것입니다.

신은 오래도록 독서하기를 폐한지라 소견이 꽉 막혀서 다루어야할 내용을 빠뜨리고 버둥거리며 응대應對를 잘하지 못했습니다. 전하께서 신의 우매한 충성심을 혜량惠諒하시어 하고 싶은 말을 다 마치도록 특별히 하루의 휴가를 내려 주시고 제 글을 받아쓸 사람 열 명을 대 주시면 삼가 폐부에 담긴 생각을 모두 쏟아 내 말씀드리겠습니다. 신의 말이 전하의 위엄을 모독하지 않았는가 염려스럽고 두렵습니다. 신은 죽을죄를 무릅쓰고 삼가 말씀 올립니다.

「병오정월이십이일조참시 전설서별제박제가소회

丙午正月二十二日朝參時 典設署別提朴齊家所懷」(1786년, 37세)

꒜

### 전면적이고 근본적인 개혁을 위한 방안

1786년 병오丙午년 정월에 정조는 인정전에서 조참朝參을 받을 때 대신과 시종 신하는 소회所懷를 임금에게 직접 아뢰고, 나머지 관료는 글로 바치라는 명을 내렸다. 국왕이 된 지 10년을 기념하여 새로운 전기를 마련하고자 기획한 조치였다. 이때 모인 글들을 『정조병오소회

---

11  신공은 한나라 초기의 유생으로 『시경』에 통달한 학자이다. 경제景帝 때 태자소부太子少傅, 무제武帝 때 어사대부御史大夫에 제수되기도 하였다. 무제가 즉위하여 신공을 초빙하여 알현했을 때 이 말을 했다.

등록正祖丙午所懷謄錄』으로 엮은 것이 현전한다. 이 글도 그중 하나이다. 섣월 22일 자『일성록日省錄』에도 전문이 실려 있고,『북학의』에도 첨부되어 있다.

박제가는 장문의 상소에서 평소의 지론을 전개하였다. 그는 "현재 국가의 큰 폐단은 한마디로 가난이다."라고 단언하고 빈곤을 타파할 방안은 "중국과 통상하는 길밖에 없다."고 주장하였다. 다음으로 놀고먹는 양반을 도태시키자는 주장을 하였다. 또 조선의 심각한 악습으로 '네 가지 기만[四欺]'과 '세 가지 폐단[三弊]'을 들고 이를 타파할 것을 요구하였다.

이 글에서 제시한 개혁안은 경제사회적 시각에서 당면한 현실 문제를 해결하고자 한 근본적이고 급진적인 제안이었다. 그는 국제 정세가 안정된 당시가 전면적 개혁의 적기로서 이 시기를 놓치면 국가의 앞날을 예측할 수 없다고 하였다. 박제가의 안목과 대책은 그 뒤의 역사에서 정확하게 현실로 나타났다.

그의 주장에 정조는 "여러 조목으로 진술한 이러한 내용을 보니 너의 식견과 취향을 알 수 있도다."라는 비답을 내렸다. 정조는 박제가를 왕안석王安石과 같다고 평하기도 하였다. 이 글은 조선의 피폐한 경제를 근본적으로 일으켜 보려는 박제가의 비장한 소회를 드러낸 경세문자經世文字의 백미白眉이다.

# 동해 바다에서
## 물고기를 잡고

계사년(1773) 봄에 금강산을 넘어 동해 바다에 가서 고기 잡는 것을 구경하였다. 어부에게 물고기를 잡아 달라고 하자 그물을 던지고 배를 바다로 띄웠다. 손을 휘둘러 다시 뭍으로 나오게 하니 좌우로 날개를 펼치듯 그물을 펼쳐 안으로 에워싸 좁혀 갔다. 그 둘레가 5리에 걸쳤고, 그물을 잡은 사람이 1백 명이나 되었다.

오시午時부터 유시酉時에 이르도록[1] 물고기를 잡으니 크고 작은 물고기의 종류가 백 가지였다. 괴상하고 특이한 물고기를 산 채로 몰아서 해안에다 죽 펼쳐 놓았다. 물고기의 생김새를 차근차근 살피고, 이름을 꼼꼼히 확인하였다. 우리말로는 무엇인지 물어보고, 도경圖經을 뒤져 점검해 보았으나 아련하게 꼭 들어맞지 않아서 놀랍고 어리둥절하여 걷잡을 수 없었다.

---

1　낮 12시경부터 오후 6시경까지를 말한다.

드디어 해안을 따라 걷다가 멈추어 서서 물소뿔을 태워 바닷속 풍경을 들여다보고 싶은 욕망이 불쑥 솟아났다. 하늘은 바다와 실처럼 맞닿아 있어 푸른빛이 끝난 바다 끝에 하얀빛이 경계를 이루고 있고, 망망한 하늘이 그 위를 둥글게 두르고 있었다. 보검에서 싸늘한 빛이 감돌듯 두려운 마음이 들어서 감히 바짝 다가서 바라볼 엄두가 나지 않았다.

잠시 후 주름 잡힌 구름이 낯을 찌푸린 듯 일고 파도가 몹시 거칠어졌다. 파도가 옮겨 가 해안을 물어뜯으며 내 신발코 앞으로 선뜻 다가섰다. 나는 옷자락을 걷고 뒤로 물러서다가 다시 돌아섰다. 나는 낯빛을 바꾸고 감탄하며 말하였다.

위대하여라, 저 바다여! 배가 왕래한 저곳은 바다 세계의 한 모퉁이가 아니냐! 또 그물을 쳐서 잡은 것은 바다 생물의 일부가 아니냐! 소견이 좁은 선비는 상어와 전갈의 눈깔을 보고 눈이 휘둥그레지고, 우물 안 개구리 같은 학자는 고래가 우는 소리를 들어 보지도 못했구나! 그러니 눈에 익으면 용이나 코끼리도 그리 괴상한 사물이 아니고, 처음 보면 새우와 게조차도 놀라운 사물이 된다는 진리를 알 리가 없다.

그러니 홍합이 비루하고 외설스러우며, 문어가 의뭉하고 문란하며, 인어가 오묘하고 기교가 있으며, 신기루가 신령하고 환상적이라는 사실을 어떻게 범인의 흉금으로 판단하고, 비좁은 안목으로 한정하겠는가! 더구나 일만 리 떨어진 먼 곳의 깊고 으슥한 곳까지 다 뒤지고, 길고 긴 세월 동안 어둠 속에 가려진 신비한 비밀을 드러낸다면, 틀림없이 괴상하고 기기묘묘한 사물이 많이 나타나 장난스럽고 우스꽝스러운 사물이 이 정도에 그치지 않을 것이다.

나는 예전에 이런 생각을 조심스레 해 본 적이 있다. 하늘과 땅 사이에 바다가 절반을 차지한다. 마른 땅과 습한 땅이 서로 어울려 있고, 강한 것과 부드러운 것이 서로 나뉘며, 물과 뭍이 번갈아 나타나는 현상이 마치 올록볼록한 호두 껍질과 같다. 생물이 거기에 붙어사는 것은 죽 박혀 있는 호박씨와 같다. 위와 아래가 아무리 현격히 떨어져 있다고 해도 그 사이에 발가락이 붙은 기이한 인간이 없을 수 없고, 저승과 이승이 전혀 딴판의 세계라 하지만 그 안에는 생명을 가진 기이한 무리가 없을 수 없다.

그리하여 구물구물 기어가는 벌레나 날아다니는 곤충이라도 각각 제 나름의 모양을 가지고 있다. 어미 배에서 나는 것, 알에서 태어나는 것, 습한 데서 나는 것, 저절로 생명을 얻는 것, 그 어떤 것이든 생물이 아니랴? 어쩌다 보니 물고기가 되었고, 어쩌다 보니 내가 되었다. 사물이 나와 다르다고 하여 떼거리로 모여들어 비웃고, 또 그다음에는 하찮게 여긴다. 그 작디작은 마음으로 헤아리기 힘든 깊은 것을 엿보고, 하나의 고정된 소견으로 무궁한 변화를 논단하려 든다.

이로 말미암아 보건대, 저 흘러가는 물을 밟고 다닐 것으로 여기고, 반드시 빈 허공이라야 믿고 의지할 수 있다고 여기기에 물고기는 물속을 헤엄쳐도 떨어지지 않는다. 깊거나 얕은 물이 그들의 세상이고, 살갗을 젖게 하는 물이 그들의 천지이다.

어떤 때는 거품을 뽀글대며 외로이 헤엄치고, 어떤 때는 파도를 마시며 무리를 이루고 다닌다. 또 바닥으로 내려가 흙에 의지할 때도 있다. 인간이 우물을 파서 먹고 마시는 것과 같다. 물 밖으로 나와 지느러미를 드러내고 등을 보일 때도 간혹 있는데 내가 세수하고 목욕하는 행동과 같은 것이 아니겠는가? 그러나 물의 관점으로 물고기를 보면 어떻게 자기가 물이라는 것을 알겠는가? 물고기의 눈으로 인간을 보면 틀림없이 혈혈단신으로 의지할 데가 없어 곧 죽으리라고 염려하리라.

나는 그제야 시원스럽게 웃음을 터뜨리고 소매를 떨치고 벌떡 일어났다. 수평선 너머 광활한 하늘을 바라보며 만물의 처음과 끝을 생각해 보았다. 마음이 뒤숭숭해져 더는 이어 가지 못하고 끝내 중도에서 갈피를 잡지 못했다. 비로소 지극히 큰 것은 온전히 말할 수 없고, 지극히 많은 것은 이치로 따질 수 없음을 알게 되었다.

「해렵부海獵賦」(1773년, 24세)

## 바다와 물고기를 통해 인식을 확장하다

1773년 24세 되던 해 봄에 쓴 부賦이다. 이 글은 금강산을 여행하던 중 해금강에 가서 바닷물고기를 잡아서 살폈더니 지식의 한계를 넘어선 수많은 바다 생물이 존재한다는 사실에 놀라워하면서 인간 인식의 한계를 돌파하는 문제를 다루고 있다. 글의 취지는 박제가 사상의 밑바닥을 이루는 중요한 내용을 담고 있다.

광활한 바다와 그에 의지하여 살아가고 있는 신기한 물고기를 보면서 박제가가 펼친 사상은, 광대한 자연과 사회 현상을 평범한 식견과 비좁은 안목으로 판단해서는 안 된다는 것과 인간의 인식 능력을 절대시하지 말라는 것이었다. 인식의 확대와 함께 바다를 향한 열망, 비좁은 세계에 묶여 있는 처지의 답답함을 표현하였다.

이 무렵 박제가는 조선의 현실을 답답하게 여기고 전통과 관습을 과감히 혁신하여 문명사회를 이룩하는 방안을 고민하고 있었다. 무한히 자기 세계를 확장하려는 의욕을 드러낸 흥미로운 글이다.

# 묘향산

## 기행

내가 철옹鐵甕(영변)에 나그네 된 지 석 달째에 유혜보柳惠父(유득공)
가 편지를 보냈다.

"자네가 있는 곳 서쪽에 묘향산이 있음을 잊지 말게나!"

나는 "한더위가 물러갔으니 단풍철을 기다리는 중이오."라는 회답
을 보냈다. 이무관李懋官(이덕무)도 이런 시를 보냈다.

단풍이 한창일 때 묘향산을 구경하고

어서 빨리 돌아와서 그리움을 달래 주게!

늦가을 9월이 되었다. 기러기도 벌써 울며 난다. 날이 화창하고 서
리가 하얗게 내린 13일 동으로 산행을 떠났다. 남빛 도포에 자주색 나

귀에 오르니, 허리에는 검을 찼고, 안장에는 책을 실었다.

북산北山의 끊어진 듯한 벼랑과 동대東臺의 가파른 석벽(여기가 약산藥山이다. 철옹 쪽에서는 서쪽이지만 옛 무주撫州 쪽에서는 동쪽이므로 동대라 하였다.) 이 서로 마주 보고 문처럼 물길을 터놓았다.

계곡은 말라붙은 진흙이 제멋대로 터진 듯 양편이 어긋어긋 서로 마주 본 형세이다. 시내가 그 사이를 금을 그은 듯이 흐른다. 시냇가에 널린 조약돌이 모두 분을 바른 듯하다. 석벽 위에 망루가 서 있는데 음박루歙博樓[1] 라 쓴 현판이 붙어 있다.

동으로 60리를 가서 석창石倉에 이르자 석양이다. 여기서 유숙하였다. 석창 앞에는 시냇물이 잔잔히 흐르는데 물이 맑다 못해 새파랗다. 시냇가 각색 나무들이 산과 어우러져 오로지 이 촌가를 위해 단장한 채 서 있다.

새벽에 일어나 등불을 켜고 원중랑袁中郎이 지은 서문장徐文長의 전기를 읽었다.[2] 동행한 이몽직李夢直(처남 이한주)이 이런 말을 하였다.

"깊은 밤 시냇가에서 함께 자게 될 줄 어찌 알았으랴!"

그 말에 나는

"지붕 위에는 달빛 쏟아지는데 지붕 밑에서는 달콤한 꿈이라니!"

하고 또 이어

"치켜든 얼굴에는 맑은 이슬이요, 귀에는 소슬한 가을 소리라! 제군들이 잠 못 이룰 줄 또 어찌 알았으랴!"

라고 대꾸하였다.

14일이다. 석창에서 새벽밥을 먹고 떠났다.

천수대天水臺는 작은 섬같이 둥그스름하게 길가에 얌전히 앉아 있다. 잘쑥 잘린 고개턱에 어깨가 낄 것만 같다. 잔잔히 흐르는 시냇물은 무릎을 넘는다. 새벽빛이 막 걷히자 단풍 빛깔은 빨간 물이 뚝뚝 듣는가 싶다. 말발굽은 자라같이 하얀 모래 위에 도장을 찍으며 나간다.

여기부터 동으로 긴 숲이 늘어서 있다. 역마을에서는 밥 짓는 연기가 오른다. 정정한 전나무 다섯 그루가 산꼭대기에 은은히 보인다. 거기가 이른바 사절정四絶亭이 있는 곳임을 알겠다.(정자는 어천역魚川驛[3] 역사 뒤편 언덕에 있다.)

산등성이가 잘린 고개마다 반드시 고목이 서 있고, 그 아래에는 돌무더기가 쌓여 있다. 까마귀, 솔개가 뼈다귀를 쪼다가 떨어뜨리고는 고목에 올라앉아 울고 있다. 촌 무당이 나풀나풀 춤을 추며 종이를 찢어 나뭇가지에 잔뜩 걸어 놓았다. 오고 가는 행인들이 이것을 성황나

---

1 영변 철옹성 북쪽 수구문水口門의 문루門樓 이름이다.

2 원중랑(1568~1610)은 명나라 후기의 저명한 소품 작가인 원굉도袁宏道로 중랑은 자이고 호는 석공石公이다. 서문장(1521~1593)은 명나라의 저명한 문인, 서화가, 극작가인 서위徐渭로 문장은 자이고 호는 청등산인靑藤山人이다. 복고적 문학에 반대하였다. 원중랑은 1599년 소흥紹興을 유람한 뒤에 「서문장전徐文長傳」을 지었다. 이 글은 "서문장을 위해 크게 한번 기운을 토해 냈다."고 자평自評할 정도의 명문이다. 그 문장 가운데 "또 서문장의 가슴속에는 마멸시킬 수 없는 기상이 꿈틀거리고, 영웅이 갈 길을 잃어 발을 들여놓을 집조차 없는 비애를 담고 있다. 따라서 그가 지은 시는 꾸짖는 것 같기도 하고, 비웃는 것 같기도 하고, 물이 계곡을 울리는 것 같기도 하고, 쇠북이 땅에서 나오는 것 같기도 하고, 과부가 밤에 곡하는 것 같기도 하고, 나그네가 추위에 떨며 일어나는 것 같기도 하다."라는 대목은 실의한 지식인의 울분을 인상 깊게 표현하였다. 박제가가 묘향산 등반을 앞두고 이 글을 읽은 것이 큰 의미가 있다.

3 어천역은 영변읍에서 동으로 60리에 있는 화천강 상류에 있다.

무라 하는데 행인들이 해진 짚신을 여기저기에 걸어 놓았다.

어천령魚川嶺을 넘어 해 질 녘에 향산천香山川을 건넜디. 띠풀과 갈대가 아스라이 펼쳐져 사각사각 마른 소리를 낸다. 냇가 모랫벌 끝에는 자갈이 쌓여 있다. 걸어가면 돌들이 달각달각 서로 갈린다.

얄팍한 돌조각을 골라서 몸을 가로로 하여 시내 가운데를 향하여 던졌다. 돌은 물껍질을 벗기면서 세 번도 뛰고 네 번도 뛰어나간다. 느린 놈은 두꺼비처럼 물속에 빠지고, 가벼운 놈은 제비처럼 물을 차며 나간다. 어떤 놈은 우연히 수면에 참대를 그리면서 마디마디 이어 가고, 또 어떤 놈은 동전을 차곡차곡 쌓으며 뒤를 좇는다. 도장을 찍어 뾰족한 모양이 뿔도 같고, 층층한 물결이 탑도 같다. 이것은 아이들의 놀이인데 '물수제비뜨기'라고 부른다.

가다 보니 이따금 스산하고 길이 끊겨 있다. 단풍도 그리 곱지 못하고 산도 그리 수려하지 못하다. 흙이 많고 바위가 적어 너부죽하게 둥그런 산세를 하고 있으니 변경이 가까우면 대개 그렇다.

이색李穡의 「향산윤필암기香山潤筆菴記」[4]에는 "묘향산은 압록강 남안南岸, 평양부 북쪽에 있어 요양遼陽과 경계를 이룬다. 산의 크기가 비할 데가 없고, 장백산長白山에서 갈려 나온 지맥이다. 산에는 향나무가 많으며 옛 선불仙佛 유적이 많다."고 하였다. (내 생각으로는, 묘향산은 압록강 수백 리 밖에 있고, 평양도 그렇다. 그러니 이색의 말이 너무 틀리지 않은가? 지금 압록강 상류가 강계부江界府를 거쳐 흐르고 있어 묘향산과 비교적 가깝다. 그 외에는 다 아주 외진 산골짜기로 산삼의 산지이다. 발해渤海에 속한 땅으로 본 것은 옳지 않

---

4 묘향산 윤필암에 붙인 이색의 기문으로 고려 말의 명승 나옹懶翁 화상의 사리를 봉안한 암자를 세우게 된 경위를 밝힌 글이다. 글의 서두에서 묘향산의 지리적 위치를 설명하였다.

다. 요양과 경계한 곳은 의주義州나 용천龍川 일대이다. 어떤 이는 묘향산의 또 다른 이름이 태백산太白山인데 지금의 압록강 밖에 있으며, 요사이 단군이 처음 강림한 땅이라고 하는 말은 견강부회에 지나지 않는다고 말한다. 이를 입증할 문헌이 없고, 경계가 분명치 않다. 그렇다면 지금의 압록강이라는 말을 또 어찌 믿겠는가?)

묘향산 동구洞口는 강을 내려보며 서편으로 꺾여 들어갔다. 비로봉毘盧峰 절정은 한 폭의 수묵화처럼 하늘을 찌르고 서 있다. 휘황찬란하고 빽빽한 가지각색 나무들은 가을빛이 한창이다. 길을 좇아 들어갈수록 침침한 산 기운에 마치 굴속에 들어가는 듯하다. 길가에 널린 돌들은 기러기 떼가 앉은 듯하고, 바둑돌을 흩어 놓은 듯하다.

동구에서 보현사普賢寺까지 10리 길이다. 보현사는 고려의 승려 탐밀探密과 굉확宏廓에 의해 창건되었다. 김양경金良鏡의 시에 이런 것이 있다.

절이 헐어 중수하기 한 번이 아니로다.
봄 새들도 회고에 젖나 재잘재잘 우짖는다.
봉우리는 사면으로 몇천 겹을 둘렀는가?
불당은 새로 지어 삼백 간은 될 듯하다.
절터 잡은 큰 규모는 탐밀 스님 국량이요
속세 떠난 풍경은 묘향산의 품이로다.
알지어다 부처의 힘 오랑캐도 항복하여
풀 푸른 들판에는 전마戰馬들이 한가롭다.

보현사 대웅전(대한제국 시기 촬영, 국립중앙박물관 소장)

　보현사에는 패엽貝葉으로 만든 둥근 부채가 있다. 붙인 종이는 이
미 다 벗겨졌다. 줄기는 마른 원추리 줄기 같고, 자루는 땋은 머리 같
다. 서산대사西山大師가 쥐고 다녔던 물건이다. 또 머리에 불상 둘을
새기고 금칠한 지팡이가 있는데 이 또한 서산대사가 짚던 물건이다.
서산대사는 사람을 만나면 늘 지팡이를 꽂고 절을 하였다. 그 사람은
자기에게 절한다고 알았으나 실은 부처에게 절한 것이었다. 대사의
도도한 자세가 이와 같았다.
　또 지름이 한 치 되는 구슬이 있어 광채가 입김을 불어 닦은 거울
같고, 갈라진 얼음처럼 금이 나 있어서 물건을 비추면 모양이 거꾸로

나타난다. 또 녹용 모양의 뼈가 하나 있는데 서방 부처님의 어금니라고 하였다.

관음전觀音殿에서 잠을 잤다. 베개맡에서 경쇠를 치는 소리에 문득 잠에서 깨었다. 벗에게 부치는 편지를 썼다.

외로운 등불 고요한 방에 범패 소리 울려 퍼지네. 바위틈에 샘물은 졸졸 떨어지고, 나무는 쏴쏴 우네. 지는 달빛은 뜰에 가득한데 누각 혼자 쓸쓸히 서 있네. 이런 때에 홀로 앉아 고독하게 상념에 젖어 드네. 밖에선 온갖 새가 잠들어 제각기 나무에 붙어 있네. 서릿발이 날아 둥지를 엄습하니 깃털이 응당 차리라. 새들도 오히려 그러하니 사람은 오죽하겠는가!

15일이다. 아침밥을 먹고 길잡이 중을 데리고 비로소 들것을 타고 동으로 떠났다.

김현중金鉉中(영변 사람으로 박학하고 시를 잘 짓는다. 묘향산을 읊은 그의 시편 가운데 이런 구절이 있다. "우발수溮渤水[5]에 봄이 깊어 버들꽃이 하얗게 날고 / 박달나무 숲에 가을 늦어 난초 향기 잦아드네." "시왕전은 으슥하여 중생들이 겁을 내고 / 만세루 높은 곳에 세월만 깊어 간다." 나머지 시구는 흩어져 전하지 않는다.)은 이런 말을 했다.

"보현사 자리에는 옛날에 행인국荇人國이란 나라가 있었지요. 한나라 홍가鴻嘉 3년 고구려 동명왕이 장수 오이烏伊, 부분노扶芬奴를 보내 정벌하자 행인국 국왕이 대패하여 달아났답니다. 국왕은 석굴

---

5  묘향산에 있는 시내 이름.

에 숨어 있다가 부분노에게 사로잡혀 항복하였구요. 그 뒤로 그 굴을 국진굴國盡窟이라고 부르지요. 깊이가 사람 하나 겨우 앉을 만하고 석실石室과 유사하며, 보현사 왼편에 있습니다."

무릉폭武陵瀑은 깊은 골짜기에서 나와 음침한 소가 되고 웅덩이를 채우고 넘쳐흘러 바위 위로 떨어진다. 폭포의 근원까지 찾아가 앉아서 물이 나무 밑을 뚫고 쏟아지는 광경을 굽어보았다. 이는 폭포를 감상하는 하나의 특별한 방법이다. 드디어 율시 한 편을 쓰고 돌아왔다.

> 발소리는 터벅터벅, 깊은 골을 찾아들어
> 파란 하늘 치켜 보니 기러기 떼 날아간다.
> 백 척 높이 쏟는 폭포, 바위에 걸려 하얗고
> 한 발만치 솟은 해는 사람 향해 붉었구나!
> 이리저리 나무 막혀 앞선 중은 안 보이고
> 서글프게 구름 깊어 갈 길은 어디인가?
> 두어라! 절정에는 구태여 가지 말자!
> 기이한 곳 더는 없고 갈 길은 바쁘구나.

문득 서산대사가 향로봉香爐峰에 올라 쓴 시가 생각난다.

> 만국萬國의 도성들은 개밋둑과 일반이고
> 천가千家의 호걸들은 바구미 신세로다!

달빛이 쏟아지는 청허淸虛<sup>6</sup>의 베개맡에는

한없는 솔바람이 곡조도 갖가질세.


서산대사는 이름이 휴정休靜으로 동방 불가佛家의 할아버지 격이다. 임진왜란 때 묘향산에서 의병을 일으켰다. 당시 이여송李如松 제독이 그에게 다음 시를 써 주었다.


공리에는 뜻이 없어서

선도禪道에만 전심하더니

나랏일이 급함을 알고

총섭 되어 하산하셨네.


명나라 장수 71명이 또 연명하여 휴정에게 보낸 편지에 이런 것이 있다.


동방의 의승義僧 선교 도총섭 대화상禪敎都摠攝大和尙 장하帳下에 받들어 올립니다. 나라 위해 도적을 토벌하니 충성이 해를 뚫습니다. 감사함과 경모함을 이기지 못하여 각기 은 다섯 냥과 청포靑布 한 단씩을 내어 삼가 승병의 식량에 보태기 바라오니 물리치지 마시기를 엎드려 바라옵니다. 등등.

종이는 붉은색으로 내원암內院菴에 보관되어 있다.

---

6  청허는 서산대사의 호이다.

혜환거사惠寰居士(이용휴李用休)가 묘향산 유람을 떠나는 사람을 전송하며 다음 시를 지었다.

묘향산은 묘고봉妙高峰(수미산須彌山) 같다고나 할까?

신기한 사적 도처에서 만나겠지.

나한羅漢이 떠날 때에 흰 사슴을 남겼으니

꽃 아래서 쌍쌍이 새 녹용이 자라리라.

담여擔輿의 멜빵은 삼으로 엮어 만들었고, 멍에목은 등나무를 휘어서 만들었다. 담여는 앞뒤로 서서 메고 옆으로 나란히 서지 않는다. 앞선 사람이 끌고 뒤에 선 사람은 따라간다. 굽은 길을 가려면 멜빵을 길게 메고, 가파른 길을 오르려면 앞사람을 믿고 따라간다. 산을 오를 때는 앞을 낮추고 뒤를 들며, 내려갈 때는 앞을 들고 뒤를 낮춘다. 옆으로 기울면 팔뚝으로 조절하고 발을 맞춘다. 그러니 담여에 앉으면 언제고 걱정할 것이 없다. 그러나 위에서 굽어보고 담여를 멘 인부의 어깨가 홈통처럼 파이고 등에 콩알 같은 굵은 땀방울이 맺히는 것을 보면 그때마다 쉬게 하였다. 차마 그대로 앉아 있을 수가 없었다.

고목이 절벽에 의지한 채 말라 버렸다. 버텨 선 나무는 귀신의 몸뚱어리 같고, 움츠린 나무는 잿빛이다. 껍질을 벗은 나무는 늙은 뱀이 허물을 벗어 걸어 놓고 물러난 모양이고, 끝이 잘린 나무는 병든 솔개가 웅크리고 돌아보는 모양이다. 배는 파여 비어 있고 곁가지는 하나도 없다.

산에 붙어 있는 바위는 검고, 오솔길에 깔린 돌은 희다. 시냇물에 잠긴 돌은 청록색이다. 아무래도 빨래하느라 닳고 맨발로 건너다녀서 그런 모양이다. 돌은 마치 혀로 핥은 듯이 반들반들하고 불그레 윤이 나며 미끌미끌하다. 한 필의 가을볕이 멀리 단풍 사이로 펼쳐지니 또 골짜기의 모래가 모두 담황색인가 싶다.

승려의 찬거리를 보았다. 솔 껍질로 만든 포脯는 청어 살 같고, 소금에 절인 더덕은 물고기 말린 것 같고, 고추장은 새우알젓 같고, 막걸리는 우유 같다.(동방의 풍속은 우유를 고기로 간주하여 소식素食에는 쓰지 않는다.)

사리각舍利閣에 들어가 불화佛畵를 구경하였다. 어린 중이 긴 장대 끝에 화살촉처럼 종이를 싸매 가지고 불상과 부처의 사적을 일일이 가리키며 외듯이 해설하였다. 그 말이 심히 자상하고 민첩하므로 모두가 그림은 보지 않고 중의 입에 시선을 집중하였다. 나이는 열 살을 넘겼을까? 깎은 머리는 자라서 거무스름하게 이마를 덮었다. 그의 혀 끝이 나불나불 끊임없이 재잘거린다.

한나절에 금강굴을 넘었다. 바위가 덮여 움집이 된 굴은 아 하고 입을 쩍 벌린 것 같다. 굴 안에 잠시 섰노라니 인 것도 없이 머리가 무거워진다. 부처는 짓눌림을 두려워하지 않고 태연자약하게 가운데 앉아 있다.

어떤 이가 지팡이를 거꾸로 잡고 천장을 떠밀어 움직이는지를 시험한다. 바위가 믿을 만하다 해도 나는 차마 못 하겠다. 높이는 서울 창의문 뒤에 있는 암자와 엇비슷하나[7] 조금 더 넓은 편이고 창을 열어 놓았다.

토령土嶺을 올려다보니 5리쯤 되어 보인다. 잎이 진 단풍은 가시나무 같고, 흘러내린 자갈은 길에 널려 있다. 뾰족한 돌이 낙엽을 뒤집어쓰고 있다가 발을 딛자 삐어져나온다. 미끄러져서 자빠질 뻔하다가 일어났다. 손으로 진흙을 짚었는데 뒤따라오는 사람의 비웃음거리가 될까 부끄러워 얼른 붉은 단풍잎 하나 주워 들고 기다렸다.

만폭동萬瀑洞에 앉자 석양이 사람을 비춘다. 웅장한 바위가 고개 모양을 한 데를 긴 폭포가 넘어 흐른다. 물줄기가 세 번 꺾이고야 비로소 밑으로 떨어져 바위 뿌리를 짓씹는다. 떨어지는 물줄기가 못 속으로 쏟아져 움푹 들어가고는 다시 솟구쳐 일어나니 고사리 움이 주먹을 움켜쥐고 나오는 것도 같고, 용의 수염도 같다. 범의 발톱인 양 마치 무엇을 움킬 듯하다가 멈칫한다.

뿜어 대는 소리를 내고 한번 굽이치더니 그 아래로 서서히 넘쳐 오른다. 주춤하다가 다시 쏟아지니 마치 기침을 하는 것 같다. 가만히 한참을 듣고 있었더니 내 몸 또한 그와 더불어 호흡을 같이하는 느낌이다. 이윽고 잠잠하여 아무 소리도 없는가 하면 다음에는 더욱 사납게 소리친다.

바지를 정강이까지 걷어 젖히고 소매를 팔꿈치 위로 걷어 올렸다. 두건과 버선을 벗어 깨끗한 모래판에 내던진 후 둥글넓적한 바위에

---

7  서울 창의문 밖 홍제동에 있는 옥천암玉泉菴과 그 옆에 있는 키가 5미터인 고려 시대 마애불을 가리킨다.

엉덩이를 고이고 잔잔한 물을 앞에 두고 걸터앉았다. 작은 나뭇잎배는 잠길락 뜰락, 배는 자줏빛, 등은 노랗다. 돌을 싸고 엉킨 이끼는 곱기가 미역과 같다. 발로 물을 쫙 베니 발톱에서 폭포가 일어나고 입으로 물을 뿜었더니 이빨 사이로 비가 쏟아진다. 두 손으로 물을 허위적거리니 물빛만 번뜩일 뿐 그림자는 보이지 않는다. 눈곱을 떼고 얼굴의 붉은 술기운도 씻었다. 때마침 가을 구름 한 덩이가 물에 비치며 나의 정수리를 어루만진다.

많고 많은 나무가 골짜기를 끼고 한 길로 늘어서 있다. 먼 하늘은 폭포 위에 걸려 있어 목만 늘이면 닿을 성싶다.

나는 폭포를 거슬러 올라갔다. 바위는 펀펀하고 넓었다. 어지러이 물이 흘러 발을 붙이기가 어려웠다. 남들은 아래서 내가 떨어질까 걱정하면서도 말리지 못하고 바라만 볼 뿐 올라오지 못하였다. 한 걸음 더 올라 머리를 돌려 보니 나를 부르는 손과 입을 또렷이 셀 수 있다. 다섯 걸음 올라 머리를 돌려 보니 눈썹이 아직도 나를 향해 치켜져 있다. 열 걸음 뒤에 돌아보니 갓 테두리가 상투처럼 가물거릴 뿐이다. 백 보쯤 더 올라가서 돌아보니 저 멀리 동구洞口의 사람들은 폭포 밑에 와 앉은 듯이 보이고, 폭포 밑의 사람들은 이미 보이지 않는다.

휑한 숲에는 길이 끊기고 저 멀리 해도 낮아졌다. 문득 오싹해지며 겁이 나서 어느새 걸음이 바빠졌다. 밀려갔던 나뭇가지는 얼굴을 때리고 엉켰던 가지는 옷을 찢는다. 쌓인 낙엽 속에는 샘물이 스며 있어 무릎 아래는 진창이다. 진창이 끝나고 폭포의 근원이 나타났다. 맑은 샘이 잔잔하여 소리 없이 돌부리를 감아 흐른다. 북쪽으로 큰 골짜기가 내려다보이는데 휑하고도 으슥하다. 붉은 단풍이 골짜기를 가득 채우고 있을 뿐 아무것도 없다. 그 너머에 향로봉 꼭대기가 지척에 솟아 바로 건너올 듯하다. 허공에 길을 만들어 다리 하나 놓으면 건너련만 선계와 속계가 갈린 양 아득하여 바라만 볼 뿐 다가갈 수는 없다. 끝내 서글픔을 머금고 돌아왔다.

바위를 대충 말하자면 사람이 배를 드러내 놓고 젖꼭지까지 헤쳐 놓은 생김새다. 아래는 불룩하고 가운데는 잘룩 들어갔는데 주름 두어 개가 배꼽 부위를 가로질렀다. 내가 올라간 데는 소의 두 뿔 사이 이마 같은 데다.

바위가 만들어질 때 속이 비어 옹기를 엎어 놓은 격인지, 아니면 꼭대기에서 바닥까지 완전히 돌로 되었는지 모를 일이다. 두드려 보면 그리도 단단하건만 소리를 치자 어쩌면 그리도 메아리가 돌아올까? 물의 근원은 크지 않아 처음에는 띠 크기로 나왔다. 바위에 부딪쳐 소리를 내고 바위 끝에 가서는 웅대한 소리를 내니 이것이 조화옹의 권능이다.

내가 처음 올라올 적에 중 하나가 따라오다가 돌아갈 길을 일러 주었다. 내려와 보니 일행은 모두 흩어졌고 담여를 동구에 남겨 두어 타고 오게 하였다. 나는 걸어서 퇴락한 가섭암迦葉菴으로 해서 바위틈을 건너 서쪽으로 단군대檀君臺를 넘었다. 다리 품은 10리 길을 가는 폭이다.

단군굴은 바위가 터져 네 길쯤 된다. 마치 큰 독을 쪼개 세운 듯이 배가 횅하니 비고 머리는 뾰족하다. 틈으로는 하늘을 엿볼 수 있고 밑에서는 비를 피할 수 있다. 단군이 하강한 곳이라고 세상에서 전한다. 역사서에 "박달나무 아래"라고 한 곳이 여기이다. 박달나무가 이 위에 무성하다고 한다. 그런데 사방을 찾아보아도 보이지 않고 비로봉과 향로봉에 뾰족뾰족 솟아 있는 것은 향나무일 뿐이다.

퇴락한 암자가 굴에 붙어 있는데 작기가 어깨높이만 하여 마치 비둘기 새장 같다. 암자는 바위와 바람이 냉기를 쏘아 중이 머물 수 없다.

단군대는 굴의 서쪽 산꼭대기에 있다. 산등성이 하나가 올챙이 모양을 하고 있는데 사방을 둘러보니 큰 바다에 떠 있는 외로운 섬 같다.

바람은 나뭇가지를 희롱하고 기생은 너울너울 춤을 추었다. 만좌滿座가 이미 취하였고 줄풍류는 한창 흥을 돋운다. 먼 산에는 벌써 저녁 빛이 감돈다. 서로 얼굴을 쳐다보니 오싹한 기색이다. 지팡이와 나막신을 찾느라고 덤벙대고 난 뒤 절 쪽을 향해 일어나 저녁연기를 바라보며 내려왔다. 무릎 아래는 이미 짙어진 어둠 속에 묻혔으나 옅은 햇살은 아직도 단군대 이마 위에 한 치는 걸려 있다.

여럿이 말을 타고 갈 때는 뒤처지기를 싫어하니 앞선 말발굽에서 먼지가 날리기 때문이고, 하산할 때에는 앞설 것이 아니니 뒷사람의 신발코가 아슬아슬한 돌을 차기 쉬운 까닭이다.

천주석天柱石이 키 큰 중같이 우뚝하게 멀리 서편 봉우리에 서 있다. 아침에 나설 때는 중의 손가락 끝에서 초대면을 하였는데 저녁에 그 앞을 지나려니 그 두 눈이 먼저 반겨 맞아 준다. 담여를 멘 중이 다 고개를 들고 바라보며 먼 길을 알려 주는 장승이라고 하였다.

극락전을 들렀더니 침침한 등불이 괴괴한 푸른빛을 토한다. 낡은 장경각은 기왓골이 음침하다. 밭두둑 길에는 삼대가 허옇게 서서 흔들거린다.

늙은 중이 나를 맞아 절한다. 서로 은근한 정을 표현하였다. 아침에 그를 보고 저녁에 그 절에 돌아온 것이다. 하루 안에 다시 보니 옛 친구를 대한 듯하다. 극락전은 보현사에 속해 있다.

금환禁寰 스님과 더불어 『법화경法華經』에 나오는 화택火宅의 비유를 놓고 토론하였다. 대사는 나이 50여 세이다. 입으로는 불경을 잘 외면서도 남에게는 의문을 잘 해명하지 못한다. 그의 형 혜신慧信도 스님으로 극락전에 머물고 있는데 불경에 대한 조예가 금환보다 훨씬 낫다고 한다.

금환 스님에게 물었다.

"스님 생활이 즐겁소?"

"일신을 위해서는 편하지요."

"서울에 가 본 일이 있소?"

"한 번 간 적이 있었지요. 온갖 잡동사니가 뒤섞여서 살 데가 못 되는 것 같습디다."

또 물었다.

"환속할 생각은 없소?"

"열두 살에 중이 되어 빈 산중에 홀로 지내 온 지 40년입니다. 예전에는 남에게 수모나 받게 되면 분도 났고, 스스로를 돌아보면 연민의 감정도 들었으나 이제는 칠정七情도 다 말라 버렸습니다. 속인이 되려 해도 될 수 없거니와 설령 된다 해도 무용지물이 아니겠습니까? 끝까지 부처님께 의지하다가 입적하렵니다."

"대사는 왜 스님이 되셨소?"

"스스로 발원發願한 마음이 없었다면 부모라도 억지로 중노릇을 못 시키지요."

이날 밤은 보름, 달빛은 비단결 같다. 탑을 서너 바퀴 돌고 술잔도 한 바퀴 돌렸다. 멀리 나뭇잎에서 오는 소리는 쏴쏴 물을 쏟는 것도 같고 빗질하는 것도 같다.

만세루萬歲樓로 해서 대웅전에 들어가니 종이 등은 흰 불빛을 쏟고 금불은 찬란하게 빛난다. 전각은 호사스럽게 꾸몄으나 속되며, 그림은 기괴하면서도 잡스럽다.

노승이 불상을 모시고 섰는데 가사는 발에 끌리고 백납白衲은 이마를 덮었다. 바라보니 주름살이 눈썹 언저리와 턱, 귀밑에 얼기설기하고, 머리 깎은 흔적은 살포시 수묵색을 띠었다. 다가가서 살펴보니 사람이 아닌 목상이었다.

좌우에 있는 금강역사는 치아가 성가퀴 같고 혓바닥에는 불꽃이 일어나며, 옷이 벗겨진 몸뚱이는 비늘 같고 그 사이로 뱀과 귀신이 솟구쳐 나온다. 그 모양이 위엄이 있다면 위엄이 있다고 하겠지만 바라보면 볼수록 장난기가 서려 있다. 이것으로 보아 남의 업신여김을 막는 위풍이란 덕망에 달려 있고 모양에 달려 있지 않음을 알겠다.

16일 안내인을 따라 단군대 서편에 있는 상원암으로 갔다.

서부도西浮屠(일명 안심사安心寺다.)는 탐밀探密이 처음 세운 절이다. 그곳에는 오래된 나옹懶翁 비석이 서 있는데 비각을 세워 보호하였다. 글자가 떨어지고 갈라져 깨진 사기처럼 되었으니 겨울에 불을 쬐어 탁본한 까닭이다.(오래된 비석은 본래 목은牧隱이 글을 짓고 권주權鑄가 글씨를 썼으며, 새 비석은 원래의 글 그대로 새겨 보현사에 세웠다.)

그 외에도 많은 비석들이 비각 뒤편에 여기저기 늘어서 있다. 비석의 형태가 그릇된 것도 많고 글자가 틀린 것도 적지 않다. 비석 밑에 누운 거북 대석臺石은 장님이 되어 걸터앉았고, 머리에 비석을 들고 앉은 용은 다리가 떨어져 나갔다. 안내인은 비문을 읽고 손으로 어루만지면서 오래 묵은 유물이라고 한다.

옛것 하나 찾을 데가 없음을 한탄하여 오던 나이다. 이제 가을 산 돌조각 사이, 시든 풀 찬 이슬 속에서 옛일을 말하고 있지 않은가! 옛것이 나와 더불어 무슨 상관이 있다고 고적을 대하여 서글프고 심란해서 이곳저곳 바장이며 자리를 떠나지 못하고 머뭇거리는 것일까? 빈 산, 떨어지는 해, 끊어진 다리, 흐르는 물, 이런 데가 예로부터 회고의 정서를 하염없이 자아내는 곳이로구나!

만폭동 길에는 우족대牛足臺가 있는데 소의 발[8]과 비슷한 모양을 찾아볼 수 없다. 안심사 뒤편에는 대야폭포가 있는데 내가 보기에는 항아리 같으니 항아리폭포라고 부르는 것이 좋을 듯하다.

금강산에 있는 세두분洗頭盆에 손 흔적이 있다는 말이나 경기도 여강驪江에 있는 용마석龍馬石은 채찍 자리에서 피가 흐른다는 말이 모두 대충 보고 지어진 명칭임을 잘 알겠다. 말을 전하는 자가 실제와 똑같다고 하면 그 말을 들은 자는 꼭 그렇다고 생각하니 어리석은 일이 아닌가?

인호대引虎臺로 가는 길은 바위 등성이로 났다. 마치 전복 조가비를 엎은 형상인데 사람이 조가비 구멍을 통해 다니는 셈이다. 또 어찌 보면 그 등성이가 목을 움츠린 새와 같아 길은 날갯죽지가 도드라진 곳에 걸려 있는 모양새다. 왼쪽 발 아래를 내려다보면 횡뎅그레 바닥을 알 수 없을 만큼 움푹 들어간 곳이 있다. 거기에는 나무숲이 삐죽삐죽 솟았는데 겨우 그 끝 가지만 내려다보인다.

여기까지 올라오는 데는 아슬아슬한 벼랑을 거쳐야 한다. 벼랑에 걸어 늘인 쇠사슬을 잡고 30여 줌을 타 오르면 길이 두 갈래로 갈라지고 쇠사슬도 두 갈래로 나뉜다. 그러면 정상에 다 올라온 셈이다. 여기에는 바위에 뿌리를 서려 박고 있는 마른 대추나무가 있는데 그 뿌리를 부여잡고 등걸을 안고서야 완전히 언덕 위로 오르게 된다. 옛날 눈이 살짝 왔을 적에 범이 걸어간 발자국을 따라 마침내 이 길이 뚫렸다 하여 인호대라는 명칭을 얻었다 한다.

---

8  원문은 '마족馬足'인데 '우족牛足'의 오기로 보인다.

법왕봉을 바라보니 바윗돌이 말쑥하여 육기肉氣를 완전히 벗었다. 봉우리 밑에 암자가 있고 암자 앞은 계곡이다. 법왕봉에서 내리는 눈이 이 계곡으로 쏟아진다. 계곡의 형세가 삼태기 같아서 뒤는 들썩하고 앞은 벌어졌다. 계곡에 소리개가 떴는데 그 잔등만 보인다.

폭포가 있어 바위병풍 꼭대기에서 풀쩍 뛰어 떨어지고 있다. 물줄기가 바위벽에 붙지 않고 방울방울 서로 이어져 떨어지니 비도 같고 싸락눈도 같이 고르게 퍼지고 가늘게 흩뿌린다. 흰 비단이 파란 허공에 걸린 채 흔들거리는 듯하다. 물밑의 돌은 동글동글 부서진 먹조각 같고 확에 떨어져 보글보글 끓는 물소리는 아득하여 분명치 않다. 봉우리에서 떨어지는 물을 천신天紳폭포라 하고, 골짜기의 물은 산주散珠폭포라 하는데 바로 이것을 가리킨다. 골짜기 오른편에 또 폭포가 있는데 폭포의 물이 고인 소沼를 용연龍淵이라 한다.

용연폭포는 사람에 비긴다면 오른쪽 어깨에서 나와 오른쪽 젖가슴 옆에 물이 고인 격이다. 폭포를 바라볼 때 나는 오른손을 구부린 곳쯤 되는 바위틈에서 희롱하는 듯 서 있었더니 바위가 내 머리를 가린다. 폭포 바닥은 절구의 확 같아서 물의 깊이는 얼마나 되는지 알 수 없고, 둥글고 새까맣고 소리가 없다. 여기서 넘쳐 나온 물이 아까 우리가 건너온 시내의 하나가 된다.

용연이 옛날에는 산 위에 있었다고도 한다. 어떤 스님이 주문을 외었더니 용이 산을 가르고 내려와 턱을 축 내려뜨리고 꿇어 엎드렸다. 그래도 스님이 계속 주문을 그치지 않자 용은 또 수십 보를 더 내려가 엎드렸다. 그제야 스님이 턱을 끄덕끄덕하며 됐구나 했더니 용이 지금의 폭포에 자리 잡았다는 것이다.

또 이런 이야기도 있다. 상원암 스님이 5월 5일에 떡을 쪄서 시냇가 바위 위에 놓고 암자에 갔다 와 보니 떡이 온데간데없었다. 스님은 놀라서 부처에게 공양을 못 하게 되었으니 살아 무엇 하랴 하고 못에 몸을 던졌다. 그랬더니 뜻밖에도 못 속이 환하게 열리더니 큰 궁전이 나타났다. 푸른 옷을 입은 백발노인이 "객은 어디서 왔소?"라고 묻길래 스님이 이유를 말씀드렸다. 백발노인이 성난 목소리로 동자를 불러 "아까 떡시루를 가져오라!"고 소리쳤다. 동자가 시루 하나와 떡 두 덩이를 무릎을 꿇고 돌려주었다. 스님이 받아서 떡은 소매에 넣고 시루는 어깨에 메고 물 밖으로 나왔는데 시루는 어깨에 그대로 있었으나 떡은 돌로 변했다. 암자 앞에는 지금도 둥근 돌 두 덩이가 놓여 있다고 한다.

폭포 꼭대기에서 동북쪽으로 수십 걸음을 가면 뿔 모양을 한 큰 바위가 있어 용각석龍角石이라 한다. 이마쯤에 가지가 성근 소나무를 이고 있는데 아스라이 헝클어진 모습이다. 내가 바위 밑동에 섰더니 흡사 개미가 오이에 붙은 것 같다.

묘향산에 유람 온 자는 반드시 여기에 이름을 새겨 놓고 돌아간다. 그래서 바위가 묵형墨刑[9]을 받은 만신창이가 되어 온전한 거죽이 한 군데도 없다. 불전佛典에 청산의 바위에 이름을 새겨 넣는 짓을 금하는 율법이 없는 것이 한 가지 결함이라고 한 원석공袁石公의 말씀[10]이

_____

9 이마에 먹물로 죄명을 써넣는 형벌.

진실로 옳다.

저 멀리 단풍 숲속으로 하얀 길이 터져 있다. 그 속으로 사람 하나가 붙어 있는데 눈도 보이지 않고 옷 주름도 분간되지 않고 사람 모양만 갖춘 채 조그마하였다. 나무로 눈대중하려는 찰나에 갑자기 사라졌다. 그제야 길을 가던 행인임을 알게 됐다.

동으로 숲을 뚫고 나가니 불영대佛影臺가 나타났다. 뜰의 잔디는 가위로 자른 듯 곱게 깔려 있고, 앞이 멀리 트여서 활쏘기에도 그만이다. 활짝 트이고 평탄하며, 햇볕도 부근에서 가장 잘 받아 공기가 맑다. 골짜기가 서쪽으로 터져 영변 약산의 푸른 산빛이 보인다. 암자에는 서산대사의 초상과 청허淸虛, 허백虛白[11]을 비롯한 여러 고승의 초상을 모셔 놓았다. 그러나 몇 개의 초상이 모두 서로 닮았다. 하나의 초상도 도무지 믿을 수 없음을 알겠다.

나무꾼이 다니는 오솔길이 바위를 끼고 나 있는데 실꿰미처럼 길이 서로 이어졌다. 시냇물이 언덕을 감싸 안고 흘러 활의 등처럼 둥그스름하다. 정오의 종소리를 들으면서 조원암 자성암에 들렀다. 암자

---

10 원굉도袁宏道의 산수유기山水遊記인 「제운齊雲」에 나오는 대목으로 『해탈집解脫集』 3에 실려 있다. "나는 생각해 보았다. 법률에 산에 몰래 들어가 벌목하고 채광하는 짓은 모두 떳떳한 형벌로 처벌한다는 조목이 있다. 그런데 속된 선비가 산의 신령을 더럽히는 짓은 법률이 금지하지 않는다. 왜일까? 부처님은 갖가지 악업은 모두 악한 응보를 받는다고 하셨다. 그러니 이 악업도 마땅히 살인자나 도둑과 같은 형벌에 처해져야 하련만 부처님이 이에 대해 언급하지 않으셨으니 불전에 결함이 있는 것이다. 청산의 흰 바위가 무슨 죄가 있다고 아무 까닭 없이 그들의 얼굴에 묵형墨刑을 가하고 그 피부를 찢어 버린단 말이냐! 아! 너무 어질지 못한 짓이다!" 깨끗한 바위에 글자를 새기는 짓을 죄악시하지 않았다고 부처님을 질타한 대목은 익살스러우면서도 고아한 정취를 담은 말이다.

11 청허는 서사대사의 호이므로 착오가 있는 듯하다. 허백은 사명대사의 제자 명조明照의 호이다. 임진왜란 때 의승義僧 대장으로 공훈을 세웠고, 불영대에서 여생을 보냈다.

는 불영대 동편에 있다.

담여 위에서 굽어볼 적에는 나뭇잎이 어찌나 질펀하고 ᄈᆨ빽한지 발로 디뎌도 꺼지지 않을 것만 같았다. 산에서 수십 보 내려와서 다시 고개를 들어 볼 때는 잎잎이 햇볕에 불타고 있다. 단지 한 겹이 막힌 채로 말쑥한 겹옷이 빨갛고 환하게 빛나 제가 봐도 기쁘고 자랑스러운지 나를 빨리 가지 말라며, 사람이 봐 주지 않는다며 한스러워하는 듯하다.

연기가 피어나는 곳을 서둘러 지나려니 귀 익은 말소리가 들렸다. "여기가 어디인가?" 물었더니 중이 "보현사지요."라고 하였다. 다시 둘러보고 멋쩍게 웃었다. 제집 식구도 몰라보고 손님이라 한 것과 무엇이 다르랴! 문득 다시 한번 놀랐다. 이야말로 평생 봐 오고 평생 알고 있던 귀와 눈과 입과 코라는 것이다. 알아차리지 못한 이유는 무엇일까? 갈 적에는 서쪽으로 가고, 올 적에는 동쪽으로 와서다. 그렇다면 상원암 가는 길로 동쪽 길을 택했다면 굳이 위험하게 쇠줄을 타지 않아도 됐을 텐데!

보현사에 도착하여 시 한 수를 지었다.


천리 먼 타관을 떠도는 객이

세모에 묘향산을 겨우 찾으니

저녁 종 울리는 외로운 절에

단풍잎 바위 위에 수놓은 가을!

호젓하여 처음에는 즐겁더니만

멀리 온 기분에 문득 시름에 젓네.

산중이라 시간도 멈춘 곳에서

가부좌를 틀고 앉아 물소리 듣네.


새벽에 비가 조금 내렸다.

17일 묘향산을 떠나 용문산龍門山으로 향하였다. 골짜기를 나설 때 승려는 이런 축하의 말을 했다.

"이 산에 노시는 동안 바람도 비도 없었으니 참 복력福力이 대단하십니다."

다시 합장하며 작별 인사를 하였다.

"가시는 길 아무쪼록 보중保重하시기 바랍니다."

나는 부채를 들어 사례하였다.

"그대 부처님의 힘이지 무슨 나의 복력이겠소. 폐만 많이 끼쳤습니다. 섭섭한 정을 남기니 훗날 다시 보기로 하십시다. 부디 잘 있으시오."

비 기운은 아직도 가시지 않고, 아침 구름은 땅에 끌리고 있다. 길은 젖어 뽀얗고, 습기가 나무뿌리에 젖어 반짝인다.

승려와 담여를 돌려보냈다. 물이 불은 건널목께 무너진 다리 저편의 자갈밭 위에서 나귀를 탔다. 달아나던 안개가 나무를 만나 제비 꼬리처럼 갈라지고, 흘러가는 물살이 낙엽을 잡아끄니 물고기가 주둥

이로 뻐끔뻐끔 무는 것 같다.

오른편으로 향산천香山川을 끼고 30리를 갔다. 날아드는 비는 이마를 때리고 모진 바람은 정수리를 휘갈긴다. 갓은 바람에 날려 떨어져 하마터면 갓끈이 끊어질 뻔하였다. 하인의 다리는 도깨비 다리 같고, 나귀 꼬리는 쥐꼬리같이 됐다. 유의油衣는 물이 뚝뚝 떨어져 오동잎에 이슬 떨어지는 소리를 낸다. 고치 속에 든 누에인 양 머리를 옷에 파묻으니 속으로 젖꼭지가 보인다. 힐끔 뒤따라오는 사람을 돌아보았다. 눈으로는 서로 보고 웃지마는 입으로는 웃는 까닭을 차마 말하지 못한다.

나귀는 달리고 채찍은 서두르니 비는 덩달아서 흩뿌린다. 걸음마다 진창에 빠지고 발굽마다 물이 넘친다. 구름이 희천군熙川郡 경계에 자욱하게 뭉쳐서 빽빽하게 덮고 있다. 묘향산 골짜기의 바람이 이 구름 떼를 몰아와서 답답하게 선회하며 스산한 기운을 살갗에 닿게 한다. 강에는 잔물결이 일지 않고 들에는 가는 안개가 보이지 않는다. 험상궂은 바위도 이 때문에 까맣게 보이고 잎 벗은 나무도 이 때문에 거뭇하다. 이것은 눈을 데려올 바람이다.

강을 끼고 난 길에는 모래 아니면 자갈이 깔렸다. 산기슭은 바위를 품고 삐죽삐죽 내려오다가 강가에서 끊어졌다. 늙은 나뭇등걸의 뿌리가 바위틈을 많이 뚫고 나와서 움켜쥔 모양이 귀신의 발톱 같다. 가느다란 넝쿨은 줄줄이 뻗다가 가끔 빨간 색깔을 풀어 놓았다. 우리 행색은 제각기 다르게 바위 사이에 늘어서서 석벽을 따라 나간다. 그리하여 우리 행렬이 반달 모양을 그리며 나가는데 길이 좁아 말들이 꼬리를 물고 간다.

유의油衣가 냉기를 머금어 불쾌한 취기가 깰 듯하다. 주막에 들어가 밥을 먹은 후 하인을 불러 옷을 말리고 말에게 콩을 먹이라고 분부하였다. 하인이 손을 들어 가리키면서 채찍 끝으로 보이는 구름 그 아래가 바로 용문산인데 여기서 30리밖에 안 된다고 아뢴다.

날은 개려 하나 냉기는 여전하다. 일부러 출발을 미루고 뜰에서 한바탕 주악奏樂을 벌였다. 타는 자, 부는 자, 치는 자가 차례로 앉아 각기 제 악기를 안고 연주하였다. 입 다물고 허리에 북을 매단 친구는 머리를 잔뜩 숙인 채 가끔 곁사람을 흘겨본다. 큰 젓대를 부는 자의 뺨은 옴팍 들어가 성난 듯하고, 작은 젓대를 부는 자의 눈은 툭 튀어나와 놀란 듯하다. 해금 타는 자는 처연히 무릎에 기대고 있다. 술이 나오자 일어났다.(속악俗樂은 악기 다섯 가지를 합해 일부一部로 삼고 삼현三絃이라 이름한다.)

정오에 출발하였다. 강을 등지고 동쪽으로 꺾었다. 길은 빛이 난다. 돌은 윤기가 흐르고 언덕은 밝은 빛이다. 나귀는 진흙에 달라붙어 정강이를 뽑지 못한 채 꽁무니로 안장만 까불고 가지 못하니 자는 소를 탄 셈이다. 동반자의 말로는 여기서 몇 리를 가는 것이 10리 가는 힘은 든다고 한다.

먹구름 한 떼가 비를 끌고 지나가고 바람이 또 그 뒤를 따른다. 바삐 비옷을 입고 모질게 채찍을 가했더니 나귀도 귀를 쫑긋하고 명령을 들은 듯 시원스레 나간다. 꼬리를 바싹 두 다리 사이에 넣었는데 빗물이 꼬리를 타고 뚝뚝 떨어진다. 낭창낭창 가는 꼴이 우습다. 길갓 집에 얼른 들어가 술을 조금 마셨다.

뒤끝 비가 멀어지며 검은 구름 가운데가 트이더니 햇볕이 구름을 넘어 내려 쏘아 마치 바위 구멍에서 쏟아지는 폭포와 같다. 삽시간에 구름은 또 변하여 갈기갈기 찢어졌다. 마치 무논의 검은 진흙을 보습 으로 갈아엎는 모양과 같다. 이윽고 또 변하여 짙고 옅은 모습이 수묵 화로 그린 모란꽃을 짙게도 칠하고 옅게도 칠한 듯하다. 또 조금 있다 가 주름을 수없이 잡아 놓았다. 다음에는 섬들이 에워싼 형상도 만들 고, 오리 갈매기가 출몰하는 형상도 나타났다. 그러다가 햇볕이 구름 옆으로 넘쳐흐르고 가로로 내리쏟아져 사람의 옷에 번쩍인다. 눈 깜 짝할 사이에 이렇듯 상상할 수 없는 변화를 잘도 만든다. 도대체 누가 만들고 누가 시키는 변화일까?

석양을 받으며 용문산 동구에 이르러 담여를 탔다. 출영 나온 중들 이 줄지어 섰다. 시냇물 소리와 단풍 빛깔이 걸음걸음마다 번갈아 나 와서 우리를 맞아 준다. 묘향산에 견주어 깊고 웅장한 맛은 없으나 바 위와 흙의 품위가 한가지이니 이 산은 묘향산의 작은 지맥이다.

용문사에 들어가 잤다. 이날 밤 높은 데는 눈이 왔다.

18일 일찍 세수하고 아침밥을 재촉하였다. 버려진 불전의 북쪽 모 퉁이에서 담여를 타고 출발하여 관해암觀海菴에 올랐다. 암자가 산꼭 대기에 있어 멀리 청천강 북쪽이 굽어보였다. 성곽과 숲이며 흐르는 물과 솟은 산이 모두 책상 앞에 놓인 듯하다. 철옹성 전경이 홀로 도드라지게 불거졌으니 네 귀퉁이 바둑판에서 한 개의 흰 돌을 내놓은 것 같다.

서해의 파란 물빛 한 귀가 육지로 파고들어서 하늘에 겨우 두어 치 떨어져 있다. 여기서 보는 일몰이 장관이나 흙비가 내려 볼 수 없다고 중은 말한다.

백삼白森이란 것이 있다. 관해암을 나와서 동북쪽을 바라보면 어수선한 돌무더기가 얌전하게 산 중턱을 덮고 있다. 무슨 흙푸대 더미도 같고, 쌓았던 탑이 무너진 듯도 보인다. 둥근 놈, 뾰족한 놈, 팔뚝같이 긴 놈, 손바닥같이 넓은 놈, 무뿌리를 거꾸로 꽂아 놓은 놈, 공이를 잘라 세운 모양을 한 놈 들이 한 길이나 한 자 되는 길이로 끼리끼리 모여 있다. 높다랗고 뾰족한 놈이 둥근 놈 한 개를 덮고 있는 것도 있고, 켜켜이 쌓아 놓은 놈들이 하나로 길게 꽂힌 것도 있다. 때로는 서로 받치고 선 놈도 보이는데 그중 하나는 머리가 반쯤 쪼개지고, 하나는 뿌리가 반쯤 쪼개져 있다. 또 주춧돌처럼 서로 마주 보고 가름대 하나로 받쳐 놓은 놈도 있다.

백삼을 처음 가서 볼 때는 와르르 무너질까 봐 무섭더니 차츰차츰 밟아 보니 두려운 마음이 사라진다. 그래서 과감히 흔들어도 보고 밟아도 보았으나 뿌리가 깊이 박혀서 덜그럭 소리는 나면서도 튼튼히 견디고 있다.

이끼는 성질이 밀랍 같아서 끈적끈적 잘 달라붙는다. 다른 돌로 받쳐도 쉽게 붙어 버린다. 가까운 곳에는 세 발 솥 모양의 돌도 있고 사립문 모양의 돌도 있다. 백삼이란 이름은 돌이 하얗게 쌓이고 빽빽하게 서 있어서 붙여졌다.

농부는 밭 사이에 돌을 종 모양으로 쌓고서 소 다리뼈를 얹혀 놓고 축원하고, 행인은 길가에 돌을 보루 형상으로 쌓고서 헌 짚신을 걸어 놓고 축원한다. 그렇다면 저 백삼은 누가 한 짓일까? 나는 모르겠다. 한 골짜기를 가득 채우고 몇 리나 뻗어 있는 것을 어찌 사람이 한 짓이라고 하랴? 누군가가 "보면 볼수록 더욱 기이한데 특히 무너져도 다시 그대로다."라고 말한다.

백삼에서 더 나아가 수십 보 맞은편을 바라보니 구름과 눈이 산꼭대기를 두르고 있다. 위는 겨울, 아래는 가을이로구나! 높은 곳의 나무는 키가 작고 잎이 하나도 없다. 대단히 기이한 모습이라 눈밭을 찾아가서 밟아 보고 돌아오려 했다. 그러나 지척에서 바람이 문득 일어나 갖옷을 입고서도 베옷이나 입은 듯이 오싹해져 한편으로 놀랍고 한편으로 애석하여 그저 되돌아서 달려 내려왔다. 산 위를 가리키며 "저 눈으로 경계를 삼는데 저 너머는 양덕현陽德縣이지요."라고 말하는 중을 보고만 있었다.

내려오는 길에 암자 두셋을 거쳤다. 퇴락한 서까래와 깨진 기와에 섬돌은 쓸지도 않았다. 창에 구멍을 내어 들여다보니 고양이 한 마리가 자고 있다. 중은 몹시 야윈 체구로 부엌에서 물을 마시던 중이다. 늙은 비구니는 동냥하러 나갔다 한다.

가지 없는 나무가 오뚝하니 하얗게 서 있어서 은으로 도금을 했나 보다 의심했다. 잎 떨어진 나무숲은 멀리멀리 희미한 자줏빛을 띠고 있어 항상 노을에 물이 든 듯하다. 해가 벌써 넘어가 돌아오지 못하고 용문사에서 하룻밤을 더 잤다. 절 방은 넓기가 관서 지방에서 으뜸이다. 절 방 안에서 검무를 추게 하였다. 춤을 보고「검무기」를 지었다.

## 검무기劍舞記

기생 둘이 검무를 춘다. 융복戎服 입고, 전립氈笠 쓰고, 잠깐 절하고 서 멀리 물러나 마주 보고 천천히 일어난다. 귀밑머리 쓸어 올리고 옷깃을 여민다. 버선발 가만히 들어 치마를 툭 차더니 소매를 치켜든다. 검은 앞에 놓였건만 아는 체도 하지 않고 느긋하게 회전하며 손끝만 쳐다본다.

방 모퉁이에서 풍악이 시작되어 북은 둥둥, 젓대는 시원스럽다. 그제야 기생 둘이 나란히 앞에 나와 앞서거니 뒤서거니 한참을 논다. 소매를 활짝 펴고 모이더니 어깨를 스치고서 떨어진다. 살포시 앉아서 뚫어지게 검을 보다 집을 듯 집지 않고, 아끼고 또 아낀다. 가까이 다가서다 문득 물러나고, 손을 대려다가 주춤 놀란다. 잡을 듯하다가는 또 놓을 듯하고, 허공의 검광을 잡더니 얼른 곁에서 낚아챈다. 소매로는 휩쓸어 가려 하고 입으로는 물고 가려 한다. 옆구리로 눕다가 등으로 일어나고, 앞으로 수그렸다 뒤로 젖힌다.

312

신윤복이 그린 검무도

　그러니 옷과 띠와 머리털까지 나부끼지 않는 것이 없다. 멈칫 기세 꺾여 열 손가락에 맥이 빠져 쓰러질 듯하다가 다시 일어난다. 춤이 막 빨라져 손이 칼끈을 흔드는가 싶더니 훌쩍 일어나니 검은 간 데가 없다. 머리를 치켜들고 던진 쌍검이 서리처럼 떨어지니 느리지도 빠르지도 않게 공중에서 앗아 간다. 칼날로 팔뚝을 재다가 당당하게 물러선다.

　홀연히 상대를 공격하여 사납게 찌르는 듯, 검이 몸에 닥쳐 겨우 한 치 떨어졌다. 칠 듯하다 아니 치니 상대에게 양보하는 듯, 피하려다 아니 피하니 내키지 않은 듯하다. 당기고는 놓지를 않고 묶고서는 풀지를 못한다. 싸울 적에는 네 자루요, 살리니 두 자루다. 검의 기운 벽에 어른거려 파도를 희롱하는 용의 형상 같다.

갑자기 갈라져 하나는 동에, 하나는 서에 선다. 서쪽 기생은 검을 땅에 꽂고 팔을 내리고 섰는데 동쪽 기생이 달려든다. 검은 날개가 달린 듯 달려 나가 서쪽 기생의 옷을 푹 찌르고, 고개를 쳐들고 뺨을 벗겨 낸다. 서쪽 기생은 까딱 않고 선 채 얼굴빛도 바꾸지 않으니 옛날 영인郢人[12] 의 몸가짐 같다. 달려온 기생은 훌쩍 날뛰며 그 앞에서 용맹을 뽐내고 무예를 자랑하고 돌아간다. 서 있던 기생이 뒤를 쫓아 앙갚음하러 간다. 히죽히죽 말이 웃듯 부르르 떨더니 문득 성난 멧돼지처럼 고개를 숙이고 곧장 달려든다. 질풍폭우를 무릅쓰고 내달리는 용사와도 같다. 정작 가서는 싸우려 해도 싸우지 못하고, 그치려 해도 그치지 못한다. 두 어깨가 불쑥 부딪치더니 각자가 뜻밖에도 서로 발꿈치를 물고 돌아가니 마치 지도리를 박은 물체가 도는 듯하다. 어느새 동쪽에 있던 기생은 서쪽으로, 서쪽에 있던 기생은 동쪽에 있다. 일시에 함께 몸을 돌려 이마를 마주 부딪고 위에서는 덩실덩실 춤추고 아래에서는 씩씩거리고 있다. 검이 현란하여 얼굴이 보이지 않는다. 혹은 자기 몸을 가리키며 솜씨를 뽐내기도 하고, 혹은 허공에서 칼을 맞이해 온갖 자태를 다 보인다. 사뿐사뿐 걷다가 날름 뛰어 땅을 밟지도 않는 듯하고, 걸음을 늘였다 줄였다 하여 남은 기운을 뽐낸다.

무릇 치는 동작, 던지는 동작, 나아가는 동작, 물러나는 동작, 위치를 바꾸어 서는 동작, 스치는 동작, 떨어지는 동작, 빠른 동작, 느린 동작이 다 음악 장단에 따라 수를 맞춘다.

이윽고 쟁그렁 소리가 나더니 검을 던지고 넙죽 절하면서 가진 재능을 다 발휘하였다. 좌중 전체가 빈 것같이 고요하여 말이 없다. 음악이 그치려는지 여음이 가늘어지며 흔들흔들 소리를 끈다.

검무를 시작할 때 절을 하고는 왼손을 가슴에 대고 바른손으로 전립을 잡는다. 느릿느릿 일어나며 몸을 가누지 못할 듯하는 것이 시조리始條理이다. 귀밑머리가 흐트러지고 옷자락이 뒤죽박죽되어 갑자기 아래위를 보고 나서 훌쩍 검을 던지는 것이 종조리終條理이다.

이번에 내가 본 검무는 검무의 극치는 아니다. 그러므로 그 기이한 변화를 자세하게 얻어 보지는 못하였다.(세의 검무를 추는 기생으로 밀양密陽의 운심雲心을 일컬으니 내가 본 기생은 그의 제자이다.)


밤에 술이 떨어졌다. 스님한테 혼돈주混沌酒(탁주)를 얻어다가 취하고야 말았다.[정허암鄭虛菴(정희량鄭希良)은 탁주를 혼돈주라고 하였다. 그 사실이 『취헌집翠軒集』에 보인다.]<sup>13</sup>

19일 산을 벗어나 철옹성으로 향하였다. 단풍의 빛깔은 벌써 초췌하여 올 때의 빛깔이 아니다. 떠날 때 스님들을 돌아보고 서운한 마음

---

12  영인은 중국의 전국시대 초楚나라 서울 사람이다. 코끝에 회반죽을 파리 날개만치 바르고 서서 장석匠石이라는 목수로 하여금 대자귀로 깎아 내게 하였는데, 회반죽만 살짝 벗겨 내고 코는 조금도 다치지 않았다. 영인도 장석의 기술을 믿기 때문에 까딱 않고 서 있었다는 고사이다.

13  정허암은 조선조 연산군 때 사화士禍를 피해 이천년李千年이라 성명을 바꾸고 묘향산의 절에 숨어서 한평생을 마쳤다고 전해진다. 그의 장편고시에 「혼돈주의 노래混沌酒歌」가 있다.

철옹성 남문(대한제국 시기 촬영, 국립중앙박물관 소장)

을 말하였다.

"나중에 다시 올지 어찌 알겠소? 설령 온다고 한들 꼭 만날지 또 어찌 알겠소? 산수는 그대로 있다 해도 그대들을 못 본다면 그날의 그리운 심정을 내 또 어찌 견딜까! 늦가을 9월이라 물은 빠지고 바위는 드러나는 이 산 이곳, 만수홍엽 속에서 나는 그대들과 이별하네 그려!"

스님들은 나를 배웅하기 위해 동구까지 나왔다가 돌아갔다.

모래는 환하고 햇볕은 밝으니 새삼 낮이 길어진 것만 같다. 나귀

등에 몸을 맡기고 안장 위에 꿈을 실었다. 이따금 길가에서 닭 우는 소리 들린다. 문득 반가워 바라보니 저편 시골 마을이 부럽다.

정오에 철옹성 동문에 다다랐다. 두 선비가 문루에서 쉬고 동자 서너 명이 따르고 있었다. 술을 가지고 나를 기다리는 참이었다. 함께 노니는 윤생尹生과 명생明生이다. 내 여행 이야기도 풀어놓고, 그들의 도타운 정에 고마움도 표한 후 말고삐를 나란히 하고 성으로 들어왔다.

묘향산 구경은 정녕 총총하여 이곳저곳 샅샅이 뒤져서 찾아보지 못하였다. 그러나 불지암佛智庵, 견불사見佛寺, 빈발사賓鉢寺 같은 이름난 절과 좋다는 경치는 모두 한번 돌아보았다. 길이 끊겨 비로봉과 향로봉을 올라 요동과 황해를 바라보지 못한 것이 유달리 한스럽다.

무릇 유람이란 정취情趣를 위주로 해야 한다. 날짜의 제약을 받지 않고 아름다운 데를 만나면 바로 멈추고, 지기知己의 벗을 데리고 마음에 맞는 곳을 찾아야 한다. 분잡하고 떠들썩한 여행은 나의 뜻이 아니다. 저 속된 자들은 선방에서 기생을 끼고 물가에서 풍악을 베푼다. 이야말로 꽃 아래서 향을 피우며 차 앞에 과자를 놓는 꼴이다.

어떤 이가 와서 "산중에서 음악을 들으니 어떻던가?" 하고 묻는다. 나는 "나의 귀는 다만 물소리와 스님의 낙엽 밟는 소리만을 들었노라."고 대답하였다.

—『초비당외서葊翡堂外書』, 당시 나이는 20세였다.

문장은 첩첩한 산, 층층의 봉우리 같고, 기세는 놀란 파도, 성난 물결 같으며, 서술은 쟁반의 옥구슬이나 평판의 탄환 같아서 지나친 비약이나 동떨어진 구석이 없다. 현인 군자의 성정과 시인의 기상을 여기에서 볼 수 있다.

「묘향산기」는 은사가 깊은 골짜기를 찾는 것 같아 세속을 버리고 대자연에 홀로 선 모습을 볼 수 있다. 그중 「검무기」는 구슬을 꿴 듯이 조리가 정연하다. 훗날 이 글을 읽는 이들은 그 성정의 신령하고 기이함에 취할 것이다.

초산 반생楚山潘生(반정균潘庭筠)은 평한다.

「묘향산소기妙香山小記」(1769년, 20세)

꽃

## 서정적 기행문의 백미

결혼한 다음 해인 1769년 박제가는 스무 살이 되었다. 이해 봄에 장인 이관상李觀祥이 영변도호부사로 부임하는 차에 과거 시험 공부에 전념하도록 사위를 부임지에 데려갔다. 그 기회에 박제가는 9월 13일부터 19일까지 관서의 제일가는 명승이란 평을 듣는 묘향산을 여행하였다. 한 살 위의 처남 이한주李漢柱(자는 몽직)와 함께하였고, 장인 덕에 동행인이 꽤나 되었다. 기생과 악공까지 딸린 호사스러운 여행이었고, 사찰에서도 대우가 극진하였다. 유람을 마치고 나서 멀지 않은 시기에 이「묘향산소기」를 썼다. 문체는 유기遊記에 속한다.

이 기행문은 산행의 과정을 순차적으로 따라가면서 여행의 과정과 견문한 산천의 풍경, 지역의 전설, 곳곳에서 만난 승려들, 산행 중의 특별한 체험과 놀이 등을 섬세하게 묘사하였다. 기기묘묘한 산수의 풍경을 감정적으로 묘사하기도 하고, 승경을 보고 일어나는 감상과 시시콜콜한 사건을 그려 내기도 하며, 고적을 보고 이는 회고의 감정이나 이런저런 견문에 관심을 표현하기도 하였다. 전편에 약동하는 예민한 감수성과 발랄한 재기가 지면을 뚫고 나와 독자의 눈을 사로잡는다. 더욱이 간결하면서도 풍부한 서정을 담은 표현의 아름다움은 조선 후기 유기 문학의 백미이다. 체험을 충실하게 기록하려는 기록문학의 성격이 없지는 않으나 그보다는 신비하고 아름다운 산수와 고결하면서도 분방한 젊은 지성인의 취향과 감성이 조화를 이룬 멋진 기행문이다.

이 작품은 본디『초비당외서崻翡堂外書』란 작품집에 수록되었다. 나중에는 연경에 가는 사신 편에 이 글을 보내 반정균潘庭筠으로부터 극찬의 비평을 받았다. 20세에 쓴 이 신령하고 기이한 작품은 현재 전하는 대부분의 작품집에는 정작 수록되지 못했다. 북한의『기행문선집』(조선문화예술총동맹출판사, 1964)에 김찬순의 번역문으로 원문과 함께 실려 처음 소개되었다. 이 번역도 이 선집에 수록된 원문을 대본으로 삼았다.

# 박제가 산문론

나빙羅聘이 그린 박제가 초상이 일본인 학자 후지쓰카 지카시藤塚鄰의 명저 『청조문화淸朝文化의 동전東傳』이란 책에 실려 전한다. 나빙은 청나라 회화를 대표하는 화가의 한 사람이다. 현재는 중국 수장가의 손으로 넘어간 그 초상을 통해서 18세기 한 지성인의 고독한 전신傳神을 확인하게 된다.

박제가는 작은 키에 당찬 체구, 짙은 수염을 한 사람이었다. 이덕무가 껑충 큰 키에 야윈 체구를 가져 학같이 고고한 분위기를 풍겼으니, 한평생 지기知己로 각별했던 두 지성인이 함께 걷고 술 마시고 시를 짓는 장면을 상상할 때마다 묘한 대조를 느낀다.

그는 「소전小傳」에서 자신의 생김새를 "물소 이마에 칼날 같은 눈썹을 하고, 눈동자는 검고 귀는 하얗다."고 표현하였다. 그에게서는 양순한 눈빛에 푹 퍼진 몸가짐이나 부드러운 인상이 찾아지지 않는다. 야무진 눈빛에서 강인한 인상을 풍긴다. 이순신 장군의 후예로서 절도사를 지낸 이관상李觀祥의 사위가 되어 그의 사랑을 받았다는 이력도 그의 피에 잠재하는 기질의 소산이 아닐까? 한평생 현실에 안주하지 못하고 굳세게 자기 갈 길을 걸어간 그에게는 강인한 인상이 더 어울린다.

박제가는 일반 사람에게 『북학의北學議』의 저자로 널리 알려져 있다. 조선의 학자로서는 드물게 상업과 유통을 중시하였고, 이용후생利用厚生의 학문을 제창하였으며, 현실의 개혁을 위해 중국을 배우자는 주장을 펼쳤다. 사회를 뿌리부터 개혁하자고 부르짖었던 사상가였으나 서족 처지의 하급 관료에 지나지 않았으므로 사상을 현실 정치에 적극적으로 반영하지 못하고 불우한 말년을 보냈다. 그러나 그의 이상은 역사의 상식으로 통하게 되었고, 그 자신은 독특한 사상 체계를 구축한 사상가로 평가받고 있다.

그는 부조리한 차별을 감내하도록 옥죔을 당한 사대부가 서자였고, 또 조선의 현실에 불만을 가득 품은 우국지사였다. 그는 분노와 열정을 사적인 차원에서 삭이거나 터뜨리지 않았고, 국가와 민중을 향한 공분公憤으로 승화하여 '천하의 미래를 미리 걱정하고' 가야 할 방향을 제시하였다. 식을 줄 모르는 열정과 분노가 가슴에서 솟구쳐 나와 세상을 향해 고함치지 않을 수 없었다. 그렇다고 엉뚱하고 허황하며 의례적인 시세 판단에 기대지 않았다. 현실에 대한 날카로운 분석을 토대로 합리적으로 사유하였다.

박제가는 거기에만 머물지 않는다. 18세기 후반을 대표하는 참신하고 개성이 넘치는 시인이었고, 조선 후기 소품문小品文의 향방을 가늠하는 뛰어난 산문가였으며, 속된 기운 한 점 없이 기품 있는 글씨를 쓴 서예가였다. 직접 자필로 쓴『정유각시집貞蕤閣詩集』과『북학의』를 볼 때마다 한 자 한 획도 방심하거나 방종하지 않고 쓴 글씨를 통해서 준열한 자기 통제의 벽癖을 엿본다. 조선조 선비의 엄격하고 매서운 정신의 깊이와 도도한 심미감을 느끼지 않을 수 없다. 병적일 정도로 경사傾斜를 용납하지 못했던 박제가였다. 허점을 보이지 않고 꼿꼿한 자존의 자세를 버리지 않으려는 그의 노력은 거의 투쟁에 가까웠다.

그에게는 호승심好勝心이라고나 할까, 남에게 결코 굽히지 않으려는 마음과 거기에 호기심好奇心을 천성으로 가지고 있었다. 통속, 상식, 기성품과 같은 것에 안주하지 못하는 괴벽의 소유자였다. 더구나 자신의 사유를 가만히 감추어 두는 온유한 성격의 소유자가 아니었다. 시쳇말로 마당발인 그는 그 시대의 고사高士를 당파와 신분의 벽을 허물면서 찾아다녔고, 서슴없이 기성의 관습을 질타한 이단아였다. 그로 인해 사방에 적을 많이 만들었으니 세상에서 힘깨나 쓰는 자들이 고운 눈으로 볼 리 없었다. 강고한 유교 질서가 4백 년 동안 뿌리를 내린 18세기 조선 사회에서 위험한 발언을 내뱉는 자신의 존재를 자각하면서 살다가 결국 신유박해 때 모진 고문 끝에 두만강가 종성에 추방되어 5년을 유배살이하였다. "평생 지은 허물을 모아 보면 틀림없이 한 번 귀양 가고도 남음이 있을" 거라고 말한 불안감이 현실로 나타난 것이었다.

박제가의 산문은 몰락의 징후가 스멀스멀 돌출하는 18세기 후반 조선에 등장한 '위험한 발언'이었다. 하지만 이단적이고 위험한 제안을 서슴없이 제기한 박제가는 본래 감수성 예민한 시인이었다. 당대 서자라는 신분의 질곡을 굴원屈原의 『초사楚辭』를 읊조리며 달래고, 서울 토박이의 섬세하고 예민한 감각으로 자연과 인간사를 노래했다. 스무 살 청년 시절의 기행문 「묘향산 기행」과 이덕무와 유득공 등에게 보낸 편지, 그리고 장인을 위해 쓴 제문과 행장 등의 산문을 읽어 보면 풍부한 서정성에 발랄한 재기가 넘쳐 난다. 20대의 산문에서는 우울한 기질로는 표현하기 힘든 위트와 기지가 약동한다. 애수의 정서가 없지는 않으나 조선의 자연과 인간을 향한 따뜻한 애정과 높고 깊은 지성에서 우러나온 산뜻하고 간결하게 응축된 글을 다수 썼다.

박제가의 치열한 의식은 깔끔하고 새로운 시문의 창작을 넘어서 현실에 밀착하여 사회를 체험하고 그 부조리와 모순을 분석하여 산문을 쓰는 방향으로 발전하였다. 그는 방 안에 앉아서 세상을 추론하는 부류의 학자가 아니었다. 만나고 싶은 사람을 직접 찾아다녔고, 보고 싶은 중국을 직접 여행하여 수많은 중국 학자를 접했다. 과거의 향수에나 안주하는 관습을 싫어하여 지금 이 지상에 살고 있는 사람을 만나는 것에 큰 의미를 두고 수많은 지성인을 찾아다녔다. 직접 대면한 결과는 「회인시懷人詩」, 「속회인시續懷人詩」 백여 수로 나타났고, 『북학의』도 그 체험의 결과물이었다.

사상과 문학의 중심에는 인간에 대한 따뜻한 관심이 자리 잡고 있었다. 현실에서 겪어야 하는 지성인의 고난을 예민한 관찰력과 감수성으로 포착하여 그 실상을 드러낸 작품이 드물지 않다. "천 명 만 명과는 다른 오직 하나의 그를 또렷하게 알도록 해야만 / 하늘 끝 타지에서나 긴 세월 흐른 뒤에라도 / 그를 만나면 누구나 분명히 알아차리리라."(「박제가 소전」)는 태도로 인물의 실존을 묘사하였다. 서울내기로서 마당발인 그의 주변에는 권력과 행복의 외곽 지대에서 고통받고 고민하는 고독한 지성인들이 많이 있었다. 그들을 따뜻하게 감싸고 연민의 감정으로 묘사하였다.

옛것을 옳게 여겨 현재의 풍습을 비난하는 자는 신뢰를 얻지 못하고, 도리를 지켜서 외로이 자기의 길을 가는 사람은 의심을 받습니다. 어리석은 자는 남아돌지만 지혜로운 자는 부족하기가 이 시대 같은 때가 없습니다.(「낙향하는 원중거를 보내며」)

가치가 전도된 시대의 현실을 주변에서 살아가는 지성인의 삶을 통하여 제시하였다. 산문에서 묘사한 인물에게는 일정한 특징이 보인다. 꽃에 미쳐 『백화보』를 만든 김덕형, 술과 벗을 너무 좋아하는 친구 조여극, 의연하게 도리를 지켜 살았지만 요절한 장환, 그가 늘 가까이하던 원중거, 백동수, 이덕무와 수레 기술자 이길대는 권력의 중심부에서 벗어나 고독하지만 올바르게 삶을 영위해 가는 사람으로 그렸다. 김덕형의 경우를 보자.

> 그런 김군을 보고 미친놈 아니면 멍청이라고 생각하여 손가락질하고 비웃는 자가 한둘이 아니다. 그러나 비웃음 소리가 채 끝나기도 전에 비웃은 사람은 생기가 싹 사라진다.(「꽃에 미친 김군」)

기굴奇崛한 문체로 묘사한 김덕형은 속물근성과는 동떨어져 있는 사람이다. 김덕형은 일반 화가와는 달리 꽃에만 관심을 두어 그리는 꽃 그림 전문 화가이다. 그처럼 세상의 익숙한 조류를 따르지 않고 자신만의 길을 뚜벅뚜벅 걸어가는 이들이 산문의 주요 소재였다. 소재로 오른 이들은 세상이 정해 놓고 관습이 그어 놓은 울타리 안에서만 머물지 않는다. "고독하게 새로운 것을 개척하고, 전문적 기예를 익히"며, "도리를 지켜서 외로이 자기의 길을 가는" 창조적이고 모험적인 존재였다.

그러나 그런 사람을 미친놈 아니면 멍청이라 손가락질하고 비웃는 것이 세상이었다. 세상 사람들 눈에는 '병신病身'이었다. 그러나 박제가는 고질병이 없는 사람이 도리어 버림받은 자라고 말했다. 편벽된 고질병을 앓는 이야말로 진정 병들지 않은 사람이라는 것이다. 그러니 그의 산문에 등장하는 사람은 대개 '고질병'을 안고 사는 이들이었다. 박제가 스스로가 그 무리에 속했다.

아무런 병이 없는 속물들이 판치는 세상 외곽 지대에서 외로이 자기 길을 헤쳐 가는 벽을 지닌 이들이 좌충우돌 살아가는 현실을 박제가는 주목하였다. 그의 산문은 우리가 살아야만 하는 이 현실이 얼마나 추악하며, 얼마나 왜곡되었는지를, 왜 혁신하여야 하는지를 실존한 인물의 궤적을 통해 보여 주었다. 「궁핍한 날의 벗」을 비롯한 여러 편의 글에서 약동하는 문체로 묘사한 가난뱅이 지성인의 삶을 보면 그가 말하고자 한 인생의 모습이 또렷해진다.

영숙은 집 안에 이틀 양식을 갖춰 놓은 처지도 아닐 텐데 저를 만나면 오히려 차고 있던 칼을 끌러서 술을 받아 마셨습니다. 마신 술로 거나해지면 소리 높여 노래 부르며 남을 깔보듯 꾸짖고는 껄껄 웃어 버립니다. 천지간의 애환, 염량세태의 변화, 인생의 단맛 신맛이 그 속에 모두 담겨 있습니다.(「궁핍한 날의 벗」)

벌열 가문과 세속적 인간들 사이에서 뒤틀린 삶을 살아가는 지성인들이 세상의 질시, 신분적 차별, 생활의 빈곤으로 좌절하는 현실을 만강滿腔의 비애를 담은 언어로 묘사하였다. 조선 후기 지식인의 밑바닥 생활을 이처럼 진실하고 감동적으로 묘사한 글이 과연 몇 편이나 될까?

세속적 도회지에서 고매하고 깔끔한 지성인은 대개는 무능한 생활인이다. 고고하고 괴팍한 풍모를 가진 선비가 추구하는 것이 청담淸談이라면, 생활은 현실이고 세속이다. 청담의 선비에게 생활은 비애를 자아내는 실존일 수밖에 없다. 이덕무의 초상을 보고 지은 글에서 "글을 보고 누구나 『세설신어世說新語』임은 알아도 / 뱃속 가득 「이소離騷」로 차 있음은 모르네."라고 하였다. 『세설신어』와 「이소」는 곧 청담과 비애의 두 세계이다. 그 두 가지 삶의 태도가 공존하는 지성의 세계가 문학의 주제였다.

그렇다고 박제가의 산문이 청담과 비애의 차원에만 머물지는 않는다. 한편으로는 세상에 분노하고 풍속을 질시하는 분세질속憤世嫉俗의 격정을 표현하였다. 그는 좌고우면하며 남의 눈치를 살피고 우유부단하게 몸을 사리는 기질이 아니었다. 현실의 도도한 탁류를 거침없이 비판하는 당돌한 품성이었다. 나이 들면서 문학에서 경세학으로 인생행로를 전환했다고 직접 밝힌 것처럼 조선 현실을 다방면에서 거침없이 비판하였고, 나아가 더 나은 문명 세계의 수립을 계획하였다. 국가와 사회의 미래 청사진과 현실 개혁의 방안을 마련하는 데 산문을 활용하였다. 그의 산문에서는 현실을 꿰뚫어보고 국제 정세를 예견하며 국가의 앞날을 경고하는 등 시대를 앞서 나간 혜안이 번득인다. 동시에 유자儒者의 변통을 모르는 완고함을 질타하는 등 조선의 고질적 폐습을 난도질하는 비판 정신이 약동하고 있다.

오늘날 사람들은 아교로 붙이고 옻칠을 한 속된 눈꺼풀을 달고 있어 아무리 애써도 떼어 낼 도리가 없다. 학문에는 학문의 눈꺼풀이, 문장에는 문장의 눈꺼풀이 단단하게 붙어 있다.(「조선인의 편견」)

박제가는 낡은 풍속만 보고 새로운 변화를 보지 못하는 조선의 눈 뜬 소경을 상대로 단단한 각막을 벗기고자 애썼다. 시를 지으려면 꼭 두보나 당시만을 본뜨려는 시단, 글씨를 쓰려면 꼭 왕희지만을 본받으려는 서단, 조선이 최고의 문명국인 줄 착각하는 국수주의, 청나라와 일본을 무조건 배격하는 그릇된 아집에서부터 시작하여, 서족을 배척하고, 상인과 공인을 무시하며, 선비의 자존만 앞세우는 폐습을 일관된 태도로 질타하였다. 소극적으로 의견을 제시하는 차원에 머물지 않고 확신에 차서 강한 어조로 주장하였다. 일찍부터 주변 사람에게 의식을 수정하라고 요구하여 "선입견을 고집하지 말고 속인의 방해를 두려워 말며 / 늘 스스로 깨어 있어 오묘함을 잃지 말게나!"라고 말하였다. 확고하게 자신의 입론을 제시하고 이를 사회에 전파하려는 욕구를 가졌고 산문을 창작하여 실천에 옮겼다. 경세가로서 탁월한 면모는 정조에게 진언한 글에서 극명하게 나타난다.

신이 산골 백성들이 사는 모습을 보면 화전을 일구고 나무를 하느라 열 손가락 모두 뭉툭하게 못이 박여 있습니다. 그럼에도 입고 있는 옷이라 곤 10년 묵은 해진 솜옷에 불과하고, 집이라곤 허리를 구부정하게 구부리고서야 들어갈 수 있는 움막에 지나지 않습니다. 방 안에는 불 땐 연기가 가득하고 벽은 벽지를 바르지도 않았습니다. 먹는 음식이라곤 깨진 주발에 담긴 밥과 간도 하지 않은 나물뿐입니다. 부엌에는 나무젓가락만 달랑 놓여 있고, 아궁이 앞에는 질항아리 하나가 놓여 있을 뿐입니다.(「『북학의』를 임금님께 올리며」)

　서민 생활의 참담한 실태를 견문에 의거하여 기록했고, 그 기록에 근거하여 개선과 개혁을 주장하였다. "현재의 법을 바꾸지 않는다면 현재의 풍속하에서 하루아침도 살 수 없다"는 생각을 밝혔고, 유생의 도태, 수레의 유통, 외국과의 통상 등 변법을 강력하게 주장하였다. 기성 유학의 사고 범주를 벗어난 혁신적 개혁안은 그렇게 제출되었다. 스스로도 자신의 개혁안이 실현될 수 있을까 의문을 표시하였으나 근본적이고 시급한 개혁 외에는 방법이 없다고 토로하였다.

　박제가의 경세문자經世文字를 읽으면 그의 개혁 방안이 현실적 사유에 충실하였고, 참으로 근대적 사유에 밀착되어 있음을 느끼게 된다. 동시에 그 같은 제안이 무시될 수밖에 없는 당시의 상황에 안타까움을 갖도록 만든다. 현실을 보는 그의 매서운 안목과 미래에 대한 청사진은 그 이후에 전개된 실제 역사와 너무도 잘 맞아떨어졌기 때문이다.

　박제가가 내지른 분세질속의 고함은 현실에서는 힘을 갖지 못했고, 조선의 일부 지식인과 청나라의 인사가 이해해 주었다. 그것이 당벽唐癖, 중원벽中原癖에 걸린 18세기의 병자病者 박제가의 운명이었다. 고함을 쳐도 싸늘한 반응이나 메아리쳐 들리므로 그의 산문에는 비분이 서려 있다. 그의 산문을 읽노라면, 당면한 시대와 현실을 보는 분석과 예견이 그 뒤 전개된 역사나 지금 우리의 조건과 절연한 것이 아니라 긴밀하게 연결되어 있음을 감지하게 된다.

박제가의 산문은 문체가 고삽苦澁하다. 생략과 비약이 곳곳에 구사되어 맥락이 순탄하지 않다. 진부한 문투를 대단히 싫어하여 시골티 나는 구수한 산문이 아니라 도회지 깍쟁이류의 산문을 구사하였다. 그렇다고 하여 도회지 시장 바닥의 왁자지껄한 분위기는 조금도 묻어나지 않는다. 도회지 멋쟁이 지성인의 세련된 감성과 지성이 곁들여진 문장이다. 군말이 많지 않고 할 말만 산뜻하고 간결하게 해 버리는 산문이다.

그는 명말청초明末淸初 소품가小品家의 문사文思를 깊이 있게 체득하였다. 그러면서 자기만의 독특한 개성이 번득인다. 그 시대 자연과 현실을 그 시대 언어로 표현하는 길을 고독하게 걸어갔다. 정조조차도 그의 문학적 행보를 막지 못하였다. 그는 산문 작품을 많이 남기지 못했다. 결벽증이나 강렬한 현실에 대한 의지가 그저 말뿐인 문장을 짓지 못하게 한 듯하다. 현재 전하는 작품은 다수가 청년 시기의 것이다. 「『북학의』를 임금님께 올리며」나 「병오년 정월에 올린 소회」 같은 경세문자는 장년기의 작품이다.

병든 사회의 깨어 있는 지성 박제가는 조선의 모든 것을 놓고 "이

게 아니야!"를 외쳐 댔고, 풍요롭고 밝은 사회를 얻기 위하여 공분을
토하였다. 생활의 체험에서 길어 올린 산뜻한 그의 산문은 지성인이
언제나 깨어 있기를 요구하였다. 현대에 들어와 처음 번역되는 이 산
문집이 박제가의 산문을 읽는 길에 동반자가 되기를 기대해 본다.

2000년 4월

옮긴이 안대회